光文社文庫

蕎麦、食べていけ！

江上　剛

光　文　社

目次

蕎麦、食べていけ！

蕎麦、食べていけ！

蕎麦、食べていけ！

第一章　勇太と春海

1

汗が噴き出す。その汗が粒となってきらきら輝きながら飛んでいく。宝石みたいだ。手に取れば、指輪やネックレスを作れるのではないかと、春海《はるみ》は思う。

春海は走るのが好きだ。短距離を速く走ることはできない。しかし長い距離をじっくりと走ることは得意だ。我慢強いのかもしれない。

真っ赤なTシャツのランニングウエアに、淡いブルーのランニングパンツ。ちょっと男子みたいな格好だが、赤いTシャツは力が湧いてくる。靴は蛍光オレンジのランニングシューズ。軽くてクッション性もあってジョギングに最適だ。

それにしてもこの道は走りやすい。森の中の土の道。自動車と鉢合わせすることはない。人も全くと言っていいほど歩いていない。

大きくカーブした箇所を走る時、片品川《かたしながわ》の流れがわずかに見える。川沿いの桜並木がもうすぐ満開の時期を迎えるだろう。今はまだ、つぼみが膨《ふく》らんだばかりというところか。満開は四月中旬から下旬になると聞いた。

森の道が続く。このまま走り続けると吹割《ふきわれ》の滝に着く。しばらくすると視界が開け、平地になり、家が目立ち始める。道沿いに蕎麦《そば》屋や旅館などがある。「名勝　吹割の滝」などと書かれた幟《のぼり》が風にはためく。滝に近づいてきたのだ。

吹割の滝は、この町の目玉観光地だ。天然記念物の滝。片品川の急流が、何万年もの間、凝灰岩《ぎょうかいがん》などの岩を削って作り上げた。落差七メートル、幅三十メートルという大きさだ。

東洋のナイアガラと言われている。アメリカにあるナイアガラの滝は写真でしか見たことはないが、落差が五十メートル以上で、幅は数百メートルもある。きっと吹割の滝の何十倍もの大きさなのだろうが、ここも春海にとっては十分、迫力のある滝だ。

山沿いから川の方へ方向を変える。国道一二〇号線を走る。

この国道は日本ロマンチック街道の一部でもある。長野県上田《うえだ》市から栃木県日光《にっこう》市までの三百二十キロ。ドイツのロマンチック街道と姉妹街道なのだという。確かに風光明媚《ふうこうめいび》な観光地もある街道だが、春海は地方の幹線道路が嫌いだった。理由は、看板が多いこと。なぜあんなに大きな看板を目立つように立てまくるのだろうか。

ドイツのロマンチック街道は写真でしか見たことがないが、看板は一つもなかった。遠くに雪を頂いた山々と、白い壁に美しいペイントでキリストが描かれた赤煉瓦《あかれんが》の家、そしてまっすぐ進む道しかない。ああ、音楽が聞こえるような最高の道だ。走ってみたいなぁ……。

日本の地方の幹線道路は、自然に囲まれる分、春海が住んでいた大阪の街の道路より、ざわざわしている。

パチンコ、ホームセンター、ラーメン、トンカツなどなど。これ見よがしに、他人を押しのけるような厚かましいばかりの大きな看板が並んでいる。これさえなければ、自然の風が吹く素敵な道なのにと残念でならない。

日本人は自然を大事にするというけれど、嘘だ。

自然がいつも、いつまでもあると思っているから、守らないとなくなるものだと思わないのだろうか。その点、ドイツやイギリスなどヨーロッパの人は、自然は守らないとなくなることを知っている。この点は日本人はもっと学ばねばならない。自然を守らないで自然を利用するだけ利用して儲《もう》けられる時に儲けようなんて、あさましい限りだ。

大阪に住んでいる時は、こんなことを考えなかった。騒がしいのが普通だったし、厚かましい看板も当たり前の景色だったから。聞こえるのは騒音と賑《にぎ》やかな話し声ばかりだった。

それでも大阪が好きで、離れたくなかった。しかし仕方がない。母、紀子《のりこ》が離婚し、大阪に住む父、俊彦《としひこ》と離れて暮らすことになったからだ。

母は、東京で出版社の編集者として勤務することになった。大阪で経験があったことが役に立った。

春海は、母と暮らしたいと思ったが、母は、春海の了承もなく、自分の実家がある群馬県のこの町に住むように手配してしまった。

嫌や、と言ったが、母は、大学生になったら東京に来たらええ、仕事に慣れるまでは勘弁してぇなと拝み倒す。あまり好きではないと言っていた関西弁を駆使する。調子が良かったから、どうせ恋人かなにかができたに違いない、だから春海が邪魔になったのだと僻《ひが》んでみたが、逆らうのを諦《あきら》めた。

そしてこの町に来た。最初は騒音のなさに戸惑った。あまりにも静かで怖いと思った。

しかし慣れると、こんなに素晴らしい町はないと思うようになった。

耳を澄ますと、語りかけてくるような鳥の声。風が花や葉を揺らすと、草花や木々まで話しかけてくる。走っているとなおさらだ。自然というのが、丸ごと迫ってくる。心が揺さぶられる。この町に来て良かった。心底、そう思う。大阪を離れる寂しさはいつの間にか吹っ飛んでしまった。

走るのをやめた。歩いて吹割の滝へ下りていく。

細い下り坂に、これでもかと看板を掲げた土産物屋が並んでいる。でも幹線道路の看板のように厚かましくはない。

土産物屋の建物は、年季が入っていて、今にも朽ち落ちそうだ。しかも看板はどれもこれも達筆とは言えない手書きの文字だ。

あゆ塩焼き、ヤマメ塩焼き、きのこ汁などを一生懸命売り込もうとする真面目さが楽しい。店先には、杖《つえ》やかんじきなどの手作り道具やとれたての野菜やきのこが所狭しと並べられている。

「お嬢ちゃん、きのこ汁飲まないか」

土産物屋のおばさんが声をかけてくる。

「いただきたいんですけど、お金持ってへんのです」

春海は残念そうに言った。少し関西弁が混じる。ジョギング中は、お金を持っていない。

「お金はいらんんよ。あんた、この辺りをよく走っているものね。感心だな」

「走るのが好きなんです」

春海はにこっとする。

おばさんも笑顔で返してくる。そして「ちょっと待ってて」と言い残し、店の中に消えた。

春海が待っていると、おばさんが赤い漆塗《うるしぬ》りの椀《わん》にきのこが溢《あふ》れんばかりに入ったきのこ汁を持ってきた。湯気が立っている。

「さあ、食べなさい」

おばさんが椀を渡してくれる。

春海は、ちょっと戸惑いながらも、それを受け取った。両手が熱くなる。きのこ汁を見ると、醬油色に澄んでいる。きのこがたっぷり入っている。

「本当にいいんですか？」

「いいよ。まだ客も少ないしな。そこに座って飲みなさい」

おばさんはにこやかに微笑《ほほえ》み、縁台を指さした。

「いただきます」

春海は、縁台に座って一口、汁を啜《すす》る。きのこのかぐわしい香りが鼻に抜けていく。うま味たっぷりのいい出汁《だし》が出ている。きのこの他に小さな里芋と牛肉も入っている。山形の名物である芋煮のきのこバージョンのようだ。

「お嬢ちゃんは、大阪の人なの？　ちょっとアクセントが関西弁だから」

おばさんが話しかけてくる。

「はい、ついこの間まで大阪で暮らしていたんですけど、今度、都合でここに引っ越してきました。アクセント、変ですか？　分かりました？」

春海は、きのこ汁を飲みながら、答えた。

「変なことはあるもんか。方言は大事だよ。でも大阪と比べりゃここらへんは田舎だろう？」

「田舎というたら田舎ですけど、いいところです。自然がいっぱいだし、きのこ汁も美味《おい》しいし」

春海は、にこりとしておばさんに視線を向けた。

「お嬢ちゃん、お名前は？」

「はい、竹澤《たけざわ》春海といいます」

春海は、きのこ汁を食べ終え、椀をおばさんに渡した。「ごちそうさまでした」

「竹澤……」おばさんは、春海の顔をじっと見つめた。「ひょっとしたら蕎麦屋の『たけざわ』のお孫さんかい？」

「はい、そうです。おじいちゃんの店ですが、気の向いた時にしか開けないみたいで」

春海は困ったような表情で言った。

「『たけざわ』の蕎麦は美味《うま》いからなぁ。あんたのじいさんは名人と言われたんだから」おばさんは目を細めた。「じいさんに店をちゃんと毎日開けるようにと言ってくれな」

「分かりました。必ず」

笑顔で敬礼する。

「お嬢ちゃんの赤いシャツ。見ているだけで元気が出るね」

「ありがとうございます」

春海は、縁台から離れて、再び走り出した。きのこ汁のお陰で体の中から温かい。それに祖父の蕎麦を褒《ほ》めてもらったことが嬉しい。足が軽くなった気がする。

私だっておじいちゃんに蕎麦屋を毎日やってもらいたい。確かにおじいちゃんの蕎麦は美味しい。コシがあり、蕎麦の香りが強い。他の店とは違う。根性が入っている感じだ。

細い道を注意しながら下りていくと、崖伝《がけづた》いにコンクリート製の遊歩道がある。道幅一メートルくらいだろうか。手すりも防護壁もない。川へ落ちないように慎重に歩く。

「ここはさすがに走れんな」

春海は、独り言を言いながら、慎重に歩みを進める。

着いた。広いグラウンドほどもある大きな岩の上に乗る。岩の向こうに川の流れが見え、それが岩の割れ目に落ちていく。滝だ。滝は、横に長く、川全体を横切るほどだ。白い泡が宙を舞っている。足の裏から地響きのような音が、春海の体を震わす。

「すごいなぁ。いつ来ても。迫力あるやんか」

春海は滝の方へ近づいていく。ロープが張ってあるところまで行って、滝を覗《のぞ》き込む。

恐怖心を引き起こすような流れの音、渦巻く水、岩に当たり、巻き上がる水しぶき。身を乗り出すと自分の体が急流と一緒に動いているような感覚になり、落ちてしまいそうになる。

「危ないよ。あまり近づいちゃダメだよ」

あれっ、と思い、振り返る。

知らない若い男性だ。

背はひょろりと高く、百八十センチ近くあるんじゃないだろうか。春物の薄手のグレーのVネックセーター。きっとファストファッションだろう。細い足にぴったりと張り付いた綿パンツ。靴は、バックスキンだ。おしゃれというのではない。ちょっとそこまで出かけてくるという格好だ。観光客ではないのだろう。カメラもなにも持っていない。

さらさらの髪の毛。悲しそうな印象を与える瞳。なんだかあまり気力充実というタイプではなさそうだ。

「すみません。気をつけます」

春海は、岩の上を一歩、後退《あとずさ》った。

「川の流れをじっと見ていると、なんだか吸い込まれそうになるんだ。僕は、転んで、もう少しで流れに飲まれそうになった経験があるからね」

男性はゆっくりと春海に近づいてきた。

嫌な印象の男性ではない。年齢は幾つくらいなのだろうか。二十代半ばってところか。

「へえ、そんな怖い目に遭いはったんですか？」

春海は、ポケットに突っ込んでいたタオルハンカチで汗を拭う。

「でもさ、この滝は竜宮に通じているからさ。落ちたら、そこに行けたかもしれないね」

男性は楽しげに話した。

「伝説ですか?」

春海は滝の方に振り向いた。

「昔ね、この滝つぼは竜宮への入り口だったんだ。村の人は、お祝いごとがあると、ここに来てね、お膳やお椀を貸してほしいってお願いしたんだって。そうしたらね、優しくて美しい乙姫様が現れて、貸してくれたんだ。ところが一人の村人が、お椀を返さなかった。それで乙姫様が怒って、それ以来、竜宮とは行き来できなくなったんだってさ。これが竜宮伝説さ」

男性は、滝の方へゆっくりと歩いていく。

「返さなかった村人は悪いけど、乙姫様は結構、短気ですね。それとも一客しかなかったんやろか」

春海の感想。

「君、大阪からだね?」

「はい。分かります?」

「うん、アクセントが関西弁だから。それに伝説の感想がユニークだね。さすが大阪」

男性は笑みを浮かべた。

「おかしいですか？　まだこの町に来たばっかりやから。でも別に恥ずかしいとも思ってへんのです。ええんです」春海は、「ありがとうございました」と頭を下げ、遊歩道の方へ向かおうとした。

「君、寿老神《じゅろうじん》温泉の竹澤さんのところに来た人じゃない？　ええっと……。確か群馬実業一年生。先月、この寿老神温泉にやってきた。お母さんが離婚。以前の苗字は、葉山《はやま》。お母さんが東京で働いているため、仕方なく君だけはおじいさん、おばあさんのところに同居することになったんだよね」

男性が、春海の背後から言葉を投げかけてきた。

春海は立ち止まり、驚いた顔を男性に向けた。

「どうしてそんなに私のこと知っているんですか？　以前、会ったことありましたっけ？」

春海は怪訝《けげん》そうな顔をした。

自分のことを詳しく知っている。以前、会って自己紹介したことがあるのだろうか。

男性は、「いや」と首を振った。「僕、君の近所に住んでいるんだ」

「ええっ？」

春海は驚き、返事を躊躇《ちゅうちょ》した。

ストーカーかもしれないではないか。近所に住んでいるっていうけど、会ったことはない。

「失礼なんですけど、あなたはいったい誰なんですか？」

春海は男性を睨《にら》むように見つめた。

「ごめん。僕は赤城勇太《あかぎゆうた》。二十四歳。みんなから勇太って呼ばれているけどね。片品信金《しんきん》の職員だよ。君は？　名前は知らないんだ」

「私は竹澤春海、十六歳。春の海」

「それじゃはるみんだね」

「勝手にあだ名をつけないでください」

春海はきつく言った。

「ごめん」

勇太は頭をかいた。

「ねえ、赤城さんは近所に住んでいるって、どこですか？」

「寿老神観光センターから片品川の橋を渡ってさ、奥に行ったところに旅荘赤城って小さな旅館があるのが、僕の家さ」

「でもなぜそんなに私のことに詳しいんですか？」

先ほどの土産物屋のおばさんといい、この赤城勇太といい、なぜ私のことを知っているのか。これが大阪と絶対に違うところだ。世界がめっちゃ狭い。大阪なら、隣はなにをする人ぞ、だ。

「まあね」

勇太は、ちょっとはにかむような笑みを浮かべてその場を立ち去ろうとした。

「嫌やなぁ。その『まあね』という言い方。大阪ではイケズっていうんですよ」

春海は抗議した。

勇太は曖昧《あいまい》に笑って「いけ好かない、意地の悪い奴ってことだよね。そうかもね」と言い、「じゃあ、気をつけてジョギング楽しんでね。熊に襲われないようにしてね」と急ぎ足で去っていった。

「あいつ、いったいなんなんや。変な奴」

春海は、勇太の後ろ姿を眺めていた。

2

勇太は、トンカツを口に入れた。

夕食は、父と姉と祖父、祖母と一緒に食べる。

母の美紗絵《みさえ》は、勇太が高校生の時に乳がんが全身に転移して亡くなった。

それ以来、姉の小百合《さゆり》が夕飯を作ってくれる。

小百合は、隣の作業場でヤマブドウの蔓《つる》などを材料に手提《てさ》げ籠《かご》や花活《はない》け籠などを作っている工芸家だ。完成した籠は、土産物屋やインターネットで販売している。最近は、海外の人から人気が高いのだと自慢していた。

旅荘赤城に客がいる時は、手伝いにも出る。独身の二十八歳だ。

スタイルもいいし、うりざね顔で目鼻立ちも整った、美人の部類に入るのだけれど、浮いた話はない。勝気な性格が災いしているという噂だが……。

「父さん、そんなにソースをかけちゃダメよ。塩分過多になるわ。それにせっかくの上州麦豚の甘味が消えちゃうじゃないの」

姉がきつい声で注意する。

トンカツにソースをたっぷりとかけて、それをつまみにビールを飲んでいるのは片品市役所に勤務する父の勇一《ゆういち》だ。住民課の課長で五十九歳になっている。定年までもう一年だが、再雇用されれば六十五歳までは働くことが可能だ。

旅荘赤城の三代目になる予定だったが、公務員になった。定年になれば、旅荘赤城を継ぐかもしれないが、まだ分からない。

しかし、勇一が公務員であるお陰で旅館が不景気になってもなんとか生活ができている。もし、家族全員で旅館業をやっていれば共倒れしていたかもしれない。

「勇一は、昔から濃い味が好きなんだ。だから料理人には向いてなかったな」

祖父の慎太郎《しんたろう》が、きのこ汁を飲んだ。

慎太郎は、八十四歳。旅荘赤城の経営者だ。祖父の父、すなわち勇太の曽祖父、弥之助《やのすけ》から旅館経営を引き継ぎ、二代目だ。祖母の朝江《あさえ》は八十三歳。二人ともまだまだ矍鑠《かくしやく》としている。

旅荘赤城はたった六室しかない。一人ずつ宿泊したら六人、二人ずつ宿泊したところで十二人にしかならない。

宿泊者数が少ないからと言って高級というわけではない。だからあまり儲からない。寿老神温泉が団体客で賑わっていたバブルの時代も儲からなかった。バブルが崩壊し、寿老神温泉に団体客が来なくなっても客は増えず、儲からない。ずっと儲からない状態のままで変わらない。

赤字にならないのは、普段は慎太郎と祖母の朝江で切り盛りし、小百合も手伝うが、本当に忙しい時だけアルバイトを雇うという形で人件費を徹底して削っているからだ。

なにが特徴かと言えば、温泉と料理だ。

料理は、慎太郎が作る地産地消料理。地元食材をたっぷりと提供する。これが食べたくてリピーターになる人もいるが、あまり商売っ気を出さないため、雑誌等で紹介されることはなく、知る人ぞ知るという程度。

風呂も自慢だ。温泉はアルカリ性単純硫黄泉《いおうせん》。透明できれいな湯だ。ほんのりと硫黄の匂いがする。湯に浸《つ》かって体を触ると、つるつるとした感触が気持ちいい。風呂に浸かって湯に身を任せて耳を澄ますと、片品川の川音が聞こえてきて、遠くに赤倉山《あかくらやま》や武尊山《ほたかやま》に続く山々が眺められる。

いい旅館なのになぁと勇太は思う。慎太郎も朝江も八十代。二人とも年を取った。元気なのだが、そんなに無理はできない。

だからあまり客を取らない。長年の常連客で、どうしても泊まりたいという人だけが来る旅館になった。

「この旅荘赤城も俺で終わりだな」

慎太郎の口癖だ。聞いていて悲しい。

朝江は、まだ諦めていないようだ。勇一に定年になったら旅荘赤城の経営を引き継ぐよう、口癖のように言っている。

一方で「勇太、お前は旅館経営に興味はないのかい」と聞いてくる。父でダメなら勇太に引き継がせようとしているのだ。

しかし勇太は今のところ旅館経営を継ぐ気はない。

勇一の勧めで、地元の信用金庫の職員になった。東京に出たくて、なんとか東京の私立大学に入学したものの、そこは三流。早稲田や慶應とはずいぶん格差がある。当然のことながら大学の差は、就職の差に表れる。

なかなか就職先が決まらずに悩んでいたら、勇一から「帰ってこい。こっちでお前の仕事を見つけたから」と言われた。

悔しいし、悲しいと思ったけれど、勇太は帰郷した。勇一は、地元の片品信用金庫という職場を勇太に用意していた。

信用金庫？　俺には向いてないよぉ、と思ったのだけれども、背に腹は代えられない。

今は、入社、いや入庫？　これって車庫入れみたいだから嫌だが、なにはともあれ二年経過した。

信用金庫は、地元のための金融機関だ。今は、マイナス金利の世の中で資金運用が難しいが、信用金庫は集めた預金を信金中央金庫が運用してくれるからなんとかなっている。片品信用金庫も片品川流域の町を営業エリアにして、地元企業の育成に頑張っている。

勇太は、寿老神支店の渉外係として働いているが、なんとなくこれでいいのかと思っている。真面目に勤務してはいるが、刺激がないからだろうか。

勇太には、兄もいる。勇之介《ゆうのすけ》、二十七歳だ。勇之介は、正真正銘のエリートだ。東京大学経済学部を卒業して、四菱大東《よつびしだいとう》銀行というメガバンクに入った。そこで順調に出世し、今は、本店の営業推進部のプロジェクトチームにいるらしい。なんの仕事をしているのかはよく分からないが、全国の優良企業を一本釣りするように、エリアには関係なく新規取引先を開拓しているのだという。

勇之介は、勇一の自慢の息子だが、旅荘赤城を継いでくれるなどという期待はこれっぽっちも持っていない。自分の道で出世すればいいと考えている。

時々、勇一は勇太の顔をしみじみと見て、「愚兄賢弟とは言うが、うちは賢兄愚弟だなぁ。同じ種と畑から生まれたとは思えない」と嫌みを言うことがある。

「余計なことを言うなよ、傷つくじゃないか」と今では勇太は笑って返すが、子供の頃はなにかと比較されて、落ち込み、本当に傷ついていた。だから今でも勇之介の前に立つと緊張することがある。

勇之介は、世界や日本全国を相手に仕事をしているが、勇太は地域が相手だ。それも狭い寿老神温泉エリア、片品川流域の一部だ。まあ、兄は兄、俺は俺、と思うようにしているのだが……。

「今日はなにかあったか？」

勇一が聞いた。

勇太は、トンカツの最後の一切れを咥《くわ》えた。「竹澤さんちの娘に会ったよ。吹割の滝で」

勇一の顔が、みるみるうちに強張《こわば》った。トンカツが口から飛び出しそうになっている。

慎太郎と朝江が顔を見合わせて、眉根を寄せ、「なんとなぁ」と意味のないことを呟《つぶや》いた。

自分の茶碗にご飯をよそっていた小百合の手が止まった。

今まで普通の緩い空気が流れていたのが、急に強張りができた。緊張感に満たされた。

勇太はそれを感じたが、気にしない態度を取る。

「なかなか可愛い女の子だった」

勇太はがぶりとトンカツを齧《かじ》った。

「話したのか？」

勇一が睨みつけた。

「ああ、話した」

「なにを話したんだ」

勇一の顔が険しい。

「なにを話したかって？　他愛もないことだよ」

「どんなことだ？」

「竜宮伝説さ。吹割の滝に伝わる話」

もう勇一の厳しい視線を向けられるのは嫌だ。勇太は、箸《はし》を置き、食事を終えようとした。

「たまたま会ったのか」

勇一も箸を置いた。ただしグラスに残っていたビールをぐいっと飲み干した。

「当たり前さ。俺は散歩、向こうはジョギング」

面倒くさい。別の話をしようぜ、親父。

「ジョギングってなんだ？」

朝江が話に割り込んでくる。ややこしくなりそうだ。

「ジョギングってのは、走って汗をかくことだ。マラソンを知っているだろう。あれみたいなものだ」

慎太郎が説明している。

「マラソンなら知っているけど、普段にどうして走るんだ。この辺の人は走っていないぞ。やっぱり竹澤っちのあの女の子供だ。変わっているな」

朝江が茶を飲んだ。

「おばあさん、変わっているなんてことはないよ。最近は走るのが好きな子が多いんだよ」

小百合が加わってきた。ますますややこしくなってきた。勇太は、黙った。

「付き合っちゃいかんぞ」

勇一が勇太を睨んだ。興奮しているかのように口を開け、息を大きく吐いた。そして空のグラスに自らビールを注《つ》いだ。

「付き合ってなんかいないさ。相手は高校生だよ。それにたまたま会っただけなんだから」

最高に面倒くさい。なにが言いたい？　親父。

「竹澤っちだけは、我が赤城家にとって鬼門だからな。あの家と関わり合うと悪いことばかり起きる。なにせ身勝手じゃからな。あの恥だけは、生涯、忘れることはできん」

慎太郎が憎々しげに言った。

「その通りだよ。どれだけ恥をかかされたか。町中、親戚中に頭を下げたものじゃよ。あれは忘れようにも忘れられん」

朝江が言った。

「もういいんじゃないの。忘れても。古い話だし、いつまでもしつこいねぇ」

小百合が言う。

「お前、おかしいことを言うな。古い話じゃない。恥は恥ってことだ」

勇一が小百合に向かって怒り出す。

「そんなにこだわっていると、亡くなった母さんがかわいそうだよ」

小百合が反論する。

「なに！　母さんがかわいそうだというのか。その通りだ。悪いのはみんな竹澤だ」

勇一の怒りがエスカレートする。

「あんないい加減な女だから、結局、離婚なんてことになるんだ。ああ、嫌だ、嫌だ」

朝江が顔をしかめる。

「もう、俺、明日、月曜日だから。仕事だから、部屋に行くよ。片づけなきゃならない仕事があるから」

勇太がテーブルを離れようとした。

勇一が、勇太の腕を摑《つか》んだ。

「なあ、勇太」父が勇太を見つめた。「その娘とは付き合うな。絶対だぞ」

「付き合うもなにも、たまたま会っただけだと言っただろう。もう会うこともないさ」勇太は言い捨てた。「腕、放してくんないかな」

勇一は、ようやく勇太の腕を摑んでいた手を放した。

勇太は、自分の部屋に入った。

「親父、おかしくなったんじゃないか」

独りごちた。

ドアを叩く音がした。誰が来たのか。ドアを開けた。姉が暗い顔で立っていた。

「入っていい？」

小百合が聞いた。

「ああ、いいよ。なに？」

勇太は、ドアを広く開けた。

「困ったものだね。父さんもいつまでもこだわってさ」

小百合が顔をしかめて、勇太のベッドに腰を下ろした。

まずい。布団の下に袋とじヌードグラビア付きの雑誌を隠してあるのだが、見つからないでくれ。勇太の視線は落ち着きをなくした。話をして、注意を逸《そ》らさないといけない。

「それでさ、勇太、私の考えを聞いてくれる？」

「ああ、いいよ」

「その勇太が出会ったっていう女の子とさ、勇太が仲良くなってしまえばいいじゃない？　そうすればわだかまりも解けると思う」

小百合が真面目な顔で言った。

「あのさ、姉さん、誤解しないでよ。たまたま会っただけ。たまたま。それに相手は高一だよ。付き合えるわけがないじゃないか」

「でも十六歳だろ？　親の許可さえあれば結婚できるんだよ」

小百合がじっと勇太を見つめる。勇太は、驚き、言葉を失いそうになる。

「姉さん、本気で言ってるの？」

勇太の問いに、姉が頷《うなず》く。「本気だよ」

「姉さん、部屋を出てくれない？　この家、おかしいよ。竹澤の話になるとみんなおかしくなる」

勇太は、小百合の腕を掴んだ。

「まあ、その気がないならそれでいいけどさ」

「もう、出て行ってくれよ。たまたま会っただけだって言ってるでしょう」

勇太は、小百合を部屋から追い出し、そのままベッドであお向けになった。目の前に春海の顔が浮かんだ。いけねぇ。勇太は慌ててその顔を手で払った。

3

「おじいちゃん」

野球中継を見ている祖父の竹澤誠司《せいじ》の背後から春海は腕を回した。

「おいおい、邪魔しないでおくれよ。今、いいところなんだからね。大谷《おおたに》が投げているんだ」

誠司は、本気で嫌がっている様子も見せずに春海の腕を払おうとした。

誠司は、春海がかわいくてたまらない。孫娘の腕が自分の首にまとわりついてくれる幸せがやってくるなんて信じられない。七十七歳になって味わう幸せだ。

「春海、おじいちゃんが困っているわよ。さあ、小林《こばやし》さんが作ったいちごだよ。一緒に食べようか」

祖母の弥生《やよい》が真っ赤ないちごを器に山盛りにして運んできた。弥生は誠司の三歳年下で七十四歳だ。

誠司と弥生は、年を取っているが、春海の目から見て、とても仲が良く、なんだか新婚時代がずっと続いているような雰囲気を漂わせている。もし自分が結婚することがあれば、誠司と弥生の夫婦が理想になるだろう。母の紀子と、父の葉山俊彦が離婚してしまっただけにそう思う。

「ねえ、聞きたいことがあるんやけど」

春海は、誠司から腕を放した。

「なんでも聞いていいよ」

「どうしてさ」春海はいちごを一粒口に入れた。いっぺんに食べきれないほど大粒だ。甘い。すっぱさより断然、甘さが勝っている。

「これ、すっごく甘いやん」

春海は、弥生に向かって弾《はず》むような口調で言った。

「そうでしょう。小林さんはリンゴが本職だけど、いちごもとても美味しいのよ。これはやよいひめというらしいわ」

「おばあちゃんと同じ名前やね」

「そうよ」弥生はほっこりとした笑みを浮かべた。

「だから、美味しいんか」

「おいおい、春海、質問が途中だよ」

誠司が言った。誠司の口もいちごで満たされている。

テレビでは、ちょうどロサンゼルス・エンゼルスの大谷翔平《しようへい》投手が打者を三振に切って取り、相手のチームを抑えて、攻守交替となったところだ。

「そうそう、質問というのはね。どうしてみんな私のことを知ってんねやろってこと」

「知っているって？」

「ジョギングしてたらね、お土産物屋のおばさんがね、私のことを知ってはったんや。おじいちゃんの作る蕎麦を食べたいから、もっと真面目に店を開けてって言ってはったよ」

「吹割の滝の土産物屋の久美子《くみこ》さんだな。あの人は、うちの蕎麦をよく食べに来てたからな。その時、お前のことを話したのだろう」

「ふーん、私のことを話題にしたんやね」

春海は、新しいいちごを摘《つま》んだ。

「話題にしたことはあるわね。お前が大阪からやってくるってね」

弥生が話に入ってきた。

「そうだな。あれは久しぶりに蕎麦を打った日だ。久美子さんが待ちかねたように店にやってきて蕎麦を食べていった。その時、今度、孫娘と一緒に暮らすことになったって話したんだ」

誠司が応じた。

「だから知っているんだ。だったらね、あの男の人にも話したん？」

「男の人って誰だい？」

「赤城勇太って言ってた」

春海は、誠司の顔を見た。

「赤城勇太？」誠司は、その名前を口にすると、思わず表情を歪《ゆが》めて弥生を見た。「なあ、おばあさん、赤城勇太って言ったら勇一君の息子か」

「そうじゃないの」

弥生も表情を歪めた。

「その人ね、吹割の滝にいたんだけど、ママが離婚したことも、私が群馬実業だってことも知っとったんよ。びっくりした。なんで知っとんねやろって。狭い町って情報が速くて嫌やなと思たわ」

春海は、いちごの甘さか、なにもかもがすぐに伝わってしまう狭い町への嫌悪感か、どちらの表情を選べばいいか迷った。

「そうか。あっちでもお前のことを噂にしてるんだね。お前は紀子にそっくりだから。母娘というより、姉妹みたいだから」

誠司がぶつぶつと呟いた。

「春海は、その勇太って人をよく知っているのかい？」

弥生が聞いた。

「まさか、初めて会ったんよ」

春海は笑った。

「付き合ったらいけませんよ。その男の人とはね」

弥生が真面目な顔で言った。

「ぷっ」春海は、口に含んだいちごを吹き出しそうになった。「なんでなん？　初めて会ったのに付き合うなって。その男の人は、なんで私のことに詳しいんやろ？　おばあちゃん、教えて」

春海は、弥生に言った。

「さあね。どうしたもんかね」

弥生は困ったような顔になった。

「その男の人は、お前に関心があるのか」

誠司が言った。

「もう、だから初めて会っただけだと言ったでしょう。おじいちゃんは知ってるの？」

春海は聞いた。

「知っている。赤城の家とは付き合いはないがね」

「付き合いがないってどういうこと？」

春海は首を傾《かし》げた。

「説明が難しいなぁ」

誠司が顔をしかめた。

「なんかあるんやね。だからあの男の人、私のことを知ってたんやね。相手が知ってて、こっちが知らんのはアンフェアーや。教えて」

「アンフェアーってどういう意味かね」

弥生が聞いた。

「不公平ってことや」

春海は答えた。

「不公平なぁ」

誠司が呟いた。

「おじいちゃんたちが知ってて私が知らんのも不公平や。その赤城勇太って人が、なんで私のことを知っているんか、教えて」

春海は強い口調で言った。

「紀子からはなにも聞いてないのか？」

誠司が聞いた。

「なにかあったん？」

春海は首を振った。

「昔のことだ。だけど向こうはずっと、ものすごく気にしている。恨《うら》んでいると言っていい。だから付き合いがなくなった」

誠司が呟くように言った。手でいちごをもてあそんでいる。口に入れようか、どうしようか迷っている。

「恨んでいるの？　それはママのことなん？」

「ああ、まあ、そういうことだ」

誠司が話すと、弥生も眉根を寄せた。

「聞いたらいかんの？」

春海は、誠司の顔を見つめた。

「あんまり楽しくない……」

誠司は、春海の両肩に手を置いた。「随分、昔のことだ」

「話して」

春海は言った。

「おじいさん、話しておやりよ。別にうちにはなんのわだかまりもないんだから」

弥生が言った。

「ああ」誠司は、いちごを一粒、食べた。甘い果物を食べないと、あまり思い出したくない話をしたくないかのようだ。

「紀子がね――」

誠司がゆっくりと口を開いた。

春海の母、紀子は、寿老神温泉の町でも評判の美人だったようだ。紀子は、五十歳になっているが、春海から見て、今でもはっとするほどきれいな時がある。それはいつまでも少女っぽいところが抜けない、好奇心旺盛な性格だからかもしれない。

幼い頃から頭もよく誠司と弥生の自慢の娘だった。

勇太の父、勇一とは近所でもあり、年齢は九歳も離れているが、親しく遊んでもらっていた。

紀子は、勇一のことを「お兄ちゃん」と呼んでいた。そして「お兄ちゃんのお嫁さんになる」と誠司や弥生に言い、笑いを誘っていた。しかし、それは幼子の他愛もない言葉ではなく、本気だったようだ。

勇一は片品高校を卒業して、片品市役所に勤務する公務員になったが、父の慎太郎が経営する旅荘赤城の手伝いもしていた。その頃は、いずれ慎太郎に代わって旅荘赤城を経営する考えだったようだ。

紀子は片品高校を卒業し、地元の短大に進学した。

誠司は気づかなかったが、勇一と紀子は付き合っていたらしい。そして紀子が短大を卒業したら、結婚しようと約束を交わしていたようだ。

「まさか、子供の頃、勇一君のお嫁さんになりたいと言っていたのが、本気だったとは思わなかったがな」

誠司は感慨深げに言った。

紀子も勇一と結婚して、旅荘赤城の女将《おかみ》になることに迷いはなかったようだ。

二人は、夢を語り合った。その頃はいい時代だった。

寿老神温泉は客で溢れていた。観光センター前の駐車場には、観光バスが停まれないほどだった。

温泉街は深夜まで泊まり客の笑い声が聞こえ、浴衣《ゆかた》姿の客が下駄の音を高らかに鳴らして、深夜から明け方まで歩いていた。

スナックやバーからはカラオケの歌声、ホステスたちの嬌声《きょうせい》が聞こえていた。

時折、喧嘩なども起きたが、町は活気に溢れ、旅館は増築され、ホテルという名に変わった。空いた土地があれば、東京から資本を持った人間が現れ、ホテルを建てた。

いつまでもこの賑わいが続くと誰もが思った。

勇一と紀子も、旅荘赤城を大きくすることに夢を持っていた。勇一は、紀子と結婚すれば、市役所を退職し、旅荘赤城の経営に専念する考えでいた。

ところが賑わいは長く続かなかった。また同時に、勇一と紀子の関係も終わった。

「結婚することが正式に決まっていたんだよ。日取りもね。赤城家も紀子を嫁にもらえることが自慢で、非常に喜んだ。準備は順調に進んだんだよ」

「そんなことがあったんやね。ママが、旅館の女将か……」

春海は、東京の出版社で働く編集者、紀子の姿を思い浮かべた。

ところが紀子は、結婚式が近づくにつれ、だんだん様子が暗くなっていった。なにか心配事を抱えているようだった。

紀子は、二十歳だ。若い結婚だ。いろいろと悩むことがあるのだろう。そう思った誠司は、「なにも心配はないよ」と紀子に言っていた。結婚前の女性は、誰でも一時的に不安になることがある。マリッジ・ブルーというものだ。しかし、それは結婚すれば解消されることだ。自分と弥生もそうだったではないか。誠司は気にかけていなかった。

結婚式の準備は済み、当日を迎えた。

片品市の結婚式場には続々と親戚や友人たちが集まってきた。新郎の勇一は紋付き羽織袴《はかま》姿で友人たちに囲まれて、満面の笑みだった。

ところが花嫁衣裳《いしょう》をまとった紀子だけは憂鬱《ゆううつ》さが増していた。せっかくの真っ白な衣裳がくすんでしまうほどだった。

誠司も弥生も、紀子のあまりの沈みように、さすがに心配になった。どうしたのかと聞いても「なんでもない。ごめんなさい」と言うばかりだった。

「いったいどうしたの？　ママは……」

春海が聞いた。

「別に好きな人がいたんだよ」

弥生が言った。

「ぎょぎょ」

春海は目を見開いた。

紀子は、旅荘赤城に宿泊していた客で、葉山俊彦という人を好きになった。大阪に本社を置く商社に勤めていた。

のちに春海の父となる男性で、現在は五十五歳だが、当時は二十五歳の青年だ。

休日に一人で車を走らせて、温泉などに行くのを楽しみにしていた。たまたま鄙《ひな》びた旅館がいいだろうと選んだ旅荘赤城に宿泊した際、遊びに来ていた紀子に出会った。二人は、すぐに恋に落ちた。

「激しいなぁ。ママは……」

春海は呆《あき》れた。でも分からないでもない。紀子には、一児の母とは思えない情熱的なところがある。それは、春海にも受け継がれている。

「それに、パパ、結構、二枚目やったろうしね」

俊彦は、背が百八十センチ近くあり、がっしりした体格で、目鼻立ちもすっきりしている。今は「渋い中年」を気取っているが、若い頃は、もっと素敵だっただろうと、春海も思う。

「ワシたちは、そのことに全く気付かずに結婚式の準備をどんどん進めていってしまったんだ。かなり準備が進んでいたから、紀子も言い出しにくかったんだろうね」

誠司が唇を歪めた。

「それでどうなったの？」

春海は、初めて聞く母の青春に胸が躍った。

結婚式が始まった。神主も、新郎も、両家の両親、親戚、友人も式場に集まった。しかし花嫁が現れない。

「紀子は、式場から逃げ出してしまったんだ」

誠司が、これ以上ないほど顔を歪めた。

「大変じゃん、もう」

春海は、もう心臓の音が耳にまで響くほど興奮していた。

想像した。結婚式。みんなの喜びに溢れた顔。新郎の誇らしげな笑み。両親の嬉し涙。

それらをすべてゼロ、いやマイナスにする花嫁の遁走《とんそう》。

紀子は、花嫁衣裳を衣裳部屋に脱ぎ捨て、葉山俊彦、すなわち春海の父親の待つ大阪に行ってしまったのだ。

「結婚する寸前、それも式場に参列者を集めて、神主までいて、そんな状況なのに紀子はなにもかも捨てて、大阪に行ってしまったんだよ。ワシたちは、もうびっくりなんてもんじゃない。腰を抜かして、おばあさんなんか気絶したんだ」

誠司は、弥生の顔を見た。

弥生は、その当時のことを思い出したのか、暗い顔で、何度も頷いた。

この劇的な破局は、三十年前のことだった。紀子二十歳、勇一二十九歳。当時、寿老神温泉では、この破局が大きな話題となった。紀子が単身で大阪に行ったのだから、正確には駆け落ちではないが、駆け落ち事件として未だに記憶している人も多い。

勇一は、翌年、親戚の紹介で美紗絵という女性と結婚し、小百合、勇之介、勇太と三人の子宝に恵まれたが、彼女は七年前に四十七歳の若さで乳がんが全身に転移して亡くなった。

「それ以来、うちと赤城家とは断絶することになった。仕方がない。私たちはどれだけ謝っても許してはもらえなかった。また長い間、紀子にも会えなかった。そのうちに蕎麦屋の営業も休みがちになってしまった。田畑があったからどうにか暮らしてこられたけど、近所の人との付き合いも少なくなってしまった。あまり会いに来てくれなくなったんだよ」

誠司が言った。

「それじゃまるで村八分じゃないの」

春海が悲鳴のような声を上げた。

「その通り。しばらくは村八分だった。ワシたちは頭を下げながら暮らしたんだよ」

誠司が悲しそうな顔をした。

「辛かったわね。でも紀子を恨んだりはしなかったわ。私たちは、紀子が幸せになってくれれば良かったのだから。紀子は、勇一君と結婚すると幼い頃から決めてはいたものの、俊彦君が目の前に現れて、都会の香りを全身に浴びた時、これでいいのかと思ったんだろうね。なにせ二十歳だものね。それに」

弥生は言葉を切って、春海を見つめた。

「おばあちゃん、それに？　なあに」

春海が聞く。

「お前のような可愛い娘が生まれたしね。万事、終わり良ければすべて良しなんじゃないの？　なんといっても紀子の気持ちを分かってやれなかった私たちが悪かったのよ」

弥生は、悲しそうな表情で誠司に顔を向けた。

紀子は、駆け落ち同然で大阪に行った。婚姻届は出したものの、勇一のこともあり、式は挙げないままだった。そのせいなのかどうかは分からないが、大阪での生活基盤が固まるまで子供も作らずにいたようだ。

春海は、紀子が三十四歳の時に生まれた。結婚後、随分と遅く生まれた。

春海が生まれた時、誠司と弥生は、初めて大阪に行き、結婚と出産の祝いを同時にしたという。

「お前を抱いた時、嬉しくて涙が出たわね。それまでは紀子が大阪で俊彦さんと暮らしているってことは、赤城さんの手前、話題にするのを憚《はばか》ったからね」

弥生は寂しそうに言った。

「そんなに情熱的に結ばれたのに、ママはパパと離婚してしまったんやね。ほんまに身勝手な人やねぇ」

春海は、母のことを思った。

母、紀子は、大阪で出版関係の仕事につき、その仕事にのめり込んだ。そうなればいつものように周りが見えなくなり、東京で仕事をやらないかと誘われると、東京に行きたい紀子とそれに反対する父、俊彦との関係が悪化してしまった。

それ以前から仕事に夢中になる紀子と俊彦の夫婦関係は冷え切っていたが、紀子が東京行きを決断すると、決定的になった。

「私ももう五十歳だから、これが人生最後のチャンスよ。挑戦する。あなたもママと一緒に東京に来て」

紀子は強い口調で言った。

春海は、どちらにつくかと迷ったが、紀子を選んだ。紀子の方が心配だったからだ。俊彦は常識人で生活もしっかりしているから一人でも大丈夫だろう。俊彦も春海に「ママを頼む」と言った。

しかしなんのことはない。紀子は、春海を実家に預けると決め、本格的に仕事を始めたのだ。

春海は、紀子が言ったことをしっかりと覚えている。

「おじいちゃん、おばあちゃんが心配だから、あなた寿老神温泉に行ってくれないかな」

紀子は、拝むように春海に手を合わせたが、本音では春海がいたら仕事に専念できないからだろう。勝手なものだ。

「ええよ。私、おじいちゃん、おばあちゃんのところに行くから」

ちょうど高校入学の時期だったから、慣れない大都会東京の高校に行くより、田舎の方が馴染《なじ》みやすいかもしれない。

春海は、高校を卒業したらパン屋さんかケーキ屋さんになりたいと思っていたから、迷わず群馬実業高校を選んだ。この高校だったらケーキ作りやパン作りも学ぶことができる。

「というわけだ。人生にはいろいろあるわな」

誠司は力なく笑った。

「ママのこと、もう怒っていないんやね」

春海は聞いた。

「まったくね。でも春海より紀子の方が心配だわね」

弥生は言った。

「赤城さんの家が、未だに怒っているってことは、ママに未練があるのかな」

春海は、独り言のように言った。

「まさかそんなことはないと思うけど、裏切られた男の悔しさが消えないんだろうね。申し訳ないことをしたよ。この際、春海が勇太君と仲良くなってくれれば和解できるかもなぁ」

誠司が春海を見つめた。

「そんなん嫌やわ。ママの尻拭いなんて」

春海は言った。

「そうよね。母親の罪滅ぼしを娘がするなんて、ちょっとしたメロドラマだものね」

弥生が軽快に笑った。

春海もつられて笑いながら、吹割の滝で会った勇太のすらりとした体つきを思い出していた。

第二章　寿老神温泉活性化プラン

1

春海はバスに向かって必死で走る。バスに乗り遅れる。学校に百％遅刻する。走れ、走れ。

濃紺のプリーツの入ったスカートが風に揺れる。パンツが見えたって構うものか。もっと速く走れないのか。もどかしい。走るんだ。朝から、こんなに汗かいてどないすんねん！

バスは朝の七時。通学バスじゃない。通常の市バスだ。時間通りに到着して時間通りに発車する。ちょっとくらい遅れてもいいぞと思うのだが、道路が混んでいないのでメッチャ正確。

息が上がる。普段、走っているくせに……。

ああ、なんで寝坊なんかしたんだろうか。昨日、遅くまでミステリー小説を読んでいたのが悪かったんだ。

群馬実業高校までバス通学。バスは、一時間に一本のみ。

午前七時の片品市役所行に乗る。バスは日本ロマンチック街道を走り、群馬実業高校前のバス停で停まる。そこで下車し、歩く。四十分から四十五分ほどの通学時間だ。始業時間は八時半なので余裕で間に合う。ところが乗り過ごして八時のバスになれば、たとえ走っても始業時間に間に合うのは無理だ。

「あああ」

悲鳴と共に春海の足が止まった。バス停から発車するバスが見える。

四月だというのにさすが群馬だ。バスの背後には薄く砂塵《さじん》が舞っている。道路が乾燥している。

西部劇で幌馬車が去っていくみたいやな……とぼんやり想像する。

なにをアホなことを考えているのだ。学校が始まったばかりの四月だぞ。まだ周りの様子がよく分からないのに遅刻なんかしたら大変だ。

しかしバスの姿はどんどん小さくなり、やがて見えなくなった。

「どないしよ……」

春海は肩を落としてバス停へと歩く。

バス停は雨宿りや強い日差しを避けるために小さな小屋のような造りになっている。そこにはベンチがある。

春海はスマートフォンを持ってきていないので、家に連絡はできない。しかし、たとえ家になんらかの手段を使って連絡できたとしても、祖父の誠司に学校まで送ってくれとは言えない。

「しゃあない。次のバス、待とか」

ドンと勢いをつけてベンチに座る。思案げに目を閉じる。

突然、タイヤが地面をこする音がして驚いて目を開ける。

スーツの上にジャンパーを着込んだヘルメット姿の細身の男性がスクーターに跨《また》がっている。

顔を隠しているヘルメットのシールドを持ち上げた。

「乗り遅れたの？」

男性は、笑みを浮かべた。

「あっ！」

春海は男性を指さして、目を見張った。

昨日、吹割の滝で会った男性だ。名前は赤城勇太だ。忘れられるものか。昨日、我が家では竹澤家と赤城家との確執が話題になったのだから。

「僕のこと、覚えてる?」

勇太は穏やかに笑う。

春海は、言葉を発するのを忘れて、うんうんと頷く。

「乗っけてやるよ」

軽く言う。

春海は躊躇した。態度を決めかねて迷っている。

「次のバスが来るまで一時間もある。絶対に遅刻する。いいから乗れよ」

「分かりました」

迷うより、ここは好意に甘えるしかない。このままここでじっとして次のバスを待つことは、確実に遅刻を意味する。

四月に入学してきて早々に遅刻するようでは、大阪の人間はいい加減だと思われてしまう。

春海はスクーターの後部座席に回る。

「ヘルメットケースにヘルメットが入っているから、被ってくれ」

後部座席がボックスになっている。言われた通りに引き上げると、そこにヘルメットが入っている。それを被る。ちょっと汗臭い。

「じゃあ行くよ。僕の体にしっかり摑まってね」

勇太がシールドで顔を覆う。

春海は、座席に跨って座り、両手を勇太の腰に回す。指をがっちりと鍵のように組み合わせ、外れないようにする。

ちょっと照れくさいなと思う間もなく、体に響く、エンジンを吹かす音。急に体がのけぞる。ひゃっと声を発する。スクーターがいきなり全力疾走。

風が顔に当たる。最初は冷たく感じたが、徐々に暖かくなる。

「安全運転、お願いしまぁす」

声が風に飛んでいく。

「分かってるよ！」

勇太が振り向く。

片品川沿いの道路を走る。向こう岸に桜並木が見える。延々続くかと思われるほどの桜並木だ。木はまだそれほど大きくない。若いのだろう。満開になれば川沿いがピンクに染まるに違いない。

「満開になるとすごくきれいだよ」

「大阪にも造幣局の桜の通り抜けっていう美しい桜のトンネルがあるんよ。すっごいきれいなんや」

声が風に飛ばされないように懸命に話す。

「なに？　通り抜け？」

少しヘルメット頭が動く。

「そう、通り抜け！　間抜けやないよ！」

自分で自分の冗談に笑う。

勇太は、社会人。こんな気楽にしゃべっていいわけがない。

道路はまっすぐだ。車の数も少ない。

勇太は、両手でハンドルを強く握り、やや体を前方に傾けるようにしている。

春海は、顔を隠すようにした。男性の体に腕を回してスクーターに乗っている姿って、あまり他人に見せるものではないという意識が働いている。

まだこの町の事情は分かっていない。新参者だ。大阪のような人が多い街なら、どんなことをしていても人々は他人に無関心だろう。しかし、ここは誰も見ていないようだけれど、誰かがどこかで見ている可能性がある。

——噂になったらどないしょう？

なに、余計なことを考えているんだろうと頭をぽかりと叩きたくなった。危ないから、手は放せないが、バカじゃないかと自分に言い聞かせる。噂？　なにが噂になるの？　女子高生と信用金庫職員の二人がスクーターに乗っているというだけじゃない。勇太が、なにも気にせずに親切に声をかけてくれたのに、余計な気を回しているのは、とても失礼なことのような気がする。

「バスに追いついちゃったよ」

「えっ」

目を凝《こ》らすと目の前を乗るはずだったバスが走っている。なんだかヤバい。なにがヤバいって？　そりゃあれには同級生が何人も乗っているだろう。まだそんなに親しくはない。それこそ噂に……。

「バスを追い越すから」

「追い越すの？」

「しっかり持っていてね」

勇太が指示する。

――しゃあない。もう覚悟したれや。こっちは大阪のおなごや。

頭の中に妄想が溢れ出てくる。あのバスに乗っている群馬実業の生徒たちが、「あれ、あれ、あれを見て！」と大騒ぎする姿が目に浮かぶ。

春海は勇太の体を持つ手に力を込めた。

エンジン音がひときわ大きくなったような気がした。スピードが上がる。バスの傍《そば》を素早く抜けて、あっと言う間に前に行く。後ろからの視線を強く感じるのは気にし過ぎだろうか。

スクーターはさらにスピードを上げ、バスを引き離していく。後ろを振り向くと、バスの姿が小さくなっている。

「見られたやろか。ヘルメット被ってるから分からへんよね」

ぼそりと呟く。

「えっ、なに？」

勇太が聞き返す。耳が鋭い。

「こんな格好で通学しているところ、見られたやろかと気になったんです」

春海の答えをよそに、勇太が笑い出す。

「なにがおかしいんですか？」

ちょっと憤慨。傷つきやすいのに、笑うなんて失礼だ。

「学校に遅刻しそうになってスクーターなんかで送ってもらうのは誰もが経験することさ。気にすることはない。でもさすがに毎日は嫌だよ」勇太は少し頭を後ろに向け、「さあ、着いた」とスクーターのスピードを落とした。

目の前に群馬実業高校前のバス停が見える。

「なんだったら、高校の門まで送ろうか」

勇太が言った。

「ここでいいです。ここからは歩いていきますから」

春海は慌てて申し出を断る。勇太は気にしなくていいと言うが、やっぱり気になる。まだこの高校の雰囲気も分からないし、友達も多いわけじゃない。

「じゃあ、ここでね」

勇太がスクーターを停める。高校までは歩いて数分だ。コンビニの角を曲がると、校門まで一直線の道が続く。

春海は、スクーターから降り、ヘルメットを脱ぐ。髪の毛が乱れる。指でほぐす。

「助かりました。ありがとうございます」

ヘルメットケースを開け、中にヘルメットを仕舞う。

「じゃあね。またなにかあったらね」

勇太がヘルメットのシールドを引き上げた。勇太の笑顔が見える。

「はい、またお会いすることがあれば……」

頭をぺこりと下げる。エンジンの音が再び高まる。ひょいっと勇太が右手を上げたかと思うと、もうスクーターが走り出した。器用に後方から来る車を避けると、あっと言う間に見えなくなる。

ほんの少しの間、春海は勇太の去った方向を見ていた。

「さあ、行こか」

ぐずぐずしていたらバスに追いつかれてしまう。春海は学校に向かって歩き出した。

いい奴じゃん。春海は両腕に勇太のぬくもりを感じていた。

2

勇太は、スクーターを信用金庫本店の職員用駐輪場に停めた。ヘルメットをケースに仕舞うと「よしっ」と自らに声をかけ、鞄を抱えて信金職員通用口に向かった。

今日は、理事長たち幹部とともに片品信金の未来を語る会があるのだ。そこで勇太は自分の考える地域活性化案を提案することになっている。だからいつも以上に気合が入っている。

それにしても春海という女子高生とは縁がある。なかなかサバサバしていて面白い。もし可能なら、寿老神温泉の活性化案に協力してくれないだろうか。

「おはようございます」

通用口の警備員に挨拶をし、勇太は信金本店の中に入る。向かったのは業務部という部署だ。ここで信金の営業企画などを立案している。

勇太が勤務する信用金庫は、あまり一般に知られていないが、実は非営利組織、すなわちNPOと同じなのだ。

世間では兄の勇之介が勤務する四菱大東銀行と同じようなものだと思っているだろうが、あちらは株式会社で利益を追求し、株主を満足させる組織。法律は銀行法だ。しかし信用金庫は信用金庫法に基づいていて法律も違う。銀行が株式会社なら、信用金庫は協同組合で株式の代わりに会員の出資で維持されている。

なぜそんな組織になっているかと言えば、もともと信用金庫というのは、組合から出発しているからだ。

農村や漁村の人たち、中小零細企業の人たちが、共同で物を買ったり、売ったりする組合のことだ。その中で金融をしていた部門が、一部は信用組合になり、一部は信用金庫になった。

片品信金もスタートは大正五年。百年も続いている。しかし信用金庫になったのは昭和二十六年で、六十年以上になる。

その成り立ちから大企業を相手にしていないから信用金庫の期待される役割は、地域の活性化と中小零細企業の支援。それに尽きる。

営業区域にも制限があるし、貸出先も従業員三百人以下、あるいは資本金九億円以下のいずれかの要件を満たす事業者と地区内の勤労者に限られる。

大手銀行みたいに儲かると見ればどこにでも出かけていって、誰にでも融資するというわけにはいかない。

しかしいろいろ制約があったり、期待される役割はそうなっていても、ちゃんと法人税を払わなければいけないから、利益は上げなくてはいけない。

いわば金融の地産地消を目指しているということになるわけだが、これがなかなか難しい。

片品信金が営業エリアにしている片品市を中心とした地区は、農業が盛んではあるが、ご多分に洩れず年々人口が減少し、高齢化が進んでいる。

平成二十年には六万人ほどだった人口は、今や五万五千人ほどにまで減少している。六十五歳以上の人が人口に占める高齢化率も三十％を優に超えており、このままだとそう遠くない将来に四十％を超えることになるだろう。

六十五歳を超えても元気だぞっていう人がいるが、たいていは体力が衰え、気力もなくなる。地域が若く、元気にならなければ信用金庫もダメになる。地域が衰退していくのに信用金庫だけが元気だということなどあり得ない。

そこで理事長が、若手職員に地域活性化のプランを作れと指示を出した。

寿老神支店に勤務する勇太は、支店の同僚たちと練りに練ってプランを作ったのだが、それを今日の朝九時から、代表して発表するのだ。

「ああ、緊張するなぁ」

勇太は、首をほぐそうと左右に振った。ポキッと関節が鳴った。

「おっ、聞こえたぞ。肩、凝ってるな」

背後から肩を叩かれる。振り向くと、課長の柴崎寛治《しばさきかんじ》だ。四十歳の若手エリート。東京出身で都内の有名私立大を卒業し、就職していたが、Iターン転職で片品信金に入庫してきた。まったく縁のない片品市にやってきたのだ。

優秀な人なのになぜ、こんな田舎の信用金庫に職を求めたのか？　本人に言わせると、温泉が好きだからということのようだ。

柴崎の言う通り群馬は関東一の温泉大国だ。草津《くさつ》に四万《しま》、伊香保《いかほ》など。源泉の数は五百近くもある。片品地域にも勇太の住む寿老神、その近くには川場《かわば》、水上《みなかみ》などがある。もういたるところから温泉が湧いている。

山もいい。近くには榛名山《はるなさん》や武尊山《ほたかやま》などの姿が眺められる。営業車を飛ばして、高台に上り、榛名山や武尊山を眺めると、それだけで憂鬱な気分が吹っ飛んでしまう。

「課長、おはようございます。緊張しています」

勇太は、姿勢を正した。

「大丈夫だ。俺がついているから」柴崎は勇太を元気づけるように力強く言った。「なんでも自信を持って行動することだ。あのプランは君たち支店の人たちが作ったものだけど、俺と一緒に練ったものでもある。だから、俺にも責任があるからな」

「ありがとうございます。しっかりやります」

勇太も力強く答えた。

業務部のスタッフの多くは既に来ていた。

柴崎と勇太を見るなり、「おはようございます」と挨拶をする。柴崎は自分の席に着くやいなや決裁書類を見始めた。

勇太の机には昨夜遅くまでかかって作成し、プリントし、製本した会議用のレジュメの束が積み上げられている。

感慨深いものがある。まだ入庫して三年目に過ぎない。それなのに理事長の前で重要な発表をする機会を与えられた。身が引き締まる。

「ようやくね」

背後から声をかけてきたのは部員の木内安祐美《きうちあゆみ》だ。三年先輩の総合職女性職員。地元群馬の大学を卒業し、入庫した。きりりと引き締まった顔立ちで、立ち居振る舞いもきびきびしている。濃紺のスーツを着て執務する姿は、まるで女性警察官のようだ。手を腰に当て、少し両足を開いて「ねえ、赤城君」と言われると、ドキッとしてしまう。

「ありがとうございます」

「うん？」安祐美が首をひねる。なにかマズイことを言ったのだろうか。「まだ発表が終わっていないから礼を言うのは早いわよ。理事長を納得させるのは大変よ」

「そうでした。しっかりやります」

勇太は頭を下げた。

「自信よ、自信。何事もね」

安祐美は、いつもの腰に手を当てるポーズで言った。

「はいっ」

勇太は顔を上げ、胸を張った。

理事長が作成を指示した若手による地域活性化案は、勇太が提案したアイデアがもとになって作られた。そのため勇太が発表することになったのだ。思いつきを口にしただけだと固辞したが、支店長の霧島逸男《きりしまいつお》から「若手だから、やってみろ」と言われてしまった。

今日の発表には霧島も来ているはずだ。

後から聞くと、これは片品信金の恒例のことらしい。若手に責任感を持たせるために理事長は本店や支店に配属されている若手の意見を聞きたがるのだそうだ。

「理事長は、弱気は嫌いだからね」

安祐美がぐいっと勇太に顔を近づける。いい香りが漂ってくる。

「それに短気だって聞きました」

勇太が不安げに聞く。

「そうよ。怒ると怖いんだからね」安祐美がにやりと薄く笑う。「でも悪い人じゃない」

理事長が悪い人だったらどうしようもないだろう。

理事長の横尾《よこお》利一《としかず》は、創業時のメンバーの一族出身だ。大昭《だいしょう》和《わ》村という片品川沿いの開拓地で広大な果樹園を経営している。信金との利益相反のこともあるので実際の経営は奥さんと息子さんが担っているが、今でも休日には果樹園で仕事をするらしい。

趣味はカラオケ。だから声がよく通り、大きい。怒鳴られると会議室の窓ガラスが振動したという伝説がある。顔は農作業のせいで浅黒く、体つきもがっしりしている。六十五歳だが、まだまだ元気だ。

片品信金は、預金量約千七百億円、貸出金約九百五十億円、職員は二百十人、店舗数十七と、規模が小さい。

職員は皆、知り合いみたいなものだが、それでも理事長となると別だ。親しく話す機会がそれほどあるわけではない。

「怒られないように頑張ります」

「なに言ってんの。怒られるくらいが丁度いいのよ」

安祐美が笑う。

「おい勇太。そろそろ行くぞ」

柴崎が書類から目を離し、声をかけてきた。

「あ、はい」

勇太は、柴崎に向かって返事をする。

「それじゃあね。頑張ってね」

安祐美がウインクする。

「行ってまいります」

勇太は、レジュメを抱えた。

・

3

机の上に教科書を並べているとクラスメイトの柳原恵子《やなぎはらけいこ》がにやにやと嫌な笑みを浮かべて近づいてきた。

まだ教師は来ない。

「春海、見たわよ」

勇太のことだ。嫌な奴に見られたな。

恵子は、春海が入学してきて初めて話したクラスメイトだ。自分からというより彼女の方から話しかけてきた。まるで珍しい動物がいるかのように、恐る恐る近づいてきて「ねぇ、話していい？」と声をかけてきた。

春海が、大阪から来たことになぜだか非常に関心を持っていた。大阪には行ったことがない、大阪城は、USJは、タコ焼きは美味しいのかなどなど、最初は警戒していたが、それが解けると一瀉千里《いっしゃせんり》だった。

まだ周囲にどんな人がいるか分からないため春海は適当な答えをした。それからは恵子の方がどんどん近づいてくるようになった。

恵子は寿老神温泉の老舗《しにせ》ホテルの一人娘。名前はホテル 寿《ことぶき》。部屋数は八十室ほどある、なかなかの大型だ。片品川沿いの見晴らしのよい場所を占拠している。

「なにを見たの？」

とぼけた。

「ふふふ」

恵子が含み笑いをする。

「嫌やなぁ。変な笑い方せんといて」

春海がちょっと怒る。

「これ」

スクーターのハンドルを持つ格好をする。やっぱり勇太のことだ。

「ああ、あれ。バスに乗り遅れたからや」

軽くいなす。

「春海がバスに乗っていないから遅刻？　って心配していたらさ、目の前を颯爽《さっそう》とスクーターに跨って我が群実女子がすっ飛んでいくじゃない。ヘルメットを被っていたから顔は見えなかったけどさ、雰囲気だよね、雰囲気で、春海だって気づいちゃった」

得意げに言う。

「そう、別にいいじゃん」

関心を示さないようにする。いろいろなことを言うと、余計な詮索《せんさく》をされるし、噂をまき散らされても困る。

「なになに付き合ってるの？　年上じゃん」

恵子が春海の机の前に回り込む。いかにも嬉しそうだ。

嫌な奴。顔をそむけてやろうか。

「そんなんじゃない」

「じゃあ、なんなの？　私、あいつ知ってるよ。赤城っていうんでしょう」

思い出すかのように顔を上に向ける。

「そう？」

無視する。

「名前までは知らないけどさ。赤城っていう旅館の息子じゃないかな。うちもホテルをやっているからさ。名前、なんていうの？」

詮索したがる。

「知らない」

さらに無視。

「えっ、名前も知らないのにスクーターに乗ったの？　さすが都会っ子。進んでる！」

恵子が驚く。

「しっ」人さし指を立て、口に当てる。「周りに聞かれるやないの」

「怒ってるの？　名前くらい教えてくれてもいいじゃん」

恵子が少し憤慨する。

「あっ、アラシ先生が来はった」

教室の入り口に視線を送る。恵子も振り向く。

「後でね。きっと教えてよ」

恵子が指さしながら自分の席に小走りに向かう。

春海は、唇を尖らせ、顔をしかめる。

一限目は桜《さくら》井《い》翔《しょう》先生の食品化学だ。春海の担任でもある。

名前がジャニーズの嵐のメンバーと同じなので、生徒からは桜井ではなく「アラシ」と呼ばれている。

五十歳になろうとするベテラン教師で、とてもジャニーズの櫻井翔とは似ても似つかない。体つきはやや腹が出始めている程度だが、髪の毛が非常に固く、ヤマアラシのように天に向いて立っていることがある。太い眉に大きな目、ごつごつした顔に逆立った髪。こう書くと鬼のようだが、いたって優しい教師で人気がある。

「起立！」

当番の声で全員が立つ。

アラシも教壇で直立する。今日も髪の毛が立っている。

「礼！」

全員が頭を下げる。「おはようございます」

「おはようっ！」

アラシの返事。

「直れ！」姿勢を正す。「着席！」

ガタガタと椅子を引く音がして、全員が座る。

さあ、一日が始まる。

春海が通う群馬実業高校は、歴史もあり、日本一の実業高校を目指すという名門だ。

実業高校と言うと、職業専門校のように思っているだろうが、実際は大学などに進学する人も多い。春海はケーキを作るパティシエかパン職人のブーランジェになりたいという夢があるので、この後、専門学校に進学するかもしれないし、もう少し専門的な学問をしたいと思うようになれば大学へ行くかもしれない。今のところは未定とだけ言っておこう。

群馬実業高校、略称群実には、農業系と工業系のコースがある。一年生は八十名ずつがそれぞれのコースで学んでいる。

春海は、農業系に入学した。

その後二年生からは農業系は、生物生産科の生物資源コースと食品文化コース、そしてグリーンライフ科の森林科学コースと生活環境コースに分かれる。

一方の工業系は機械システム科の機械コースとメカトロコース、環境技術科の建設コースと加工技術コースとなる。

春海は、農業系コースの一年生として学んでいるが、二年生からは生物生産科食品文化コースに進むつもりだ。

食品文化コースでは食品の加工、製造技術習得や、地域の特産品を取り入れた加工食品などを作る。

実際に米や麦を作ったり、加工食品やケーキ、パンなども作る。

運動や文化サークルも充実しているし、入学してきてなによりも驚いたのは生徒が礼儀正しいことだ。

制服は男子は黒の学生服、女子は濃紺の襟に白のライン入りで、赤のチーフのセーラー服。夏は白のシャツに男子は黒のズボン、女子は濃紺のスカートと極めてシンプル。

誰もスカートの丈を短くしたり、俯《うつむ》くと下着が覗くような挑発的な格好はしていない。

短いくるぶしソックスなんて論外。濃紺のハイソックスできっちりと膝下まで覆っている。男子の髪は短くカット。女子にもロングヘアはいない。

当然と言えば当然だ。農業系も工業系も実地作業が多く、長い髪は機械に巻き込まれたら危ないし、食品加工においては不衛生だ。

外見も大阪の学校に比べれば、ここは軍隊か？　と思うほどきちんとしている。そして挨拶もすごい。先生や生徒へは勿論《もちろん》だが、特に来客への挨拶は徹底している。

来客へは、すれ違う前に一度立ち止まって挨拶をする。これには参った。春海は、そんな躾《しつけ》をされたことがないので慣れるまで大変だった。

高校を卒業後、社会人になる人もいるから、まず礼儀正しさを身に付けようというのだ。授業は実習が多く、その度に制服から作業服に着替える。作業服は、毎日洗濯した汚れのないものを着なくてはならない。

とにかく服装の乱れは、心の乱れ。心が乱れれば、食品を作っても、植物を育てても、機械を動かしても乱れてしまうというのが教育の基本にあるのだ。

学校の基本理念は「正しく、明るく、和《なご》やかに」といたってシンプルだ。

まあ、いい高校に入ったんじゃないのかと思っている。

「最近、グルテンを悪者にしてグルテンフリーなどというのが流行《はや》っている」

アラシの授業は面白い。最近の時事を絡めて食品加工について解説してくれる。

「グルテンというのはパンやうどんに含まれる植物性たんぱく質だ。麸《ふ》なんかもそうだ。たんぱく質だから体に悪いわけがない。しかし太るだとか、いろいろ言われているんだな」

アラシは、フランスパンのように長い棒のような麸を持ち上げた。

「これは油麸《あぶらふ》だ。輪切りにして煮物にすると美味い。動物性たんぱく質が今のようにたくさん摂取できない時に、工夫して麸を作ったんだな。小麦などの胚乳にあるたんぱく質のグリアジンとグルテニンに水分が加わるとグルテンになる……」

アラシが麸をがぶりと齧る。ワーッと教室中から歓声が上がる。

「美味いですか」

生徒が声を上げる。高見恭一《たかみきょういち》だ。

「美味いぞ。食ってみるか」

アラシが麸を振り回す。

「食べます」

恭一が立ち上がってアラシから麸を受け取るや否や、ガブッ。

「美味いか?」

「味がありません!」

笑い声。

「味がないからいろいろな味付けが可能だ。美味くもなれば、不味《まず》くもなる。お前ら一年生のようなものだ」

アラシがしたり顔で言う。

「グルテンフリーは本当にダイエット効果があるんですか」

春海が手を挙げて聞く。

「効果ははっきりしていない。なんでもバランスよく食べるのがいい。ダイエットにいいと言われると、飛びつくのはよくないな。だけど麩やうどんを別にすれば、蕎麦、ご飯、芋、豆などにはグルテンは含まれていないんだ。だからグルテンフリーブームに便乗する加工食品を作るなら、米、蕎麦、豆なんかを利用するといいんだな」

アラシが黒板に食材名を記入していく。

「蕎麦にはグルテンは入っていないんですね」

春海が続けて聞く。

アラシが振り向き、「そうだ。含まれていない。だから蕎麦を食えば痩せる。ははは、嘘だ。蕎麦にはルチンなど健康にいい成分が多い」と答える。

「でも二八《にはち》蕎麦みたいにつなぎに小麦粉を使ったらグルテンフリーにならないです」

恵子が反論する。

「よく知ってるな。その通りだ。グルテンフリーと銘打つ場合には、注意せんといかん」

アラシが、恵子に同意する。

春海は、恵子に視線を送る。得意げな様子だ。

せっかく大好きな蕎麦の長所をアラシが指摘したのに、余計なことを言う。

授業は、時代のニーズ、すなわち流行を取り入れた加工食品について言及していく。

健康志向やダイエット志向の高まりで食品に対して消費者は、美味しさになにかプラスアルファ、例えばグルテンフリーや、悪玉コレステロールを増大すると言われているトランス脂肪酸を含まないなどというような要素を加味することが必要だ……。

チャイムだ。授業が終わった。また当番の掛け声でアラシに礼をする。

「おい、春海」

教科書を片付けようとしたら、アラシの声が頭の上で聞こえた。顔を上げる。

「アラ……、あっ、先生」

驚いてアラシと言いそうになった。

「お前のおじいさんは、蕎麦打ち名人らしいな」

アラシが逆立った髪の毛を撫《な》でながら聞いた。

「はい、そのようですが」

春海は、事情が摑めず、曖昧な返事をする。

アラシは、考えごとをしているかのようにわずかに上目遣いになる。いったいなにを言おうとしているのだろうか。春海は、教科書を片付ける手を止めて、アラシの次の言葉を待った。

4

理事長の横尾は、腕組みをしたまま勇太を睨むように見つめている。果樹園での農作業で日焼けした顔。今までどれだけの苦労を重ねてきたのかと思わせるようなくっきりとした額の皺《しわ》。太い眉。大きな目。紺色のスーツの袖を見ただけで分かる太い腕。どれ一つとっても並みの迫力とは違う。

地域活性化案を発表する前から、ビビッてどうすると自分に言い聞かせたのだが、それでも立ち上がった瞬間に足が震えた。

「落ち着け」

隣に座る課長の柴崎が素早く囁《ささや》く。勇太は、小さく頷いて用意したレジュメに目を落とす。

勇太がいるのは、普段は信金の役員会が行われる会議室だ。大きな楕円形のテーブルが置かれ、入り口近くに勇太はいる。その対面に横尾が座り、左右に副理事長や専務、常務理事など本店役員が並んでいる。

霧島もいる。視線が合う。霧島が大きく頷く。勇太は頷き返す。霧島の顔が緊張している。ひょっとしたら勇太より硬くなっているかもしれないのだ。霧島は四十代。支店長の中では中堅と言っていい立場。真面目がスーツを着て歩いているような堅物だ。

「信金の最も特徴的な営業スタイルは、『フェイス・トゥ・フェイス』すなわち『人と人』とのつながり、絆と言っていいでしょうが、これを重視することです」

勇太は、信金ビジネスの基本から話し始める。

こんなこと釈迦《しゃか》に説法だと言われればそれまでだが、まずは基本を押えねば何事も始まらない。

信用金庫は、定期積金と呼ばれる積立預金が営業の基本商品になっている。

毎月一定額、例えば一万円を営業担当が集金に行くものだ。営業担当は、毎日五十軒から七十軒程度の個人宅中心の取引先を訪問する。この商品が、信金の預金を安定させ、経営の基盤となっていたのだが、営業マンによる集金であるためコストが高くなり、信金の経営を圧迫するようになってきた。

順調に貸出金量が伸びている時代なら、集金コストを十分に吸収できるのだが、徐々に難しい時代になってきたのだ。これは都市型信金も片品信金のような地方の信金も同じ悩みだといえる。

しかし、定期積金をやめてしまい、大手銀行などのように自動振替に変えようというところはないだろう。営業を効率化したりしてなんとか工夫を凝らし、コストを抑えようと努力している。

「信金は『絆ビジネス』だと考えます。預金を集め、貸出を行うということではなく、『絆ビジネス』と考えることで非常に広がりが生まれます」

勇太は、自分の中で興奮し始めているのが分かる。徐々に声が浮ついてくるのだ。その都度、横尾の顔が大きく見えてしまう。落ち着け、落ち着けと自分に言い聞かせる。

「例えば、コンビニエンスストアは、物を売っているのではありません。『便利さ』を売るということに考え方を変えたのです。そうすると商品の幅がぐんと広がりました」

「面白い指摘だね。具体的には？」

黙って聞いていた横尾が質問する。通常は、発表者の発表が終わってから質問するのだが、珍しいことだ。

勇太は、急に質問されたため、動揺した。

「あ、はい。今、それをお話ししようと思っておりました」

「そうか、話の腰を折ってしまったのかね」

横尾が睨む。

「いえ、そういうわけではありません」

さらに動揺する。

隣に座っている柴崎が「えへん」と咳払い。勇太を落ち着かせようとする。

「例えば公共料金の支払い、宅配便の受付など、とにかくあらゆる生活の不便さ、ちょっと面倒なことをコンビニが代行してくれるようになったのです。今やコンビニは絶対に必要な存在になりました。まあ『便利さビジネス』なわけですが、そこで信金も『絆ビジネス』であると考え方を変えれば、業務の幅が大きく広がるのではないでしょうか」

勇太は語気を強めた。

「また話の腰を折って悪いが、具体的にはどういうことをするんだね」

「私たちは、毎日、お取引先を訪問しております。最近は、一人暮らしのお年寄りも増えています。そこで『絆』を全面的に展開し、例えば町の見守り役になります。一人暮らしのお年寄りの話し相手になり、都会に住むご親戚との間をつなぐことも致します。買い物や庭の手入れ、犬の散歩も手伝います。コンビニは、その場所から動けませんが、私たちは毎日、動いていますから、いろいろお手伝いができると思います。中にはそれで手数料をいただける業務もあるでしょう」

勇太は続ける。横尾が何度も頷いているのが見える。納得してくれているようだ。勢いがついてくる。

ひとしきり絆ビジネスの概要を話した後、「いよいよ本題です」と勇太の声がひときわ大きくなった。

横尾がじっと勇太を見つめている。「コホン」と咳払いを一つ。

「絆と言えば、祭りです。新たな祭りを考えたいと思います」

「祭りねぇ」

隣の副理事長の北添利光《きたぞえとしみつ》に横尾が話しかけている。

「祭りは地域の絆を深め、地域と全国の絆も強くします。どんな祭りかと言いますと、赤城山の神様と日光二荒山《ふたらさん》の神様とが戦場ヶ原で争った伝説をベースにします。赤城山の神は争いで傷つき、それを癒したのが寿老神温泉です。神の化身は大蛇《だいじゃ》です。一方の二荒山の神は大ムカデ。私の計画では大蛇と大ムカデの神輿《みこし》を作りまして、町を練り歩き、観光センターの広場でぶつかるのです。神々の戦いは、豊作を祈念する意味があります。勝ち負けは関係ありません。大蛇と大ムカデがくんずほぐれつ戦いを繰り広げる。往年の寿老神温泉の賑わいを取り戻せるのではないでしょうか」

勇太が前のめりになる。ん？　横尾の表情が曇っている。あまりお気に召さないのか。

「そんな新興の祭りをやっても観光客は来んだろう」

苛立《いらだ》ちが顔に出ている。

「そこです。理事長」

勇太がもっと前のめりになる。

「なんだね」

眉根を寄せた。

「クラウドファンディングです」

勇太は自信たっぷりに言った。

「それはなんだね」

関心を示す。

「多くの人からインターネットで資金を集めるのです。大蛇、大ムカデの神輿製作費用を全国の人から集めます。勿論、寄付してくださった方のお名前などは神輿に明記し、また担ぎ手として祭りに参加してもらいます。またこうした人は片品地区に関心のある方でしょうから、移住も検討していただける可能性があります。それはここにいらっしゃる柴崎課長が証明済みです」

勇太が柴崎に視線を移すと、柴崎が着席のまま、軽く会釈した。

「柴崎君は、Iターン転職組だったね。この地区の魅力を感じて移住してきたんだ」

「はい。これほど魅力に富んだ土地はありません。仕事が見つかるように我々信金も努力すれば、祭りをきっかけにIターン転職が増加すると思われます」

柴崎が、答えた。

「で、そのクラウドなんちゃら」

横尾が話す。隣の北添が真面目な顔で「クラウドファンディングです」と囁く。

横尾は渋い顔で「それは上手《うま》くいくのかね」と聞く。

「はい、やってみないと分かりませんが、地元のイラストレーターや番組制作会社の若手らと集まって協議しますので、面白いアイデアを出せば成功するのではないかと思います。製作費の見積りはこれからですが、資金を集めることより、この片品地区、および寿老神温泉に、まず関心を持ってもらいたいのです」

強く言う。

「面白いかもしれんな」

横尾が深く頷く。

「もう一つは、蕎麦です」

勇太が勢いづく。

「蕎麦？　ありきたりだな」

また横尾が渋い顔を見せる。

「でも理事長、蕎麦と言えば、隣の長野県ばかりが有名です。私たちの群馬も蕎麦の生産量は、全国十位から十四位あたりですし、うどん・蕎麦の消費量も店舗数も全国でも上位です。そしてなにより片品地区で収穫される赤城蕎麦は、品質が全国一です」

「そんなことは百も承知だ。私は毎日、昼は盛り蕎麦と決めている。近所の武尊《ほたか》庵《あん》の蕎麦だ。蕎麦粉百％なのにあまりぼそぼそしていないんだ。流行しているグルテンフリーなんだぞ」

自慢げに言う。

「ほほう、グルテンフリーですか」

北添が、意外な流行語が横尾の口から出たことに素直に驚いている。

「ここの人は蕎麦好きなんです。片品市では素人蕎麦打ち選手権なるイベントも開催され、段位を授けたりしています。しかし、まだまだ蕎麦は長野、信州なんですね。それで蕎麦でご当地グルメを作って、宣伝したらどうでしょうか。先ほどの祭りと合わせて、町中で蕎麦イベントを行うのです」

勇太は、再び前のめりになった。

「ダメだろうな。その案は。蕎麦屋にはそれぞれ伝統があるし、蕎麦は盛りが一番美味い。妙にいろいろ工夫をしても、味も香りも台無しになって、蕎麦とは言えなくなる。君は、カレー蕎麦なんか考えているんじゃないのかね」

横尾が、ダメ出しをするように勇太を指さす。

「カレー蕎麦も美味いですよ。理事長。武尊庵のは最高です」

北添が囁く。

「まあ、嫌いではないがね。私も好きだよ」

難しい顔で返事をする。

「大蛇と大ムカデのお祭りに、蕎麦イベントで町の活性化を図りたいと思います。そこに『絆ビジネス』を基本に据えれば、完璧だと思うのですが」

悔しそうに勇太が迫る。

「クラウドなんちゃらは面白いアイデアだ。祭りとなると片品信金としても応分の寄付をしなければならない。それは進めようじゃないか。町の皆さんにもご協力いただくことになるだろう。まあ、反対はしないだろうね」

横尾が北添に聞く。

「そう思います。昔はお盆の頃に盆踊りが賑やかに開催されておりましたから。芸者さんが着物姿で、裾の方を少し割ってですね、真っ白い足を見せながら踊っているんですよ。それは色っぽかったですね。子供心に胸がどきどきしましたからね」

北添副理事長が、目を細める。

「そうだったなぁ。寿老神温泉も、あの頃は賑やかで、芸者さんが一杯いた。通りを歩くと脂粉《しふん》の匂いでむせるようだった。あの匂いが興奮させるんだよな」

横尾も目を細める。

「理事長なんか、あの芸者さんと結婚するなんて騒いでいたじゃないですか」

北添が茶化すように言う。

「君だって……確か、駒子《こまこ》姐《ねえ》さん」

横尾がにやにやしながら反論する。

「理事長は、錦山《にしきやま》姐さん。なんだか相撲取りみたいな名前だって言ったら、理事長、そんなことないって本気で怒りましたね」

北添が笑う。

「うっほん」

柴崎が大きな咳払い。

横尾と北添が真面目な顔に戻った。

二人は、幼馴染。横尾の方が一年先輩。幼い頃から仲が良かったのだろう。

「昔は賑やかだった、では済まされません。このままでは寿老神温泉は衰退の一途です。寿老神温泉を復活させねば、片品信金も衰退の一途です。『絆ビジネス』の一環で祭りの復活と蕎麦イベントを実行しましょう」

勇太は拳を振り上げた。

「祭りはいいのだが、蕎麦イベントはもうひとひねりが欲しい」

横尾が腕を組む。完全に拒否だ。

「自慢の蕎麦を町の蕎麦屋さんで一斉に宣伝するだけでは、パンチがないですな。理事長？」

北添が囁くように言う。副理事長という立場で決して出しゃばらない。

横尾が剛の印象なら、北添は柔。体つきも優しい。農家の三男だが、横尾のように農業には従事していないため色白だ。

「そうですか……」

勇太は、がっくりと肩を落とした。

「おい、赤城。ここで諦めるな。なにかアイデアをひねり出せ。そうでないと活性化案全体が練り直しということになるぞ」

柴崎が強い口調で囁く。

「はい、なにか蕎麦イベントにアイデアのプラスアルファか」

勇太は天を仰ぎ、唸《うな》った。

ふと、腰のあたりになにかの感覚が戻ってきた。

朝の出勤時に春海をスクーターに乗せた時の感触だ。

「あっ」

勇太は声に出し、柴崎を振り向いた。

「アイデア、出たか」

柴崎は喜びの表情になっている。

「はいっ」勇太は、横尾に向き直った。「理事長、女子高生が打つ蕎麦なんてどうでしょうか？」

「なんだと？　女子高生？」

横尾が首をひねる。

「そうです。女子高生に蕎麦を打ってもらってそれを目玉にしましょう。イベントで蕎麦を打ってもらって観光客に振る舞うんです。また彼女らが考えた新メニューをお蕎麦屋さんで出してもらうんです」

勇太は、春海が目の前に立っているような気がした。あの子なら蕎麦が打てる。なにしろおじいさんが名人なんだから。

「それは問題のＪＫビジネスとちがうんか」

横尾が眉根を寄せる。

「理事長、いろいろご存知ですね」

北添が驚いた顔で言う。

「そりゃ、時代に遅れると経営はできないからな」

真面目に答える。

「違います。真面目に蕎麦打ちを修業した女子高生、いや女子高生ばかりじゃなくて高校生の蕎麦打ち名人に蕎麦を打ってもらうんです」

「どこにいるんだね。そんな高校生の蕎麦打ち名人が……」

横尾が首を傾げた。

「私たちが育てるんです。群馬実業高校に相談します」

勇太は声を弾ませた。

「群実か……」

横尾が大きく頷く。感触良好だ。

「理事長、副理事長ご出身の高校であります！」

勇太が強い口調で言った。

「よしっ、やってみろ！」

横尾が声を張り上げた。隣の北添が笑みを浮かべた。

第三章　蕎麦打ちサークルって？

1

夕方早めに勇太が帰宅すると、駐車場に黒塗りの高級乗用車が一台停まっていた。旅荘赤城では珍しいことだった。運転手が車の中で座席の背もたれに体を預けて、退屈そうにしている。

――誰か偉い人でも来たのかな。

勇太は、いつものように玄関からではなく、裏口から中に入る。旅館の入り口は、客が出入りする所だと幼い頃から教えられている。小さいながらも旅荘赤城は旅館だ。客をもてなす場所だ。住まいは、客室とつながっているから、裏口といっても家族にとっては正真正銘の表玄関なのだが。

小百合がいる。客がいる時は、本業の工芸家から旅荘赤城の従業員に転身する。

「黒塗りが停まっていたけど、誰が来ているの？」

勇太は、茶を出す用意をしている小百合に声をかけた。

「勇之介が突然、銀行の偉い人を連れて帰ってきたの」

小百合が答える。

「へぇ、珍しいね。泊まるの？」

「そういうわけじゃないみたい。打ち合わせがしたいから、部屋を一つ貸して欲しいって。突然よ」

「じいちゃんやばあちゃんは」

「もうすぐ帰って来るんじゃないかな。農協マーケットに買い物。宴会するみたいだから、材料を仕入れに行った」

この辺りの買い物は、農協が経営するマーケットに行く。野菜、肉、魚などなんでも手に入る。海が遠いので海の魚は都会のように種類が豊富ではないが、その代わりに川魚がある。新鮮野菜は充実しているし、肉は上州麦豚などのブランド品が並んでいる。

「宴会するの？」

「勇之介が案内して、視察して、風呂に入って、宴会するのよ。今日は暇だと思っていたのにね。夕飯は、コロッケを作っておいたから、自分で食べてね。今日は、一緒に食べられそうにないから」

小百合はちょっと恨めしそうな目で、勇太を見ると、盆に茶の準備を整えて、部屋に向かった。

勇之介が、偉い人と一緒というのは、いったい何を視察するのだろうか。気になった。旅荘赤城は、勇太の曽祖父、弥之助が創業した。最初は、自宅を開放して旅館にしたようだが、祖父の慎太郎の代に旅館部分と自宅部分を台所なども含めて明確に分けた。ただしなにかの時のために廊下でつながっている。裏口を基点にすれば、左側が旅館部分、右側が自宅部分となる。

勇太は、自宅部分にある台所のテーブルに鞄を置いた。冷蔵庫のドアを開け、中から三百五十ミリリットルの缶ビールを取り出す。タブを引くと、泡が少し飛び出る。慌てて口を運び、ビールを飲む。口の中が、しゅわしゅわとさっぱりする。ごくりと飲む。ビールの苦味が喉を通過すると、一日の緊張がほぐれる気がする。

「プハーッ」

顎《あご》を上げ、口を上に向けると、体の中に溜まった嫌なものが全部出ていく。

テーブルには、小百合が言っていた通りコロッケが皿に盛られていた。たくさんのキャベツが添えられている。コロッケは、こんがりとしたきつね色に揚がっている。

コロッケばかりじゃなくて群馬県は、なぜかジャガイモをよく食べる。茹《ゆ》でたジャガイモとネギや干しエビをウスターソースで炒《いた》めたものは「子供洋食」といって、昔からおやつの定番だ。勇太もよく食べたし、今でも懐かしくて、時々自分で作ることがある。

テーブルには、コロッケの他に、祖母が手作りした煮物や漬物を盛った鉢が並んでいる。

勇太は、迷った。自分の部屋に行って着替えてから、夕食にするか、今、ビールを飲んでしまったので、このまま夕食を食べるかだ。

小百合は、宴会の準備があるからだろうが、一緒に夕食はできないと言っていたから、みんなを待つ必要はない。父の勇一もまだ帰ってきてはいない。

台所の隅に掲げてあるボードを見る。そこには「今日は、市役所で集まりがあるから遅くなる」と勇一からの伝言が記入されていた。

「まず、腹ごしらえしてからにするかな」

勇太は、スーツの上着を椅子にかけた。次に台所の流しで手を洗い、再び椅子に座った。

コロッケに、卓上に置かれていたソースをたっぷりとかける。小百合がいたら「そんなにソースをかけるんじゃありません。味が分からなくなるでしょ」って叱られるところだが、いないからそんなこともない。コロッケはソースをたっぷりかけた方が美味い。

箸から落ちそうになるほど大きなコロッケを摘んで口に運ぶ。口をいっぱいに開け、かぶりつく。ジャガイモの甘味が一気に口の中に広がる。ほくほくした食感もたまらない。

「美味いなぁ」

思わず声が出る。缶ビールを一口、飲み、コロッケを流し込む。油で揚げるという料理法を編み出した人は天才ではないかと思う。コロッケも油で揚げるから、一層、ジャガイモの甘味が引き立つのだ。

――ジャガイモは油と出会って、幸せなコロッケに変身したんだ……。

しげしげとコロッケを見つめながら、ひとしきり感慨にふけり、またかぶりつく。

炊飯器から自分のお碗にご飯をよそう。ご飯の上に、祖母の朝江が作ったふりかけをかける。

ニンジンや大根葉など適当な残り野菜とちりめんじゃこを、醤油やみりん、酒、唐辛子などを加えて甘辛く炒めたものだ。ふりかけと称してご飯に載せて食べると、余りの美味さについ食べ過ぎてしまう。

「さあ、どうするかな」

空腹が満たされてきて、仕事のことを考える余裕が出てきた。

横尾理事長から地域活性化案について「やってみろ」と言われたが、ポイントは女子高生の蕎麦打ちだ。

「理事長がＪＫ好きとは思わなかったなぁ」

勇太は二本目の缶ビールを開けた。

あの時、なぜあんなことを思いつきで言ってしまったのかと言えば、あのままだと提案が却下されそうな気がしたからだ。祭りと蕎麦を中心としたアイデアだけではダメだった。

「絆ビジネスっていいアイデアじゃないかって思ったんだけどな」

勇太は、残念な気持ちになった。横尾理事長がもっと「いいね！」と賛意を表明してくれることを期待していたのだ。

しかし横尾は、女子高生の蕎麦打ちには強く反応したが、絆ビジネスには、せいぜいなるほどね、程度の反応だった。

信用金庫の概念を絆ビジネスと規定することで、単なる預金と融資だけの業務から脱却できる可能性があると考えたのだが……。

会議終了後、支店長の霧島が青い顔をして飛んできた。

「おい、女子高生の蕎麦打ちってなんだ!?」怒ってはいないが、動揺している。

「ひあ、あのぉ……」勇太は言い淀む。

「大丈夫か？」

「なんとかします」

なんとかしますと言ってみたものの、不安は尽きない。本当にその場の思いつきなのだから。こんな時は〝原点〟に還るに限るって、誰か偉い人が言っていなかったか……。

勇太は、信用金庫というより銀行の役割とはなにか考えてみた。

銀行は為替・送金業務から始まったと言われている。

商人らがお金を安全に遠くまで運ぶために、銀行というシステムを作り上げた。

信用のある人がお金を預かり、その証拠として為替手形という書類を相手に渡した。旅人は、現金ではなく、その書類を持って旅をした。現金なら盗賊に襲われて奪われる危険があるが、これなら大丈夫だ。たとえ、盗賊にこの為替手形を盗まれても、本人以外はお金に換えることができないからだ。

遠くの町に到着した旅人は、その町の信用できる人のところに行き、為替手形を見せた。すると、信用できる人が、その為替手形に書かれた金額のお金を旅人に渡してくれたのだ。このお金を預かったり、お金を渡してくれた、それぞれの町の信用できる人たちが、銀行へと発展していく。

銀行は、お金を預かり、大切に保管する。これが預金だ。そして預かったお金に利子をつけて人々に貸し出すという業務も始まった。これが融資。こうして為替・送金、預金、融資という三つの核になる業務が発展し、人々は商売がしやすくなり、また余ったお金を上手に運用できるようになった。

こうして銀行は、社会の重要なインフラストラクチャーとなっていった。

まさに絆ビジネスではないか。信用というものが、人々を結びつけることで、多様な業務が、ニーズに応じて発展していったのだ。

日本の銀行はどのように発展してきたのだろうか。

江戸時代には、大商人たちが大名貸しと言って、名だたる大名に俸禄《ほうろく》の米を担保にお金を貸した。彼らのことを札差《ふださし》と言う。

大名たちは、石高《こくだか》ということで自分の領地から収穫される米を大商人に担保として差し出した。その米は、まだ収穫されていないこともあった。大商人たちは、まだ収穫されていない米を売ることで貸したお金を回収した。この米市場が、現代の先物市場の原点だと言われる所以《ゆえん》だ。

しかし、だんだんと幕末に近くなり、大名たちが貧しくなっていく。彼らは、人々の上に君臨するだけで、一切、働かないのだから没落するのも当然だ。

そのため大名貸しの多くは、とりっぱぐれ、すなわち不良債権になり、大名もろとも大商人の札差も没落していった。

その中でなんとか生き残ったのが、三井《みつい》や三菱《みつびし》、住友《すみとも》などという今日まで続く旧財閥系だ。彼らは、激変の時代を生き残ったということで信用を得た。そして大名などではなく、広く一般の人々からお金を預かり、お金を貸し出した。また武士が廃業となり、その時に支給された公債などを担保にしてお金を貸した。やがて法律が整備され、西洋のバンクの翻訳に銀行という名訳が充《あ》てられ、多くの銀行が作られていった。

しかし、戦争や金融危機などの時代の変化で多くの銀行が淘汰《とうた》された。旧財閥系と言われる銀行も生き残りが難しくなった。そのため今では三井と住友が合併したり、その他も単独での生き残りを諦め、財閥系列という垣根を越えて合従連衡《がっしょうれんこう》を図っている。

メガバンクと言われる大手銀行だけではない。地方銀行、信用金庫なども合従連衡を図り、大きくなることで生き残りに必死だ。まるで大きければ潰れない、否、潰せないとでもいうかのように。

——しかし、それでいいのか。

勇太は、コロッケのジャガイモがほろ苦く感じられるように思えた。

インターネットが想像以上に進歩し、仮想通貨・ビットコインなるものが現れ、お金がコンピュータのデータになってしまった。こうなるとお金を安全に遠くに送るのに銀行を使わなくてもよくなる。

コンピュータさえあればいいのだ。コンピュータでお金のデータを送ってしまえば、あっという間だし、手数料も安くて済む。

銀行が持っていた為替・送金という機能がコンピュータに奪われてしまったのだ。フィンテックなどというコンピュータと金融を結びつける技術などが話題になっているが、いずれは預金や融資の機能も奪われてしまうのだろう。

メガバンクはそんな未来を見越して、インターネット企業と提携するなど、大慌てしている。みんな将来の銀行はどうなるのだろうという不安もあって、焦《あせ》りまくっているのが今の時代だ。

多くの人からお金を預かり、保管し、遠くに届けたり、融資をしたりするのが銀行の基本的な機能だ。それはいつまでも変わらないと誰もが思っていた。勇太も同じだった。しかし、その認識は急速に変化している。銀行って、必要なのか。こんな疑問が多くの人の頭に浮かんできたのだ。

そんな大きく変化する時代に信用金庫はどうやって生きていくのだろうか。

勇太は、そこで「絆ビジネス」こそ信用金庫の生きる道だと考えた。絆の中身は、まだまだ未知数だ。でも未知数だからいいのだ。

ガリレオだかコペルニクスだか知らないが、誰かが地球は丸くて太陽の周囲を回っていると言えば、それに賛成する人が現れ、次々と観測結果や計算結果を提供してくれるようになる。そしてその考えは大きく膨らんでいく。

コンビニだって、物を売るんじゃなくて便利さを売るんだと大きく旗を揚げたら、ありとあらゆる便利さ・コンビニエンスが集まってきたではないか。

信用金庫は絆ビジネスです、と高く旗を掲げよう。そうすればいろいろな絆が集まって、太くて強い絆になっていくに違いない。それは信用金庫を地域に絶対に必要な存在と位置付ける絆に違いないのだ。

「さてと……」勇太は、飲み終えた缶ビールの缶をぐしゃりと握りつぶした。「なにから手をつけるかな」

まずは金庫内にチームを組成して、クラウドファンディングも研究して……。

勇太は、これからやるべきことの多さに圧倒されながらもワクワク感に興奮していた。

「勇太、いる?」

姉の小百合が呼んでいる。

「ここだよ。コロッケ食べたよ」

勇太が答えた。

「勇之介が呼んでいるよ。お客様に紹介したいから、顔を出せって」

「兄ちゃんが……。ビール、飲んじゃったよ」

勇太は、末っ子。小百合、勇之介、勇太の順だ。小百合は二十八歳、勇之介二十七歳、少し離れて勇太二十四歳という関係だ。

勇之介は、文武両道に長《た》けており、三つ年上であり、勇太は敵わないと思っている。正直なところ苦手だった。

「客は銀行の人なんだろ?」

「そう嫌な顔をしないで、まあ、行ってよ。勇之介が、勇太を紹介したいなんて珍しいじゃないの? できの悪い弟だから」

小百合がにんまりと笑う。

「ああ、姉ちゃん、ひどいなぁ」勇太は、いつもの小百合の皮肉に苦笑しながら、「しゃあねぇ、じゃあ、行くか」と立ち上がった。

2

春海は、祖父の誠司、祖母の弥生と夕食のテーブルを囲んでいた。

メインは、この地域でよく食される「おっきりこみ」と言われる鍋だ。

醤油ベースの汁で地元野菜がふんだんに煮込まれている。そこにおっきりこみと言われるうどんに似たものを加える。

うどんと違うのは、塩を入れないで練り込むことや、事前に茹でたりしないことだ。

打ち粉を振り、小麦粉を練ったうどんを包丁で切り、そのまま鍋に放り込んで煮ることから、おっきりこみと言われるようになったらしい。

山梨県で、ほうとうと言われているのと同じようなものだ。

野菜は、人参、大根、シイタケ、春菊、ほうれん草、ごぼうなどなんでも入っているという感じ。

おっきりこみに出汁の味が沁《し》み込んで、春海は大好きだ。

もともと大阪出身で、うどんで育った春海だが、おっきりこみはうどんに似ているが、初めて食べた麺類だった。

「なんや繊細やないなぁ」

最初、弥生が作ってくれたおっきりこみを見た時、大阪うどんの淡い色の出汁、甘く煮た油揚げなどに比べると、料理というよりごった煮みたいだと思ったのだ。

「まあ、美味しいから食べてみなさい」

弥生に勧められて、口にすると、思わず「美味しい！」と叫んでしまった。野菜の味が沁み込んだ出汁に、とろ、つるっ、するっとした食感のおっきりこみ。

「美味しいかい」

満足そうな弥生の顔。

「うん、うん」と春海は、何度も頷きながら、フーフーと息を吹きかけ、熱いおっきりこみを食べた。それ以来、大好物になった。

「春海もすっかりおっきりこみのファンになったね」

誠司が嬉しそうに言う。

「ホント、美味しいよね。食べものが美味しいと、その町を好きになるんやね」

春海は、おっきりこみを口いっぱいに頬張りながら言った。

「大阪とは、同じようだけどちょっと違う意味で粉物が多いね」

弥生が言う。

「大阪は粉もんの街と言われてて、お好み焼き、タコ焼き、イカ焼きなんかが美味しいよ」

春海が答える。

「群馬もおっきりこみ、すいとん、焼きそば、焼きまんじゅうなど、粉物が多いけど、大阪と違うと言ったのは、ここでは小麦粉が穫れる。地産地消だよ。ここで穫れたものをここで食べるんだ」

誠司が自慢する。

「大阪は、昔から全国から米や麦や美味いものが集まったんやろね。だからそこでいろいろな粉もんが発達したんやと思う」

春海が自分の考えを言う。

「今、群馬県は、すき焼き応援県宣言をしているみたいね」

弥生が誠司を見る。

「そうみたいだな」

誠司は、麦焼酎のお湯割りを飲んでいる。上州麦焼酎というラベルが、群馬愛に満ちていることを如実《にょじつ》に表している。

「すき焼きって、よく食べるの？」

春海が聞く。

「そんなに食べないよ。でも、すき焼きは牛肉より豚肉だな。役所は、上州和牛と下仁田《しもにた》ネギ、群馬のこんにゃくをアピールするためにすき焼き応援県宣言をして、群馬食材を売り込みたいんだがね。それならおっきりこみ宣言とかすいとん宣言の方がいいんじゃないのか」

誠司が、ぐぃと焼酎を飲む。

「そうね。牛肉のすき焼きより豚肉のすき焼きね。それも安いこま切れ肉を使ってね。豚すき宣言の方がいいわね」

弥生も誠司に賛同する。

「豚すき、美味しいよね。また作ってね」

春海は、一度だけ弥生が作ってくれた豚すきを食べたが、牛肉のすき焼きより美味しいと思ったものだ。なんてったって甘い。それに生卵がものすごく絡むから、美味しすぎて嬉しくなったものだ。

「いずれにしても地元のものを食べるのが一番美味しいし、それを正直にアピールすれば、多くの人に受け容《い》れられるんやね」

「春海はいいことを言うじゃないか。群実に入ってよかったな」

誠司が、新しいお湯割りを作った。

春海が、地元食材のことを話題にしたのには、ある考えがあったからだ。

それは今日、授業の終わりにアラシこと桜井翔先生に頼まれたことがあったのだ。

それをいつ話題にしようかと春海は、誠司の様子を探っていた。

アラシが頼んできたのは、誠司に蕎麦打ちサークルの特別顧問になって、蕎麦作りの指導をしてもらえないかということだった。

「春海、お前っちのおじいさん、蕎麦打ちの名人だろ」

アラシが言った。

春海は、一瞬、怪訝そうな顔をした。アラシは、なぜいきなり祖父、誠司の蕎麦打ちのことを言うのだろうか。

「そんなことを聞いたことはありますが……」

春海は慎重に答えた。

「お前、食べたことあるか？」

「ええ、何度か……。気まぐれで、今ではたまにしか蕎麦を打たないみたいなので……」

春海の返事にアラシは、顎に手を当て、「ふーん」とため息のようなものを洩らした。

「どうして店を開けてくれないのかな。流行っていたのに。もったいない」

「あのぉ、なにか、あるんですか？」

春海は、一向に本題に入らないアラシに焦《じ》れた。

「いやさ、お前のおじいさんに蕎麦打ちサークルの特別顧問になってもらいたくてさ。部員を指導してくれないかな」

アラシのいかつい顔がちょっとほぐれた。

「蕎麦打ちサークル？　そんなものあるんですか？」

「あるよ。群馬は蕎麦でも有名だからな」

「えっ、蕎麦は長野やないんですか？　信州蕎麦なら知ってますけど？」

春海は、しまったという表情になった。適当に話を合わさず、信州蕎麦なんてことを言ってしまったからだ。

アラシは、急に渋い顔になった。

「信州蕎麦より上州蕎麦だよ。春海は大阪から来たから知らないだろうけど、群馬の蕎麦は美味しいんだぞ」

「すみません。知りませんでした。それで蕎麦打ちサークルって？」

「おお、そのことだ。地産地消を学ぶ意味で、地元の蕎麦粉を使って蕎麦を打つ、蕎麦打ちサークルで、私が顧問をしているんだけどな。今までは、蕎麦を自分で打てるようになるだけでいいと思っていたんだけど」

アラシが神妙な顔になる。

「けど、なんですか？」

春海が話を促す。

「部員から、どうしても刺激がないって意見が出て、今度、初めて開催される全国高校生蕎麦打ち選手権大会に出場しようっていうことになったんだ。八月だ」

アラシの表情が輝く。

「蕎麦打ち選手権？」

聞き返す。初めて聞いた。そんな大会があるのだ。

「高校生による高校生のための蕎麦打ち選手権だ。春海も部員にならないか。まだサークルは決めてないいんだろう？」

アラシの表情が微妙に揺らぐ。

「私、お蕎麦屋さんになる気はないんです」

マジで否定する。春海はパティシエ志望なのだ。

「ははは」

アラシが大きな口を開けて、笑う。

「なにがおかしいのですか？」

嫌な気分。笑うなんて最低じゃん。

「みんな蕎麦屋さんになるつもりはないさ。ああ、一人だけ、家が食堂ってのがいるけどね。みんな自分で美味しい蕎麦を打って、家族に食べさせたいって思っているんだ。だけど何事にもモチベーションが大切だろ？」

アラシが同意を求めてくる。

「はい」

じっとアラシを見つめて返事をする。

「今はさ、時々、地元のお蕎麦屋さんに来てもらって教えてもらっているんだけど、大会に出ようと思ったら、本格的にやらないとね。そのためには常駐で指導してくれる人が必要なんだ」

「それで、祖父に?」

「そうなんだよ。知り合いのお蕎麦屋さんに相談したら、竹澤さんがいいって言うんだ。今は、店をあまり開けていないみたいだし、腕は保証するって。名人だそうじゃないか」

アラシの顔が目の前に迫ってくる。

「そんな噂を聞きました」

ちょっとたじろぐ。

「おじいさんに指導をお願いできないかな。春海から頼んでくれないか。もちろん、私も頼みに行くけどね」

アラシが手を合わす。

「話してみますけど……」

弱気の返事をする。

「頼むね」アラシの嬉しそうな顔。「でもどうして蕎麦屋さんを閉めちゃったのかな。知

って る？」

またアラシの顔が迫る。

「知りません。聞いたこと、ないです」

春海は、首を振る。

「とにかく頼んだよ。大会に出場できるかどうかがかかっているからね」

「部員は、何人いるんですか？」

春海は聞いた。

「今は三人。三年生一人、二年生一人に一年生一人。大会に出るには四人必要だから、一人足りない。ぜひ春海にも入ってもらいたいな。ちなみに同じクラスの柳原が部員だよ」

「えっ、恵子が？」

春海は驚いた。あの恵子が蕎麦打ちサークルだなんて知らなかった。

「そう、あいつのうちはホテル寿だから、なにかの役に立つと考えたんじゃないかな。いずれにしても頼んだよ」

——頼まれちゃったじゃん。

春海は、誠司の顔をしげしげと見つめた。どのタイミングでアラシの依頼を口にしようかと考えていた。

「なにかついているのか、それとも?」

誠司が、顔を撫でる。

「それとも、なあに?」

春海が聞き返す。

「ワシが、余程、二枚目なのかなってさ」

誠司が笑う。

「なにバカなことを言ってるの。じじいの自覚を持ちなさい」

弥生が顔をしかめる。

「おじいちゃん、結構、いい男だよ」

春海は、誠司を見て笑う。誠司は、年齢は七十七歳だが、白髪混じりの短髪で、精悍《せいかん》な顔立ち。いかにも風雪に耐えた職人というオーラを発散している。けっしてしょぼくれた老人という印象はない。

「だけど別に見惚《みと》れていたんじゃないんだ」

「じゃあ、なぜ、そんなにワシの顔を見るんだ」

「ちょっと頼みごとがあるの」

困った顔をする。

「頼みごと? 話してみなさい。可愛い孫の頼みごとを断れるほど、つれなくはない」

春海は思い切って言うことにする。

「じゃあ、言うね」

誠司が、真面目に話を聞く姿勢を見せるかのように焼酎のグラスをテーブルに置いた。

「言ってごらん」

焼酎を飲みながら聞くのは、相談する春海に失礼だとでも思ったのだろう。

「学校にね、アラシっていうあだ名の先生がいるの。名前が桜井翔っていうんだけどね、それでアラシって言われている。嵐の櫻井君とは似ても似つかないけど、いい先生よ」

「それで？　アラシ先生がどうかしたかい？」

誠司がぐっと見つめる。

春海は息を詰める。素直にアラシの依頼を相談すればいいだけだ。なぜ躊躇するのだろうか。それは誠司がなぜ蕎麦屋を閉めたかという理由を、アラシは聞いたことがないはずだからだ。なぜ誠司は、蕎麦たけざわを閉めてしまったのか。そしてまるで気まぐれのように、不定期に蕎麦を打つことになったのか。そのことを全く知らないアラシの頼みだとはいえ、誠司に蕎麦打ちの指導を依頼していいのだろうか。

「おじいちゃんに蕎麦打ちの指導をしてもらいたいんだって」

春海は思い切って言った。

誠司の表情が硬くなった。同時に弥生の顔も同じように変化した。

誠司が、気難しそうな表情で首を傾げる。

「群実にね、蕎麦打ちのサークルがあるんだって。それが選手権に出るのに、どうしてもおじいちゃんに指導を受けたいってこと。それでアラシに頼まれたの。おじいちゃんにそのサークルの特別顧問になってくれるように話してくれって」

「ん？」

春海は、ぎこちなく笑った。

「遠慮しておこう」

誠司は、再びテーブルに置いた焼酎のグラスを取り上げた。

「えっ、ダメなの。おじいちゃんは蕎麦打ち名人だって聞いたよ」

「名人なんかじゃない。それに蕎麦打ちはやめたんだから」

「でも時々、店を開くじゃない？」

「気まぐれみたいなものだ。忘れないためにな」

「なぜやめたのに忘れないようにしているの？」

「せっかく修業したんだから、たまには打ってもいいだろう」

春海の質問に、誠司が不愉快そうな顔をした。

「いいよ。おじいちゃんにもっと蕎麦打ってもらいたいって人、いっぱいいるよ。吹割の滝のお土産物屋のおばさんも言ってたし、私だって、おじいちゃんの打った蕎麦、たまにしか食べたことがないんだからね」

「そうか……」

　誠司は、ふと表情を曇らせた。

「ねえ、おじいちゃん、なぜお蕎麦屋さんをやめたん？　ママのことがあったからのようだけど、詳しく話してくれへん」

　春海の問いかけに、少し寂しそうな表情で、誠司は弥生と視線を合わせた。

「なんだかやる気が失《う》せたんだ。それだけだ。やる気が失せたような奴から指導を受けても蕎麦は良くならない。蕎麦は生きているからな」

「やる気が失せた？」春海は誠司の言葉を繰り返し、「うーん」と唸った。なんとなく分かったような分からないような……。

「申し訳ないが、そのアラシ先生に断ってくれないかな。申し出は嬉しいが、もっとやる気のある人の指導を受けてくれってな」

　誠司は、焼酎をぐいっと飲んだ。

「ダメかなぁ。やってくんないかな。アラシががっかりするんやけど」

　春海が呟いた。

「諦めてくれ。蕎麦は生き物だ。もっと勢いのある人に頼んでくれないか。アラシとかいう人にお断りしてくれ」

誠司は、空になったグラスに焼酎を注ぎ入れた。

3

勇太が部屋に入ると、中はかなり盛り上がっていた。

六畳間で勇之介がビール瓶を抱えて、二人の男に酌《しゃく》をしている。

「失礼します」

勇太が畳に正座して頭を下げた。

「おお、勇太。紹介するぞ」

勇之介がテーブルにビール瓶を置いて「こっちへ来い」と手招きした。

勇太は、膝立ちで勇之介ににじり寄る。

男たちは、ネクタイを外して寛《くつろ》いでいる。しかし第一印象は、勇之介の上司だ。銀行員には、独特の匂いがある。なんと言えばいいのだろうか。エリート然とした、ちょっと他人より自分を上に見ているような雰囲気だ。

信用金庫職員にはそんな匂いはない。これはメガバンク行員独特のものだ。

勇太は、しまったと思った。自分の姿が、あまりに寛ぎ過ぎている。ネクタイも締めていない。ワイシャツにスーツのズボンという格好だ。それに缶ビールを飲んだせいで、いくらか顔も赤い。なによりも名刺を通勤鞄の中に入れたままだ。

勇之介に、失礼な奴だと叱られるかもしれない。しかし、男たちに視線を向けた。二人ともすっかり赤ら顔で、かなり酒が進んでいる。完全に仕事モードではない。これなら大丈夫だろう。

「弟の勇太です。地元の片品信金に勤めています」

勇之介が、勇太の頭に手を置いて、お辞儀を強《し》いた。

――酔っているからって人の頭を押えることはないだろう。

勇之介を睨みながらも無理に笑顔を作る。

「勇太と申します。よろしくお願いします」

勇太が二人の男に頭を下げる。

「こちらは、四菱大東銀行の執行役員で営業推進部の東原《ひがしはら》三津五郎《みつごろう》部長」勇之介は、恰幅《かっぷく》のいい男性を紹介する。「そしてこちらが私の直属の長である営業推進部第三グループの岸野欣二《きしのきんじ》リーダーだ」と痩せた陰気な印象の男を紹介する。

「よろしくお願いします」

なにがよろしくだか分からないが、勇太は二人に頭を下げる。とりあえずこうしておけば、勇之介は機嫌がいいはずだ。

「こちらこそ。君のお兄さんにはなにかとお世話になっております」

岸野が笑みを浮かべる。煙草を吸うのか、歯が黄ばんでいる。

「地元の信用金庫に勤務されているんですね。この辺りの景気はどうですか？」

東原が聞く。

「はあ」勇太は、突然の質問に戸惑った。「いえ、まあ、ぼちぼちです」

「参ったなぁ。ぼちぼちじゃなにも分からんじゃないか。信用金庫じゃ調査部もないからなぁ」

勇之介が小バカにする。

勇太は腹が立つ。突然、呼び出しておいてバカにするとは何事だ。

「信用金庫も調査しています。片品信金のエリアの活性化については真剣に取り組んでいるんです。どうしても高齢化していますし、目立った産業はありませんから。農業や観光でどうやって生きていくか地元の皆さんに提案しています。信用金庫と地元とは結びつきが強いですから」

勇太は、勇之介を見て言った。

勇之介は、勇太の反論に少々驚いた。

「いやぁ、失礼しました。私がお尋ねしましたのはね」東原が穏やかな笑みを浮かべる。

「この寿老神温泉地区の開発を手掛けようと考えておりましてね。いずれ地元の金融機関さんにご協力いただかなくてはならないと思ったからです。お気を悪くなさらないでください」

「気を悪くなどしていません。でもここで開発を進められるのですか」

勇太は気になる。

「営業推進部第三グループは、新規事業を推進する部署なんだ。今度この寿老神温泉地区、片品地区の活性化を推進する開発を進めることになってね。それでここ出身の私が」勇之介は、胸を張り、自らを指さした。「プロジェクトのメンバーに選ばれたわけだ。勇太、なにかと頼みごとをするかもしれないから」

自信たっぷりだ。

活性化と聞き、勇太はものすごく気になった。

「どんな活性化の方法なんですか？」

勇太が聞いた。

勇之介が、東原と岸野を見た。岸野が小さく首を横に振る。言ってはいけないということだろう。

「まだ、秘密だ。しかし、いずれすぐに町の話題になるだろうけどね。この活性化プランが成功すれば、ここも賑やかになるぞ。楽しみにしたらいい。ねえ、部長」

勇之介が媚《こ》びを売るような笑みを東原に向ける。

「そうだね。地元の人にも喜んでもらえると思うけどな。反対する人がいなければいいがな」

少し不安そうな表情の東原。

「なぁに反対はさせませんよ」勇之介は強気だ。「勇太、悪かったな。下がっていいよ」

勇之介が、部屋から出るよう勇太を促す。

「失礼しました」

勇太は、部屋から外に出る。

すっかり頭が冴えわたっている。明日にでも勇之介がどんなプロジェクトを推進しようとしているのか、地元を歩いて探ってみなければならない。それは自分が進めようとしている地域活性化案と競合しなければいいが。東原の「反対する人がいなければいい」という言葉が妙に気になってくる。

4

食事が終わって春海は自分の部屋に戻った。

スマートフォンを取り出す。ＬＩＮＥのアプリを起動させる。

まだ群馬実業にＬＩＮＥの仲間はいない。

春海は、スマホ中毒ではない。どちらかというと必要に応じて利用する程度だ。

小さな機械をいじるより、外を走り、野原で寝転がって本を読む方が好きだ。

母親の紀子からのＬＩＮＥが来ている。

相変わらず賑やかなスタンプで飾り付けている。派手なドレスを着た猫のマイフェアレディが、親指を立て、「グッジョブ！」と言っている。

〈どう、そっちの生活は？　快適かな？　もう慣れたかな？　おじいちゃんとおばあちゃんの言うことを聞いているかな？〉一通り、春海の生活を心配している様子を見せる。しかしそこからは〈ママが編集担当している暮らし生き生き舎の雑誌「ナイス・デイ」は四十代以上をターゲットに楽しく生き生きした生活を提案しているんだけど。旅や趣味や食などね。とても楽しいよ。編集長はなかなかかっこいい五十代の男性でね。北村博《きたむらひろし》っていうの。いたって平凡な名前ね。でも雑誌編集にかけてはなかなか腕があるの。後のスタッフも素敵な人ばかり……〉

——相変わらず自己中だな。自分のことばかりだ。娘のことなんかすっかり忘れて……。もっと言えばパパのことなんか一言もないじゃん。

春海は怒りがじわじわと込み上げてくる。

〈「ナイス・デイ」では温泉特集なんかもやるから寿老神温泉にも行くかもね。なにか面白いことがあったら情報提供してね。ママが取材に行くからね。少し暇ができたら、そっちにも顔を出すから。元気でね。チャオ！〉

「なにが、チャオ！　だよ。ほんと、気楽なんだから」

ＬＩＮＥを閉じる。〈既読〉としただけで、特にコメントしない。

父親の俊彦からもメールが入っている。

葉山俊彦は、旅先の寿老神温泉で紀子と出会い、大恋愛。その挙句、結婚式を控えていた紀子を略奪……、とここまで聞くと最高にドラマチックで激しい性格のようだが、本人はいたって気弱で、常識人だ。

温泉や旅行が好きなのはその通りだが、女性を略奪するような激しさがあるかと言えば、そんな雰囲気はない。きっと紀子が俊彦に迫ったに違いない。

大阪に本社がある中堅商社の部長の一歩手前の次長というポストだ。扱っているのは紙や鉄などなんでもらしい。最近は、外－外ビジネスといって日本企業の海外拠点の製品を別の国に売り込む商売を手掛けているらしい。

ベトナムで製造している日本メーカーのインスタントラーメンを、日本以外の国に売るんだそうだ。アメリカやヨーロッパにはベトナムの人たちが多く暮らしているらしい。その人たちに向けて販売するのだ。だから何度も海外に出かけていく。そんな暮らしが母、紀子とのすれ違いを大きくしていったのかもしれない。

離婚はしたけれど、春海の父親であることに変わりはない。とても優しく愛情が深い。春海は、紀子よりも俊彦の方を相談相手として頼りにしている。

〈そちらの暮らしには慣れましたか。おじいさん、おばあさんはお元気ですか？　私の方も一人暮らしに慣れました〉

俊彦は、海外出張も多いため、たいていのことは一人でやれる。料理も洗濯も掃除も紀子より上手いくらいだった。だから俊彦の一人暮らしの心配は必要ない。

〈いつも春海のことを考えています。あの元気な顔は、どこにいってもあなたの武器です。自分を信じてしっかりやってくださいね。父さんは、紀子との結婚に際しておじいさん、おばあさんに迷惑をかけたのでそちらに足を運ぶのは以前から気が重かったのですが、今回の離婚で更に気が重くなりました。余程のことがない限り、行くことはないでしょうが、春海の相談にはいつでも乗りますからね。時々、近況をメールします。気が向いたら、返事をしてくれると嬉しいです。ではまたね〉

春海は、返事を書く。

〈元気です。おじいちゃんもおばあちゃんも元気です。こちらは桜の花がもう少ししたら満開になるそうなので楽しみです。学校にもぼちぼち慣れてきました。ではまたね〉

もう少し具体的なことを書こうかと思ったが、ふいに「おじいちゃんはどうしてやる気が失せたのだろう？」という思いにとらわれてしまい、メールを打つ手が止まってしまったのだ。

「どうしてなんだろう？」

春海は、疑問を口に出してみた。するとどうしても気になって仕方がない。誠司に聞いても教えてくれそうにない。どうしたらいいか。

「おばあちゃんに聞いてみよう」

春海は、思い立ったが吉日とばかりに弥生を探しにリビングに行く。

――ラッキー。

弥生は、一人でリビングでお茶を飲んでいる。誠司は見当たらない。まだ寝る時間ではないが、どこかへ行ったのだろうか？

春海は、弥生に近づく。

「一人？」

春海が声をかけると、湯飲みをテーブルに置き、振り向く。

「春海かい？　どうしたの」

弥生が優しい笑みを浮かべる。

「おじいちゃんは？」

「小林さんのところへ行ったよ」

「リンゴ園の？」

リンゴ園経営者の小林徳一《とくいち》は誠司の幼馴染だ。大きな観光リンゴ園を経営している。カラオケ名人で有名だ。

「そう。カラオケを歌ってくるって行ったよ」

「ねえ、おばあちゃん、聞いてもいい？」

春海は弥生の前に腰掛ける。

「いいよ。なにかな」

「おじいちゃんはなぜ蕎麦屋さんをやめてしまったの？」

「さっき聞いたんじゃないのかい」

「おじいちゃん、やる気が失せたって言っただけやもん。その時は、なんとなくそうかなと思ったけど、よく考えたらなにも分からんやない。それじゃアラシに説明できへん。本当のところ聞かせて。おばあちゃん、知ってるやろ」

春海の抗議に、弥生がクスッと笑った。

「よく、似てるね」

「誰に？」

「紀子に」

「エーッ」春海が反《そ》り返る。「ママに似てるぅ？」

「そのぉ、なんていうかね、思い込んだら一途というところ。抗議口調でポンポンと攻め立てるところ」

弥生が楽しそうに言う。

「ママに似とるの、ちっとも嬉しいことあらへん。騒がしいだけやもん。それはそうと、教えて。おじいちゃんが蕎麦屋をやめた理由」

ぐいっと身を乗り出す。

「あまり言いたくないね」

弥生が表情を曇らす。

「そんなこと言わないでさ。すんごく気になるの」

春海は手を合わす。

弥生の視線が急に鋭くなる。怖いと思う。優しさが、その表情から消えた。

「春海、お前、蕎麦屋になる気があるのかい？」

「エーッ」またのけぞる。「どういうこと？　私の質問と関係あるの？」

弥生は真剣な顔で「大いにある」と頷く。

春海は、困惑する。首を傾げ、「うーん」と唸る。「私ね、パティシエになりたいの」

「そのパティシエってなに？」

「ケーキ屋さんだよ」

「そうか……」

弥生が肩を落とす。

「おばあちゃん、そんなにがっかりしないでよ。私が蕎麦屋になるのと、おじいちゃんが蕎麦屋をやめたのと、関係があるのか教えてよ？　焦らさないでさ」

　春海は弥生を見つめる。

「おじいさんがやる気が失せたのはね」

　弥生は重い口を開き始めた。春海は再び身を乗り出した。

5

「お帰りになるから」と勇太は勇之介に玄関先まで呼び出された。

　勇太と勇之介は、部長の東原とリーダーの岸野を送り出す。勇之介は残った。勇之介は、私も帰りますと言ったが、せっかく実家に帰ったのだから、ゆっくり一晩くらい泊まりなさいと二人に説得されたのだ。

　東原らを乗せた車の出発を見送った後、勇之介は勇太に「飲み直しだ」と言い、再び部屋に戻った。

　勇太はチャンスと思い、「どんなプロジェクトを進めるつもりなの？」と聞いた。

　勇之介はかなり酔っていた。そのせいか口が滑らかになっていた。東原と岸野がいた時は、教えてくれなかったが、酔っている今なら、教えてくれそうな気がしたのだ。

　得意そうに薄笑いを浮かべ、「教えて欲しいか？」と言った。

「教えてよ」

勇太はビール瓶を抱えて、勇之介が差し出したグラスにビールを注いだ。

「そうだな」勇之介はビールをぐいっと呷《あお》る。「ホテル寿ってあるだろう」

「ああ、あるよ。柳原さんのところだ」

ホテル寿は、寿老神温泉の中でも大型ホテルの一つだ。八十室ほどある。経営者の柳原安正《やすまさ》は五十代で、観光協会会長などを歴任した地元の名士だ。

「お前のところと取引はあるか?」

「よく言うよ。あったけど四菱大東銀行にかっさらわれたじゃないか」

片品信金の取引先にも勇之介が勤務する四菱大東銀行のようなメガバンクが進出し、取引を奪われてしまったのだ。こうした手法を一本釣りといい、メガバンクが地方の優良企業を個別にターゲットにして取引を奪っていく。取引先にしてみれば信用金庫や地方銀行と取引しているよりメガバンクと取引している方が世間体がいいと思っているのだろう。

しかしこれはメガバンクの思惑だ。貸出先が少なくなったため、日本中、どこにでも出かけていき、取引を地元金融機関から奪っていくのだ。

「そうか、取引があったのか」

「あったさ。それがある日突然、完済された。聞くと『うちもメガバンクと取引できるようになったよ』と非常に嬉しげだったらしいぜ。腹立つよな。でもこっちとすればショックだよ。いくら信用金庫よりメガバンクの方が信用があって見栄えがいいからってさ、取引を乗り換えられるんだからさ」

「仕方がないだろう。取引の拡大に信用金庫じゃ制限があるしさ。もっと企業規模を大きくしたいとか、海外で展開したいって思っている会社は信用金庫じゃもの足りない」

勇之介は、取りつく島なしの様子で言い、ビールを飲んだ。

「だけどさ、本当に心から面倒を見るのは地元の金融機関だぜ。俺の知っている取引先でもメガバンクは冷たい、儲からなくなると、すぐに捨てられる、余計な融資を無理強いされて苦しいなんて声を聞くから」

勇太もビールを飲んだ。

勇之介の口元が歪む。図星のことを言われた時の反応だ。表情が険しくなった。

地元金融機関からメガバンクに取引を替えた会社が陥る不幸は、メガバンクは最後まで面倒を見ないことだ。取引先が儲からないと考えたり、メガバンク自身の経営が苦しくなったりすれば、素早くさっと融資を引き揚げてしまう。またデリバティブなどという複雑な金融商品を取引先に押し売りし、損をさせることもある。なぜそんな態度なのだろうか。それはメガバンクは地元に対する愛がないからだ。彼らは狩猟民族。獲物があればどこにでも出かける。獲物がいなくなれば、去っていく。絶対に定着しない。地元金融機関は農耕民族。地元に定着しなければならない。だから自分たちだけの利益を図ることはできない。あくまで共存共栄だ。信用金庫は典型的な農耕民族だ。地元の繁栄＝信用金庫の繁栄だ。

勇太の勤務する片品信金にも、メガバンクに捨てられボロボロになった会社が、助けを求めて駆け込んでくることがある。

「まあ、そういうこともあるかな」勇之介は皮肉な笑みを洩らす。「まあ、勇太のメガバンク批判は、また後でじっくり聞くことにしてだな。そのホテル寿なんだが」勇之介がいわくありげな表情をする。

「ホテル寿がどうかしたの？」

「経営が調子悪いんだ」

「えっ？」

確かに大型ホテルなので団体客が来なくなってから経営が厳しいとは聞いていた。しかし個人客に割安な価格設定で宿泊プランを提供するなど頑張っていると思っていたのだが……。

「そうなんだ。俺たちの子供の頃は飛ぶ鳥を落とす勢いだったけど、今は残念ながらそうじゃない。そこでだ」勇之介はぐっと勇太の方に身を乗り出す。「俺たちは今、密かにあるプランを実行に移そうとしている」

「なんなの？　それは？　それを聞かせて欲しいんだよ」

勇太も身を乗り出す。

「ホテル寿を中心として、あのエリアで経営不振のホテルや旅館をいくつか買収して一大リゾートセンターを造るんだ」

勇之介が大きな声を上げた。

「リゾートセンターだって？」

「そうだ。温泉に入ってパチンコ、スロット、ゲームなど、法律に触れない範囲でのギャンブルあり、その他いろいろありの大人のリゾートセンターだ。もちろん家族連れの楽しみも用意している。用地は確保しつつある。その計画でホテル寿は経営不振から一挙に改善できるはずだ。大勢の客が来て、この寿老神温泉がもう一度賑やかになるぞ」

勇之介が手酌で自分のグラスにビールを注ぐ。

「ホテル寿の柳原さんは賛成しているの？」

「賛成するもしないもないさ。借金まみれだから、俺たちの言いなりだよ。ははは」

ビールを呷る。

むかっ腹が立つ。言いなりだと。兄ちゃん、それはないぜ。

「ダメだよ。そのプロジェクト」

勇太は声を荒らげた。

「なぜ、ダメなんだ」

勇之介の目が吊り上がる。怒っている。

「パチンコ、スロットなどができる大きな施設なんて、この寿老神温泉の雰囲気を壊してしまうじゃないか」

「雰囲気を壊す？」勇之介が鼻で笑う。「こんなしょぼくれた温泉街でいいのか。もう壊れているじゃないか。どうせ壊すなら派手に壊した方がいいんだ」

「ダメだ。絶対にダメだ。そんな大きな派手でまがまがしい施設を造るなんてバブルの発想だ。勇之介兄ちゃんの銀行が金を貸したいだけだろう。また大きな廃墟ができるだけだ」

勇太は、また声を荒らげた。

「なんだと！　信金野郎は黙れ」

勇之介が、勇太の襟首を摑む。

「信金野郎とはなんだよ。このメガ野郎！」

勇太も勇之介の襟首を摑む。

「お前は、このまま寿老神温泉が寂れてもいいのか」

「そんなこと思っちゃいない。兄ちゃんのプランがダメなんだ」

勇太も一歩も譲らない。

二人は襟首を摑み合ったまま、じっと睨み合っていた。

第四章　メガバンクの横暴

1

——やっぱりやなぁ……。

春海は、祖母の弥生から祖父の誠司が「蕎麦たけざわ」を閉めてしまった理由を聞いた時、お腹のへその下、丹田《たんでん》というらしいが、その辺りに「納得」という言葉が、ストンと落ちた気がした。

原因は、やはり母の紀子だった。

紀子は、誠司と弥生の一人娘だ。明るくて活発な女の子だった。誠司は蕎麦屋を始めていたのだが、紀子の誕生を大いに喜んだという。この子に蕎麦屋を継がせるくらいの美味い蕎麦屋になってやると誓ったそうだ。

弥生が、この話をした時、とてもいい笑顔になった。その笑顔から、誠司がどれほど紀子の誕生を喜んだのかがうかがい知れた。

紀子は、今五十歳だから、弥生が二十四歳の時の子供になる。

「でもね、本当はね、おじいさん、男の子が欲しかったのよ」

誠司は、当時、二十七歳だ。若い蕎麦職人として独立を果たし、猛烈に頑張っていた時なのだ。

若い夫婦に待望の赤ちゃん誕生。今なら女の子の方がいいという夫婦も多いけれど、昔は、家を継がせるということが最優先事項だから、男の子だったら良かったのにという思いが誠司にはあったのだろう。

しかしその後、子宝には恵まれなかった。

一方、誠司の打つ蕎麦の美味さが評判を呼び、「蕎麦たけざわ」の人気は高まっていった。

その頃、誠司と弥生は、紀子に婿《むこ》養子を取って、店を継がせようかなどと話していたらしいが、紀子は旅荘赤城の跡取り息子である勇一と結婚すると言い出した。

おめでたい話なのだが、これで紀子に婿養子をとって、「たけざわ」を継がせようという二人の構想は諦めざるを得なくなった。

仕方がないと誠司は思った。こうなると、勇一と紀子の間に生まれるだろう孫に期待しようと、また一層、頑張ることにした。

ところが結婚式の当日、紀子は大阪に駆け落ちしてしまった。紀子二十歳の時のことだった。

世の中は、バブルに向かって狂騒の度合いを高めていた。寿老神温泉にも団体客が押し寄せ、温泉街は客で溢れかえっていた。「たけざわ」はいつも満員御礼だった。

「なかなか孫ができなかったでしょう」

弥生が、春海を一瞥《いちべつ》した。

――私のことだ……。

春海は、紀子が三十四歳の時に生まれた。

俊彦の下《もと》に紀子が駆けつけてから十四年もの月日が経《た》っていた。

この間、誠司と弥生は、勇一への遠慮もあり、二人のことについて地元で話題にすることを憚っていた。しかし二人は、孫の誕生を心から待ち望んでいた。

「でも孫ができても蕎麦屋を継ぐとは言わないだろう、大阪から戻ってくることはないだろうからって、おじいさんは諦めていたけどね」

弥生は少し寂しげに微笑んだ。

その頃、バブルは崩壊し、寿老神温泉の団体客は減少していった。当然、「たけざわ」の客も減っていく。

「でも男の子が生まれたら、その子について考えたかもしれない」

「女の子で悪かったん？」

ちょっと不機嫌になる。

弥生は、くすっと笑って、「そんなことないよ。まあ、昔の人は、いつでも男の子を欲しがるの。元気で生まれてきてくれたらそれでいいのよ」

「でもおじいちゃんは、孫に蕎麦屋を継がせる気でいたんだ」

「少しはね」

弥生は親指と人さし指を合わせるようにして、少しだけを表現した。

「それが私だったから……。おじいちゃんが蕎麦屋を閉めたのは、私にも責任があるんやね」

「そんなことないわよ。年を取ってきたしね、働きづめだったから、体のあちこちが悪くなってるし、跡継ぎもいないなら、好きな時に開けるようにして、一旦、閉めようかってことになったの。お陰で、おじいさんと二人であちこち旅行も行くことができたわ」

弥生は、笑みを浮かべた。旅行を思い出しているのだろうか、少女のように透明な笑顔になった。

「それなら、ええんやけど。なんか私のせいかなって思ったやん」

春海は、まだこだわりを持っていた。

「ごめんね。誤解させるようなことを言ってしまったようね。それにもう一つ理由があるのね。それは紀子に関わること」

「ママに？」

「そうなの」弥生は厳しい表情になった。「勇一君がね、なかなか許してくれなかったものだからね。村八分的なことになったって言ったでしょう？」

「うん」

春海は頷いた。

「温泉に来る観光客も減った、紀子の駆け落ちでこの町での私たちの信用も落ちた、それで町の人も勇一君や旅荘赤城さんに遠慮して、うちの店に来にくくなったのね。それも店を閉めた理由なの」

悲しそうに目を伏せた。

店を閉めざるを得ないほど、町の人たちとの関係が悪化してしまったのか……。

——ママ、悪いぞ。

思わず東京に向かって叫びたくなった。

「狭い町だからね。今はどうなん？」

「もう、そんなことはなくなった。蕎麦、食べさせてくれっていう人の方が多くなってね。でも勇一君は、まだ許してくれていないようね。うちの前を通らないといけない時も、ぐるっと遠回りして行くからね。ははは」

弥生は、笑った。勇一の怒りは理解できるが、もう三十年も前のことだ。それにこだわり続ける勇一の行動は笑うしかないだろう。

「すごいねぇ」

春海は、わざわざ竹澤家を避けて歩く勇一の姿を想像すると、笑うどころか鬼気迫るものを感じた。――あれ？

勇太って勇一の子供だ。もし春海をスクーターに乗せたなんて知ったら、どれだけ怒り出すことだろうか。いいのかな？　あいつ？　あんなに気楽で……。

「どうかしたのかい？」

「ううん、なんでもない」

春海は、勇太のことを考えているのを気づかれたかと思って、ちょっと動揺した。

「春海の頼みだけどね」

弥生が春海を見つめる。

「蕎麦打ちサークルの特別顧問のこと？」

春海が弥生を見つめ返す。

「おじいさんね、春海につれないことを言ったけど、その後ねにこっとする。

春海は身を乗り出す。

「可愛い孫の頼みだからなぁって言ってね」

「ふんふん」

「ワシが蕎麦打ちを教えるから、春海もそのサークルに入って、蕎麦打ちを修業してくれないかなって……。もし筋が良ければゆくゆくはこの店を任せてもいいなぁって」

「えっ！」

春海は、大げさにのけぞった。「この店を継ぐのん？」

「仮にの話よ。それは将来のことでいいから。春海もその蕎麦打ちサークルに入りなさいよ。他の誰でもない。孫に教えるとなれば、おじいさん、特別顧問を引き受けると思う。私が説得してもいい」

弥生が弾んだ顔で、胸を拳で叩く。説得を任せなさいという意味だ。

「えええぇ。だけど、私、パティシエになりたいから、それに関係したサークルに入ろうと考えているんよ」

渋面《じゅうめん》になる。

蕎麦打ち職人？　きりりと鉢巻を締め、紺絣《こんがすり》の作務衣《さむえ》を着て、麺棒で蕎麦を延ばす姿が浮かぶ。色は、蕎麦粉や小麦粉の白と作務衣の紺色と蕎麦のこね鉢の赤だけ……。男っぽい世界。

パティシエだったら、赤や黄色、緑など色とりどりのフルーツ、チョコレートのこげ茶、生クリームの白……。カラフルなおとぎ話のような世界。

――絶対、パティシエ！

「嫌やなぁ」

さらに渋面。

「いや？　その……パティ？」

弥生が助けを求める。

「パティシエよ。ケーキ屋さん」

春海が答える。

「パティシエかケーキ屋さんか知らないけど、蕎麦もいいわよ。ガレットって知ってる？」

「聞いたことはあるけど……」

蕎麦粉を薄く焼いたお菓子だ。

「あれは蕎麦粉を薄く焼いてね、いろんなものを載せたりしてアレンジするフランスの食べ物。人気あるのよね。例えばね、春海がガレットを作ってね、おじいさんが美味しい蕎麦を打つ、これ絶対、いいと思うけどな」

――あれれ？　おばあちゃんは、すっかり蕎麦打ち職人ではなくガレット作りの春海をイメージしているみたい。

「ガレットねぇ」

春海は深刻な表情になる。

「これはね、私のお願いなんだけど、いろいろあって、おじいさんは蕎麦打ちに意欲をなくしたけど、私は、おじいさんの蕎麦を食べたいと思っているのよ。蕎麦を打っているおじいさんが一番好きなのは、私なの。ねえ、春海、おじいさんをもう一度、蕎麦打ち職人にするために協力して、お願い」

弥生は両手を合わせ、頭を下げた。

「えええ！」

春海は、驚天動地《きょうてんどうち》、びっくり仰天。

――アラシに蕎麦打ちサークルの特別顧問を頼まれたら、こっちからも頼まれちゃったじゃないのさ。

「私、死ぬ前に、もう一度、おじいさんが生き生きと蕎麦を打って、お客様をもてなしている姿を見たいの。そうなれば思い残すことはないから」

弥生は、両手を合わせ、しっかりとした視線で、春海を捉える。逃がさないぞっていう感じだ。

――死ぬ前にもう一度！

「エーッ」

春海はのけぞった。それって脅迫じゃん！　どうする？　春海！　これはえらいことですよ。無茶苦茶でござりまするがな。なんでこんな時に、インターネットで観た昭和のお笑い芸人、ルーキー新一《しんいち》や花菱《はなびし》アチャコが出てくんのよ！　めっちゃ古くさぁ。

2

勇太が勤務する片品信金寿老神支店は、観光センターの隣にある。メインストリートというほどの道ではないが、町の中心である。

支店には霧島支店長の下に十人の職員がいる。

霧島支店長は四十八歳。理事長の横尾の親戚筋に当たるらしい。すらりとした体軀《たいく》で、顔もきゅうりのように細くて長い。性格はおっとりしていて、それほど業績アップにがつがつしていないところが嬉しい。

支店長は副支店長も兼任しており、副支店長はいない。課長が営業課と事務課の二人。

営業課の課長は鍋谷竹生《なべたにたけお》。勇太の直属の上司だ。年齢は四十五歳で、高校を卒業し、そのまま片品信金に入庫した。出身は群馬県前橋市だ。県庁所在地であることを自慢するのでケンチョウとあだ名されている。群馬県の県庁所在地は前橋市だが、もう一つ県内には発展している街がある。それは高崎市。交通の要衝で、前橋市よりも経済発展しており、自分たちの市こそ県の中心であると思っている人が多い。そのため前橋市と高崎市は、なにかとライバル関係にある。寿老神支店には高崎市出身者がいないので、前橋市出身のケンチョウと喧嘩になることはないのが幸いだ。

小太りで、カラオケ好き。ちょっと頼りない感じがするが、部下想いの課長だ。家族は、とても似合わない可愛い奥さんと中学生と小学生の娘さん。家に帰ると、女ばかりだ、大奥だと自嘲《じちょう》気味に言う。

ケンチョウの部下は、勇太の他に二人。一人は次席の菊間一郎《きくまいちろう》。年齢は四十歳だ。みなかみ町出身。ベテランだが、出世はしていない。頭がつるつるに禿《は》げていて、失敗すると頭を手でパンパンと叩く。

管理職より営業担当がいいと町をバイクで走り回る。写真と祭りが趣味で、いろいろな地方の祭りを見学したり、自分で神輿を担ぐ体験をしている。今回、勇太の地域活性化案に祭りを取り入れたのは、菊間のアイデアだ。キクさんと呼ばれている。いまだ、独身だ。

もう一人は女性職員。沼尻《ぬまじり》エリカ、二十八歳。片品市の出身で、片品高校を卒業し、入庫してきた。内部事務を長く担当していたが、数年前から営業課に配属となった。有名女優と一字違いの名前なのでエリカ様と呼ばれている。気が強くて白黒をはっきりさせる性格だ。目鼻立ちははっきりしており、美人と言えなくもないが、気取ったところは見せない。やはり独身で、どうも付き合っている男性がいるらしいが、情報は不確かだ。勇太にとっては、兄の勇之介と高校の同級生であり、親しみはある。営業の事務を主に担当している。

事務課の課長は、支店長より年上の五十二歳、狭山義男《さやまよしお》。寿老神支店の生き字引というべき存在で、普通はあり得ないのだが、十年間もこの支店に勤務している。

本人は、出世にはまったく関心がなく、信金を退職したら、コツコツと資金を貯めて購入した畑地で果物作りをしたいと考えている。休日に小林リンゴ園の手伝いをするなどして、果物栽培のノウハウを学んでいる。穏やかで、いつも笑顔を絶やさない。皆から信頼されているのも支店を離れられない理由かもしれない。ヨッシー課長で通っている。

課員は三人。君島聡子《きみじまさとこ》、三十二歳。小学生の子供が一人いるが、離婚して、今は独身。通称はなぜかサト姉さん。元夫は、今も市役所勤務だ。預金全般の事務担当。片品市近くの川場村出身。上州女らしく、男勝りで仕事には厳しい。頼りがいがあるので姉さん呼ばわりされているのだろう。

長谷部《はせべ》みどり、二十五歳、通称はそのままみどりで片品市出身。振込など、預金以外の事務、為替や総務などを担当している。小柄で可愛い女性だ。客にも人気がある。

中村甲子夫《なかむらかねお》、二十九歳、通称カネやん。群馬実業高校出身で、窓口全般を担当している。野球好きのスポーツマンだ。なかなかの二枚目で、性格もさっぱりしている。地元の客が、見合いをしろと、女性の写真などを持ってくるが、相手にしない。みどりと付き合っているとの噂があるが、真偽のほどは分からない。

営業も事務もそれぞれ個性がある課員たちだ。彼らについては、おいおいもっと詳しく紹介する機会もあるだろう。

庶務職員の大蔵善三《おおくらぜんぞう》、通称善さん。年齢は不詳なのだが、六十歳くらいだろう。多くの職業を経験してきていて、若干謎めいた印象があるが、頼りがいがある。ロビーの案内や支店周りの清掃など、なんでもこなす。

そして食堂担当の三田村節子《みたむらせつこ》、通称せっちゃん。抜群に料理が上手い、三十歳で職員の賄《まかな》い担当だ。なぜか東京出身で、調理師学校を卒業し、給食派遣会社から派遣されてきている。童顔で、中学生くらいにしか見えない。

「勇太、昨日は上手くいったみたいだな。支店長が嬉しそうだったぞ」

課長の鍋谷が満面の笑みだ。

「えっ、もう支店長、来られているんですか？」

勇太は、支店長の霧島が、こんなに早く出勤しているとは思っていなかった。いつもは朝礼のある九時ぎりぎりに来る。

「今日は、奥さんがいなくてさ、朝、自分で朝食を用意しようと思って早起きしたらしいけど、面倒になって、結局、喫茶アマデウスで朝食を食べたんだってさ」

喫茶アマデウスは、寿老神温泉の老舗喫茶店だ。朝の七時から開いている。コーヒーからランチメニューまで豊富に取り揃えていて、安くて美味い。店主の喜多川寿一《きたがわじゆいち》は、七十歳を過ぎているが、まだまだ元気だ。

クラシック好きが高じて、毎日、自分がクラシック音楽を聴きたくて、サラリーマンを辞めた四十歳過ぎから喫茶店を開いたらしい。地元の年寄りのたまり場になっている店だ。

「支店長室におられるんですね」

勇太は背後を振り向く。ドアが閉まった部屋がある。そこが支店長室で、霧島は中で新聞を読んでいるのだろう。

「いらっしゃると思うけど、なにかあるのか」

「ちょっと、課長いいですか？」

勇太は鍋谷に近づく。

「おはようございます」

エリカ様が出勤してきた。

「エリカ様、おはよう、今日もきれいだね」

鍋谷が軽口を叩く。

「もう、課長、朝から褒めないでくださいよ。一日中褒めることになりますよ」

「おはようございます。おお、勇太、良かったな。プラン、通ったんだってな」

菊間が、大げさに勇太を指さす。

「キクさん、ありがとうございます。祭りのアイデア、ばっちりでした」

勇太が答える。寿老神温泉に伝わる大蛇とムカデの伝説をもとにした祭りのアイデアは、菊間の発案だ。

「しかし、これから具体的に実行していくのは、なかなか骨だぞ」

「頑張ります。よろしくお願いします」

勇太の地域活性化案は、本店業務部の柴崎や木内、そしてこの寿老神支店の菊間などがチームを組んで実行に移すことになっている。早く発足会を計画しなければならない。

「それで勇太、話ってなんだ？」

鍋谷が話をもとに戻す。

「そうそう、じゃあ、皆さんが揃ったので、ここでいいですか？　支店長には後で報告します」勇太は鍋谷に言い、「皆さん、いいですか」と課員に声をかけた。

「なにさ、朝っぱらから、難しい話は嫌よ」

エリカ様が不服そうだ。彼女は低血圧なのか、朝は総じて機嫌が悪い。

「なに、なに、面白い話？」

菊間は、つるつるの頭を撫でている。

「皆さん、昨日、大変な情報を入手したんです」

勇太は、全員をゆっくりと見渡した。

「早く話せ、朝礼が始まっちまう」

鍋谷が時間を気にする。

「はい、実は、昨日、我が家に四菱大東銀行の幹部が二人、来たのです。案内してきたのは、私の兄の勇之介です。兄は、四菱大東銀行の営業推進部にいます」

「勇之介君は、昔から優秀だったから」

エリカ様が頷く。

「それで？　彼らはなんのために来たんだ」

鍋谷が聞く。

「そこですよ、ケンチョウ。もとい課長！」勇太は、強い口調で言う。「ホテル寿があるでしょう？　あそこは以前うちでも取引がありましたが、四菱大東銀行に奪われましたね。キクさん」勇太は、菊間の顔を見た。

「ああ、あれは俺の担当だったが、四菱大東に一本釣りされてしまった。腹が立ったよな、信金は限界金融ですから、これ以上の発展には役に立ちませんからと言われてな。当たっているから、どうしようもないけど」

菊間が、頭をぺんぺんと音を立てて叩く。

「当たっているとは何事だよ」

鍋谷が睨む。

「ところがですね、どうもホテル寿は調子が悪いようなのです。そこで四菱大東銀行は、ホテル寿を軸に周辺を買い占め、大型リゾートセンターを造る計画なのだそうです。温泉付きのパチンコやスロットなどで遊ぶゲームセンターのようです。すでにホテル寿とは、話が進んでいるようで、それで幹部が来たというわけです」

勇太は、力を込めて、全員を再び見渡した。

「あいつらがホテル寿と取引したのは、もともとこの考えがあったからかもしれないな」

菊間が大きく頷く。

「そうだと思いますよ。キクさん」

勇太が同意する。「ひどい話だと思いませんか、エリカ様」

エリカ様は、腕組みをし、上目遣いになると「別に」と呟く。

「ちょっと勘弁してくださいよ。本当に『別に』でいいんですか？　寿老神温泉の雰囲気、そんな大型リゾートセンターなんて造ったら壊れまくりですよ。要するにでかいパチンコ店を造るって話なんですから」

「いいじゃないの。そんなに目くじら立てて反対することじゃないわ。どうせ壊れているから、私たちも活性化案を考えているんでしょう？」

エリカ様は反論する。

「私は、兄に絶対に反対だって言いましたよ。そんなバブル的な発想で寿老神温泉は良くならないって」

勇太はエリカ様に言い返す。

「パチンコは、かつては愛好者三千万人、三十兆円産業と言われたが、ギャンブル依存症などの批判から、今や一千万人を切り、十八兆円にまで減ったらしい。四菱大東銀行は、将来のカジノ解禁などを睨んでいるのかもしれないな。寿老神温泉をカジノで復活させようってね」

菊間がしたり顔で言う。

「カジノは、衰退した自治体が起死回生の策として多く名乗りを上げている。IR推進法、統合型リゾート推進法と言って、投資効果が数百億円、数千億円と夢のようなことばかりが喧伝《けんでん》されている」

鍋谷が解説する。

「銀行にとっても大きなメリットがあるからね。設備投資の資金がいっぱい出るから。なにもカジノでなくても、パチンコやスロットのリゾートセンターを造るだけでも融資額は膨らむ。ホテル寿の経営が順調でないなら、それにつけこんでリゾートセンターに造り替えて、設備投資資金の融資を実行して、メリットを得ようというのが四菱大東銀行の戦略だろうね」

菊間が自分の意見に納得するかのように何度も頷く。

「キクさん、私もそう思うんです。人の弱みにつけこんで、メリットを取ろうというのは許されません。静かな寿老神温泉の環境が壊されます」

勇太が強く言う。

「でもさ、勇太君はそう言うけど、寿老神温泉は静かすぎない？　廃墟ツアーでもやった方がいいじゃん。だから私たちも活性化案を考えているんでしょう。四菱大東も同じよ。ライバルとして考えればいいんじゃないの。ビジネスはビジネスよ」

エリカ様はぶれない。あくまで割り切った考え方をしているようだ。

「でも……」

勇太は、渋い顔をした。勇之介にあれだけ反対した手前、簡単に譲歩できない。

「どうしたんだね、みんな。朝礼の時間じゃないか」

支店長の霧島が現れた。

「おはようございます。支店長」

鍋谷が立ち上がると、勇太たちも挨拶した。

「赤城君、昨日はお疲れ様。よくやったね。理事長も褒めていたよ」

「ありがとうございます。本店と協力して、具体的に進めていきます」

勇太は、笑顔を浮かべた。

「ところで、どうしたんだね」

霧島が改めて聞いた。

「はい、実は」

鍋谷が、勇太の情報を説明した。

霧島は、黙って聞いていた。聞き終わると、「うーん」と唸った。

「私は、メガバンクの横暴だ、寿老神温泉に相応《ふさわ》しくないと兄に反対したんです。どう思われますか？」

勇太は霧島に詰め寄った。

「噂は耳にしていた。どこも厳しいからな。ホテル寿の柳原社長にそれとなく聞いてみるかな。それぞれの思惑で動くことではあるが、どんなものができるかによって寿老神温泉全体の問題にもなるからな」

霧島は厳しい表情になった。それなりに勇太の情報を深刻に捉えているようだ。

「さあ、みんな朝礼に行くぞ」

鍋谷が、声をかけた。

勇太は、勇之介には悪いが、絶対にリゾートセンター建設には反対しなければならないと思っていた。

パチンコ店が悪いとは言わないが、寿老神温泉はバブルで一度失敗をしているのだから、もう二度と同じ失敗は許されない。静かで落ち着いた環境の中でゆっくり過ごし、心身ともに癒される温泉街、それが寿老神温泉でないといけない。ガチャガチャとうるさい温泉街は、これからの高齢化社会には相応しくない。絆ビジネスを標榜《ひょうぼう》する以上、寿老神温泉も絆を取り結ぶ温泉でないと……。勇太は急ぎ足で朝礼の場である一階のロビーに向かった。

朝礼が終わると、勇太はスクーターに乗り、外回りに出かける。

——ちょっと時間があるな。

勇太は時計を見た。最初の訪問先は、一人暮らしの老女の家だ。約束の時間まで、まだ余裕がある。

——町を回ってみよう。

エリカ様が廃墟ツアーと言った言葉が、生々しく蘇ってきた。確かに廃《すた》れているから、活性化案を考えねばならないのだが、廃墟ツアーとまで言われてしまうと、もう一度、そうした視点で町を見る必要があると思ったのだ。

町の中心地にある寿老神支店を出て、片品川の方に向かって細い道を北に下っていく。細いと言ってもこれがメインストリートだ。

ここには大きなホテルが並んでいる。かつては浴衣を着た温泉客が通りに溢れていた。当然、まだちゃんと営業を続けているホテルもあるが、エリカ様の言葉通りの廃墟になっているものもある。

「この銀波《ぎんぱ》ビューホテルは何年もこのままだなぁ」

勇太は、スクーターを停めてホテルを見上げた。

かつては観光客が押し合い圧《へ》し合いしていた一階の入り口の扉も固くしまったままだ。段ボール箱などがうずたかく積まれ、それらが潰れてしまっているため、一層、すさんだ空気を醸し出している。地上十階建てはあろうかと思われる大きなホテルの壁も、白く輝いていたのが、今では灰色にくすみ、至るところがはげ落ち、壁の中の茶色の基礎材が顔を出している。

「壊すに壊せないんだろうな」

建物を解体するのは簡単ではない。これほど大きな建物だと何千万円もかかるだろう。所有者の会社はバブル崩壊で倒産している。解体資金はない。自治体や寿老神温泉地区で負担するというわけにもいかない。

「それに環境にも配慮しないといけないらしい……」

大きな建物を解体するのは、造ることより環境への配慮が必要になってくる。

それは全てがゴミになるからだ。有害な物質が使われていないか、片品川を汚したりしないか、大量の廃材をどこに持っていき、どう処分するのかなど気をつけることがいっぱいだ。ただドカンと壊すだけではない。

「難しいよな」

勇太はスクーターを走らす。

片品川流域に、いくつかの廃業した旅館やホテルが並んでいる。大きなものばかりではない。家族経営的な規模のものもある。

この町で生まれ育った勇太にとって、どのホテル、旅館も懐かしい。同級生の家族が経営していた旅館もある。

大きくなったら俺が旅館を継いで、もっとビッグなホテルにするんだと言っていた友達の顔が浮かぶ。彼も家族と一緒に、ひっそりと町を離れていった。

勇太、戻ってくるからな、と言っていたが、今頃、どうしているのか。

「ここは確か別の場所に移転したんだった」

団体客用から、個人客向けの高級路線に変更して、移転したホテルだ。ここも壊して建て替えるより、新築した方がいいと、以前の建物は倉庫のように使われている。人の気配がしない。

その並びには、小さな和風旅館。狸の置物が寂しそうに通りを眺めている。ここも廃業して久しい。

さらにスクーターを走らせると、バーやスナック、そしてストリップ劇場の廃墟が並んでいる。耳を澄ますと、当時のざわめきが聞こえてくる。

この辺りには特に酔った温泉客が多くたむろし、歩いていた。髷《まげ》を結った芸者たちが、酔客の腕を摑んで嬌声を発していた。賑やかな音楽が通りに溢れていた。店の中には、生バンドもいて、勇太の耳にはその時のドラムの音などの残響が聞こえてくる。

今は、ひっそりと静まり返っている。建物は朽ち果てているが、女性の裸のシルエットを描いた色あせた看板が切なさを誘う。かつてはド派手な赤い色だったドア。今では鉄さび色に変色している。しかしじっと見つめていると、突然、そのドアが開いて「兄ちゃん、遊んでいくかい」と真っ赤な口紅に、金色に髪の毛を染めた女が姿を現し、声をかけてきそうな錯覚にとらわれてしまう。

通りから離れたところにペンションが見える。あれも廃墟だ。よく覚えている。若い夫婦が営んでいた。パンを焼く香ばしい香りが通りまで漂っていた。その香りにつられてペンションの前まで行くと、小学生だった勇太に「食べる?」と花柄のエプロンをつけた美しい女性が、焼き立てのパンをくれたことがあった。

勇太には、彼女が童話に登場する女神に見えた。両手でパンを受け取ると、それはまだ温かかった。勇太は両手を見つめた。その時の温かさが蘇ってきた。ペンションは、雑草の中に埋もれている。あの当時、ペンションがブームだった。多くの人が、脱サラをしてペンションを営んだ。このペンションの経営者の若い夫婦も東京の会社を辞めて、寿老神温泉にやってきた。記憶を呼び戻すと、二人には幼い男の子がいた。彼は小児喘息《しょうにぜんそく》だった。「ここは空気がきれいだから、息子の小児喘息を治そうと思って引っ越してきたのよ」

と彼女は言った。このペンションはいつごろ閉鎖になり、彼らはいつごろいなくなったのだろうか。一日何度も行き来する通りから、あの香ばしいパンの香りが消えてしまったのは、いつだったのだろうか。思い出そうにも思い出せない。

「廃墟ツアーか……上手いこと言いやがるな」

エリカ様のツンとした表情が思い浮かぶ。

「それにしてもエリカ様は、勇之介の案に随分賛成していたな。やっぱり同級生だからかな。くっそー。俺は絶対に、信金マンの意地にかけてもメガバンクには負けないぞ」

勇太は、スクーターのアクセルをふかした。次の顧客を訪問する時間が迫っていた。

3

「ねぇ、恵子」

春海は、休憩時間に柳原恵子に声をかけた。

「なあに春海」

恵子は読んでいた本から目を離した。

「アラシから聞いたけど、蕎麦打ちサークルに入ったんやて」

「入ったよ。なにか一つはサークルに入らないといけないからさ。なにがいいかなと思ってたら、アラシが入れって」

「強引に？」

「そう」恵子が頷く。「でもね、うちの家、ホテルをやっているからさ。いいかなと思って」

「役に立つん？」

春海が小首を傾げる。

「そう」恵子がちょっと目を輝かせる。「ホテルのロビーで時々、蕎麦打ちイベントをやるわけ。するとお客さんがすごい喜んでさ。打ち立ての蕎麦を美味しい、美味しいって、もう取り合い」恵子が蕎麦を啜る真似をする。

「へえ、そうなんや」

春海は、小さく頷く。

「ホテルはさ、いろんなイベントをやるけど、食に関するイベントも多いからさ。でもね、ケーキや寿司やカニ、ローストビーフなんてものは、はっきり言って東京に負けるでしょう。こんな田舎町でケーキ食べ放題なんて誰も喜ばないしさ。お客さんは年寄りばかりだしね」

恵子の言葉は辛辣《しんらつ》だが、納得する。都会には、全ての食が集まっている。美味いものから不味いものまで値段に応じて、なんでも揃う。地方は絶対に勝てない。

「でもね、赤城の蕎麦粉で打った蕎麦は、地元のものじゃない。だから東京のお客さんも大喜びするわけ。打ち立ての蕎麦って美味しいでしょう。汁《つゆ》を使わなくても、水だけでも美味しいんだから」

恵子が得意そうに言う。

「水？　なんやのそれ？」

春海は目を見開いて、驚く。

「知らないの？　蕎麦を水で食べるの。その水はさ、この寿老神温泉の温泉水だからね、蕎麦の香りがぐんと引き立つの。お客さんは大喜びだよ。そんなのを見てたから、私が蕎麦打ちをしてさ、うちのホテルの役に立てばいいかなって」

恵子は、少し意地悪なところがあるのだが、自分の両親が経営するホテルのことを気遣っているなんていい奴じゃないかと、春海は恵子を見直した。

「偉いね」

「偉くなんかないよ。それで、どう？　春海も入りなよ」

恵子が見つめる。

「アラシに入れって言われたよ。でもさ、私、大阪やろ。大阪いうたらうどん。蕎麦やないねん。蕎麦も美味しいから、大好きやけど、やっぱ、うどん」

春海が笑う。

「郷に入れば郷に従えって言うじゃん。ここは蕎麦粉。蕎麦好きになったらいいじゃん。春海のおじいさんも蕎麦屋さんやってたじゃない」

「そこよ、そこ、そこ」

春海はぐっと恵子に近づく。

「なに？　そんなに迫らないでよ？」

恵子が後退る。

「アラシがね、おじいちゃんに蕎麦打ちサークルの特別顧問になって欲しいって言うの。それで説得してくれって」

「へぇ、そんなこと頼まれたの？」

「蕎麦打ち選手権に出るためには、ぜひコーチをしてくれる人が必要なんやてさ」

「それよ、そこ、そこ」

今度は恵子が春海に迫る。

「なんや、なんやの、迫らんといて」

春海が後退る。恵子の大きめの顔が目の前だ。

「おいおい、どうした？」

春海の背後から、野太い声。不吉な予感。振り向く。

「ああ、やっぱりや」

春海は、大きな声を出す。

「なにがやっぱりなんだ？」

アラシが、髪が逆立った頭をかいている。

「春海、竹澤さんに話してくれたか？」

アラシがだみ声で言う。

「話しました」

春海が視線を落とす。

「アラシ、もとい桜井先生、今、春海とそのことを話していたんです。選手権に出るんですね」

恵子が弾んだ声で聞いた。

「ああ、出場することにした。部員も少ないし、まだできたてのほやほやだからな、迷ったけど、参加することに意義ありだ」

桜井が明るい笑みを浮かべる。

「それで春海のおじいさんを特別顧問に招聘《しょうへい》するんですって？」

「そうなんだ。春海のおじいさんは、蕎麦打ち名人と言われているから、特別顧問になってもらって指導してもらおうと考えているんだ」

「すごいじゃないですか。私、絶対に上手くなりますから。選手権、嬉しいです」

恵子が満面の笑みだ。

春海は、逆に浮かない気持ちだ。

「それで竹澤さんは承知してくれたか？」

アラシが大きな顔を近づけてくる。

「どうなの？　当然、オーケーでしょうね。可愛い孫娘の頼みだもの」

恵子まで顔を近づけてくる。

春海は、眉根を寄せて、体を反らすようにして二人の顔を避ける。

「それが……」

春海は言い淀む。

アラシと恵子の表情が、徐々にけわしくなっていく。

「ダメなのか」

アラシの声に怒りが籠っている。

「なぜ？」

恵子も怒っている。

「ごめん」春海は頭を下げた。「ダメなんだって。いろいろ事情があって、蕎麦打ちはやめたんだって。それでも時々、打ちたい時に打ってはいるけどそれ以上はやらないんだって。蕎麦は生きているから、やる気の失せた者から教えてもらったらいけない、もっとやる気のある人に頼めって言うの」

「あぁっ」

アラシが、悲鳴を上げ、頭を両手でかく。フケが飛んできそうだ。

「すみません」

春海は、もっと頭を下げる。

「どうしてもか？」

アラシが睨む。怖い。迫力ある。

「はい、すみません」

また謝る。なんで私が謝らなあかんねやろという思いがちょっと頭をもたげてくる。

「本当に頼んでくれたのか」

「頼みました」

こめかみあたりがぴくっとする。なんで頭を下げてんねやろ。頼むんやったら、自分で行けよ。怒り、沸々。

「ダメかぁ」

アラシが大げさに両手を挙げ、バンザイをする。

「自分で頼んだらどうですか」

春海は顔を上げて、アラシを睨む。

「そうだな。人を頼ったのが間違いだったな」

あかん。アラシの言葉で、完全に傷ついた。なにが人に頼んだのが間違いだっただ！

「その言い方、失礼じゃないですか。まるで私が役立たずみたいやないですか」

春海は怒ったように言った。

「悪い、悪い、そんなつもりじゃないんだけどなぁ」

アラシは気まずそうな表情で、また頭をかいた。

「これは祖母の話ですけど、祖父は後継者がいないんで徐々にやる気を失ったみたいなんです。それでもし私が後継者になるんやったら、教えてくれるかもしれない、祖母からも頼んであげるって言ってくれたんですよ。そこまで言ってくれるまでやったんですから、本気で頼んだんです。私、怒りますよ」

春海は涙ぐみそうになった。勿論、悔しくてだ。

「おい、今、なんて、言った？」

アラシが目を大きく見開いた。興奮している。鼻の穴が異常なまでに大きく膨らんだ。

気持ち悪い。

「えっ、本気で頼んだって……」

怯《おび》えつつ、答える。

「そうじゃない。その前だよ、おばあちゃんがなんとか」

「ああ、祖母がですね、どうして祖父が蕎麦打ちをやめてしまって、特別顧問の就任も断ったかって、その理由を解説してくれたんです」

春海は答えた。

「それは、分かった。後継者がいないのでやる気を失ったって言うんだろ」

「そうです。分かってるじゃないですか」

春海は、アラシの理解力不足を嗤《わら》うように表情を歪めた。

「だからぁ、お前が後継者になるんだったら、教えるかもしれないって言わなかったか」

アラシの口から唾《つば》が飛んでくる。汚ねぇなぁ。思わず手のひらをかざして、唾攻撃を防ぐ。

「ああ、そのことですか。それ真剣に聞かないでください。祖母の冗談ですから。それに私、蕎麦打ち職人より、パティシエ志望ですから」

春海は苦笑した。

「おい、今、竹澤さんは家にいるか？」

アラシは春海の話を無視して、また迫ってきた。鼻の穴に吸い込まれてしまう！

「は、はい、いると思いますが。いなければ小林さんのところだと思います。リンゴ園の……」

アラシの手が伸びた。その手が春海の腕を掴んだ。痛いっ。ものすごい握力だ。それでぐいっと体ごと引き寄せる。

「なにするんですか！」

危険を感じて、助けを求めるべく恵子の顔を見る。恵子はすっかりアラシの剣幕を恐れて、体を縮こまらせている。

「来い、一緒に来い」

春海の体が、アラシに引き寄せられる。

「やめてください！」

悲鳴を上げる。

「竹澤さんに会いに行く。お前を後継者にするんだ。いいな」

春海の顔にアラシの息が吹きかかる。

「なにを言うんですか？」

「春海が後継者になれば、竹澤さんが特別顧問を引き受けてくださるんだろう」

「それは、あくまで祖母の案です。祖父が言ったわけじゃありません」春海はアラシを睨む。「腕、放してください。痛いんですから」

「でもおばあさんは、単なる思いつきで言ったわけじゃないと思うんだ。善は急げだ。今すぐ、行こう」

「どこへ？」

ようやくアラシが腕を放した。赤くなっている。もう一方の手でさすりながら、再び「どこへ？」と春海は聞いた。

「お前んちだよ」

なにをバカなことを聞くんだという顔でアラシが春海を見る。

「授業ですよ、次は桜井先生の」

「自習だ。おい、柳原」

アラシが恵子を呼ぶ。ちょっと怯え気味だった恵子が前に進み出る。

「緊急でさ、竹澤さんに蕎麦打ちサークルの特別顧問を頼みに行ってくるから、みんなに自習をさせておいてくれ。お前も部員として、この緊急事態が分かるだろう。しっかり銃後の守りを頼んだぞ」

「はい、分かりました」

恵子はお調子者だ。古臭い「銃後の守り」という言葉に反応して、敬礼する。なにやってんの？　ホンマに？

「さあ、行くぞ」

アラシが春海を睨むように見つめる。

「えっ、私？　一緒に？」

春海が慌てる。

「当たり前だ。作戦は、行きの車の中で伝授するから。とにかく春海が一緒でないと話にならない」

「私、パティシエ……」

「とにかく今は、蕎麦打ち職人だ。ガレットなんかも作れるから」

祖母の弥生と同じことを言う。

「でも……」春海は渋る。

「お願いだ。一緒に頼んでくれ。自分が後継者になるって言ってくれ」

アラシが頭を下げる。

「ねぇ、春海」恵子が呼びかける。

「なに？　恵子？」

春海は、恵子に視線を向ける。真剣な顔だ。いつもと違う。まったくおちゃらけたところがない。

「頼むから、おじいさんを説得してよ。私も、こうするから」恵子が、アラシと並んで頭を下げる。

「ああっ」

思わず、悲鳴ともため息ともつかない声が出る。目の前からパティシエが飛んでいく。代わりに作務衣を着て、白い鉢巻を締めた蕎麦打ち職人の姿が現れた。

「行きますよ、もう、行きますったら」

春海は、もうやけっぱちな気分だった。

「おお、行ってくれるか」

アラシの顔がほころんだ。

「それじゃあ、私も蕎麦打ちサークルに入部します！　女に二言はありません！」

「入部、許可します！」

アラシと恵子が、声を揃えた。

「さあ、これで上手くいくぞ」

アラシが、再び、春海の腕を摑んだ。

——おじいちゃん、なんて言うやろか。

春海が、蕎麦たけざわの後継者になると言ったら、祖父の誠司は本当に喜ぶだろうか。そして特別顧問に就任してくれるだろうか。春海は、かなり不安になってきた。

「頑張ってね」

恵子の励ます声が、背後から背中を押した。

第五章　祭りの準備開始

1

「さあ、始めますよ」

柴崎寛治が声をかけた。

片品信金寿老神支店の会議室に集まったのは六人。

本店の業務部からは課長の柴崎寛治、担当の木内安祐美、支店からは勇太、営業課課長のケンチョウこと鍋谷竹生、キクさんこと菊間一郎、エリカ様こと沼尻エリカだ。

会議室のテーブルの上には、弁当の空箱が積まれている。

支店長の霧島逸男が「お疲れ様、業務外に集まってもらってすまないね」と差し入れてくれたものだ。

ホテル寿からの仕出し弁当だ。ホテル製造の弁当だからと言って高級な松《しょう》花《か》堂《どう》弁当ではない。

ご飯大盛りで、焼き肉やコロッケが詰められたザ・弁当というものだ。支店長が、メンバーを見て、見た目より中身を充実させてくれと頼んだようだ。

甘辛く味付けされた牛肉が最高に美味かった。

しっかりとこの会議が「業務外」であることを念押ししていた霧島とすれば、弁当の差し入れくらいしないといけないと思ったのだろう。

最近の働き方改革のムーブメントで、残業には厳しい目が光るようになっているからだ。営業終了後の会議で残業代を請求されたら、支店の収益はがたがたになってしまう。霧島としては、それだけは是が非でも避けたいところだ。その気持ちが大盛り弁当に表れている。

「腹がいっぱいになったところで」柴崎は言葉を区切ると、ペットボトルから茶を一口飲んだ。「なぜ地域活性化案を企画することになったかを皆で確認しておきましょう」

柴崎は、少子高齢化などによる営業エリアの衰退や日銀のマイナス金利政策で信金業界全体の利益が大幅に減少しており、我が片品信金も同じように経営環境が悪化していると現状の問題点を指摘した。

勇太も活性化案を横尾利一理事長たち経営陣に提案する際、信金業界を取り巻く経営環境の悪化についても付言した。

しかしその際、あまり触れなかったのは日銀のマイナス金利政策だ。

これは金融機関が日銀の当座預金に預ける資金の一定額から金利を徴収するというものだ。

景気回復のために欧州では実施されているようだが、日本では初めての試みだ。

預金すると金利が付与されるのが当然だが、金利を徴収される！　預ければ預けるほど、元金が目減りする！　こんな恐怖心に駆られて金融機関が日銀に資金を眠らせるのではなく、融資先を見つけ、どんどん融資し、資金を市中に供給してくれれば、景気が良くなるという発想だ。

勇太は、この政策を知った時、なぜだか「風が吹けば桶屋が儲かる」とか「取らぬ狸の皮算用」という言葉が頭に浮かんだ。

確かに机上の議論では金利を取られるくらいなら融資をしようということになるだろうが、その融資先が少なくなっているのだから、融資のしようがない。無理して融資をするくらいなら金利を取られても日銀に預けた方がマシだということになる。

実際、金融機関は、マイナス金利が導入されても融資の拡大に動くより、ほんの少しでも利鞘《りざや》のある国債に資金を振り向ける傾向が強くなった。

メガバンクは、なにをしたかというと海外案件に力を入れたり、カードローンを売りまくっている。

ところがメガバンクの海外進出は必ずしも上手くいっていないようだ。彼らや彼らの系列証券会社が主導した海外企業のM&Aでは数千億円という大損失が発生しているケースもある。事情は詳しく分からないが、きっと金融機関が収益確保に焦って、十分なデューディリジェンス、すなわち買収先の適正な資産価値評価を怠ったのではないかと噂されている。

またカードローンを売りまくり、かつてのサラ金地獄を彷彿《ほうふつ》させるような多重債務者問題を引き起こすような状況で、世間の批判を浴びている。

さらにアパートローンなどの土地有効活用ローンを過剰に融資し、そのローンを活用した地主との間でトラブルを多発させてもいる。

これは土地を保有している地主にアパートを建設させ、業者が何年も家賃保証をするという仕組みだが、需要に供給が勝り、アパートは空室だらけ。家賃保証の見直しを迫られた地主は、銀行の借金が予定通り返済できなくなるというトラブルだ。これも各地で多発しており、「まるでバブル時代のようだ」と金融庁が嘆いているらしい。

勇太は、嘆くのはおかしいと思っている。金融政策というのは、なにかを少し変えただけで思わぬ副作用を生むものなのだ。

相続税が引き上げになるという情報が流れただけで、相続税対策ローンが一気に膨れ上がることもある。人間の欲望と密接に絡み合っている以上、副作用は致し方ない。

それよりも信金業界の経営悪化は深刻だ。

集めた預金を国債で運用してもマイナス金利政策で国債利率も低下し、利鞘は取れなくなっている。むしろ、なにかの拍子に国債価格が暴落した場合、その減損処理で大赤字になる危険性さえ出てきた。

またメガバンクのように豊富な融資先がないため、定期預金や定期積金など比較的高い金利で預金を集めている信金では、貸出金利の低下は、利益を直撃することになっている。

柴崎の話を聞きながら、「深刻だなぁ」と勇太は呟いた。

「その通り」柴崎は、間髪《かんはつ》を容れずに勇太を指さし、答えた。「だから原点に戻って地域金融機関である信金は、地域を活性化させなければ、生き残れないという結論に達したため、今回の活性化案となったわけです。幸い、片品信金は、まだ赤字になったり、経営危機という状況ではありませんが、地域が元気でなければ、いずれ経営不振に陥ってしまいます」

柴崎は強い口調で言った。

「課長、もういいでしょう。早く具体論に入りましょう。支店の皆さんがあくびをされています」

安祐美が辛辣な発言をする。ややきつめの印象のある目付きで安祐美が言うと、効き目がある。柴崎は、「そうだね」と言い、ようやく席に着いた。

「というわけで具体的な協議に移りましょう。この活性化案は、私たち本店の業務部もここにいますが、中心は寿老神支店の皆さんだと考えています。赤城勇太さんのアイデアをベースにしているのですから。ここで成功すれば他の支店にも広げていきたいと思います。それではどうぞ、まずなにから始めますか？」

安祐美が仕切ると、柴崎の長広舌《ちょうこうぜつ》でちょっと弛緩《しかん》気味だった空気がぴりっと引き締まった。

ケンチョウが手を挙げた。

「私から発言します。赤城勇太の企画は、『絆ビジネス』ということでそのプロジェクトの柱は蕎麦と祭りです。それで地域の絆を強め、片品信金のビジネスにつなげようというものです。それぞれについてまだ走り出しているとは言えませんが、まず地域との絆を深めるために、このプロジェクトへの協力を地元の方々にお願いしています。寿老神温泉旅館組合の理事長であるホテル寿の柳原安正さんへの協力依頼は、支店長の霧島が行っています。これは問題なくいくでしょうね。この温泉の活性化のためにやるのですから。柳原社長が、旅館の方々をまとめてくださると思います。祭りの神輿ですが、大蛇と大ムカデの神輿を作ります。業者に頼むのではなく自分たちで手作りします」

「大丈夫ですか？　お祭りは十月ですが、間に合いますか？　あと半年ですが」

柴崎が心配そうに言った。

「大丈夫です。やってみます」

ケンチョウは、ちょっと不安そうだが、断言した。そして勇太をちらりと見た。勇太は、唇を引き締めて頷いた。

「神輿の製作についてはキクさん、もとい菊間に説明してもらいます。菊間さん、お願いします」

「はい、それでは」菊間が立ち上がった。「私は、全国の祭りを見て回るのが趣味でして、いくつかの地域でこうした大蛇神輿を手作りしているところから情報を集めまして、作り方を研究しました。フレームは鉄筋で作ります。長さは約三十メートル。表面はウレタンに防水用のテント生地を貼ろうと考えております。費用は百五十万円から二百万円はかかるかと思います」

「ムカデはどうしますか？」

柴崎が聞いた。

「赤城の計画では蛇とムカデが戦うことになっていますが、伝説では、寿老神温泉の守り神の蛇が傷つくことになっていますので、それはヤバいだろうと。自分たちの守り神が負けてはどうしようもないですから。それで神輿は蛇だけにしようと思っています。製作日数も、まあ、予算もありますからね」

「いい加減ね。早くも挫折ってわけ？」

安祐美が辛辣に言う。目が怒っている。

勇太が、勢いよく立ち上がった。

「挫折ってわけじゃありません。計画を立てた時は、蛇神とムカデ神の戦いもいいなと思ったのですが、寿老神神社の宮司さんに相談すると、うちのご祭神は、お蛇さんだからなぁということで蛇だけになったんです」

「でもそんなの当初から分かっていることじゃないの。あのプランでは両者の戦いが面白かったわけよ。それがなくなると勢いもなくなる気がする」

安祐美は、勇太の反論が気に食わないのか、顔をしかめて反論する。

勇太は、地域活性化案の協議が最初から暗礁に乗り上げるのではないかと心配になってきた。

とりもなおさずそれは自分の責任だ。あまり十分な検討もしないで、いわゆるノリで提案してしまったことが大きい。横尾理事長の一言で決まった女子高生の蕎麦打ちのこともだ。あれなんか、その場の思いつきで、全く検討のケの字もしていない。

「たしかに、迫力に欠けるわね」

エリカ様がぽつりと呟く。「なにか代わるものが必要ね」

「祭りというのは、老若男女が皆、楽しんでこそだからなぁ」

キクさんもぶつぶつと言う。

「じゃあ、当初案に戻しますか」

勇太はちょっと投げやり気味になった。肝心の大蛇神輿に行かないことに焦れてきたのだ。

「おいおい、赤城、そんなにいい加減なことを言っちゃダメだろう。ムカデを作るのは相当に難しい。時間も予算もかかる。それに加えて宮司さんの意見もある。だからムカデは次の機会の課題にしようということになったんだろう。我々の間で……」

ケンチョウが勇太を非難する。

この検討会の前に支店でも活性化案を検討した。

その際、ムカデ神輿は次回の課題と決めたのだった。

「あのさ」安祐美が何か閃《ひらめ》いたような表情になる。「戦いということではさ、チャンバラはどうなの？」

安祐美がしたり顔で発言する。

「チャンバラ？　なんですか、それ？」

勇太が怪訝な顔をする。話がどんどん逸れていく気がする。

「テレビのニュースで観たの。大人も子供も一緒になって、プラスチック製なのかなぁ、オモチャの刀を振り回して腕につけた風船みたいなものを落とすのよ。楽しそうだった。あれをやろうか？」

「チャンバラね？　私も見たけど、特定の道具とか必要なんでしょう？　道具はどうするのかな？　でも面白そうね。私、女の子だけれど、チャンバラ、やってみたかったな」

エリカ様が乗り気だ。

「刀や風船は手作りしましょうか。チャンバラ、面白いですね。それがダメなら両軍に分かれて蛇の帽子とムカデの帽子を取り合うとか、あるいは綱引きとかどうですか？」

勇太はチャンバラ議論には早めに決着をつけ、本筋の議論を前へ進めたいと思った。そのため、とりあえずチャンバラ案に賛成してみた。検討するべきことがいっぱいある。

「合戦は面白いが、どこでやるかだな。チャンバラだと広いグラウンドが必要になる。小学校はメイン会場の観光センター前の広場から離れているだろう？　当初の大蛇神輿、ムカデ神輿の時は、通りでガチンコをやることにしていたからな」

ケンチョウが疑問を呈する。

「そう言われるとその通りですね。会場が分散すると、祭りの勢いが削がれますから。観光センター前の広場でやれるイベントがいいですね。カラオケ合戦でもやりますか」

キクさんがカラオケを提案する。

「カラオケかぁ。なんだか祭りっぽくないけどいいかな。カラオケなら小林リンゴ園に立派な機械があるから」

エリカ様が乗り気だ。

支店での打ち合わせの時には、カラオケ大会なんてアイデアは全く出なかった。どんどん方向性がずれていく気がして勇太は心配になる。

「カラオケ大会ってダサくないですか？　ところでカラオケ機械が本当に小林リンゴ園にあるんですか」

勇太が驚く。

「ダサくないわよ。リンゴとカラオケが結びつかない。カラオケはみんな盛り上がるわ。私、小林リンゴ園でカラオケやったことがあるのよ。小林さんはテレビののど自慢大会に出場したこともあるほどなんだから」

エリカ様がどんどん乗り気になる。

「それじゃあ、蛇組とムカデ組に分かれて歌合戦と行くか」

柴崎までその気になる。

紅白の幕で飾られた舞台でのど自慢大会……。エリカ様は、ダサくないと言うがどうなのだろうか？

「カラオケは置いといて、綱引きならなんとかあの会場でできるんじゃないですか？」勇太は話題を変えようとする。「蛇とムカデに分かれて戦うんです。綱は小学校から借りましょう」

「それなら昼間のイベントになるな」

ケンチョウが賛成する。

「夜はカラオケか？　いいなぁ。私も歌っちゃおうかな。メジャーレーベルの人がたまたま聞いていてさ、いい声しているね、うちでデビューしないかってさ」

エリカ様が勝手に盛り上がる。

「あのぉ、大蛇神輿の件にそろそろ話を戻しませんか？」

勇太が恐る恐る発言する。

「そうだ、そうだね。肝心の話が進んでいない。キクさん、よろしく」

ケンチョウがキクさんを促す。

「うっほん」キクさんは咳払いをして「では大蛇神輿は、重さ二百キロくらいになりますので、祭りの参加者、総出で担ぎます。このほかにも子供神輿が作れればと思います。これは十メートルくらいでしょうか？」

「子供の神輿はぜひ作りたいですね。子供は大きくなっても祭りのことを思い出してくれますから。サステイナブルなイベントにするためには子供神輿は重要でしょう」

柴崎は急に英語を使った。最近、環境への関心が高くなって、やたらとサステイナブルと言う人が増えた。要するに持続可能、長く続く祭りにしなければいけないということだ。

「大蛇神輿は、皆で担いで寿老神神社からスタートして、各旅館を巡り、観光センターに到着するということを考えています。各旅館では、女将たちが出迎え、その場で酒や料理、子供神輿にはジュースやお菓子などを振る舞います。勿論、宿泊客にも振る舞います」

「それは楽しそうだな。みんなの嬉しそうな顔が目に浮かぶよ」

柴崎が微笑む。

「ところで費用はクラウドファンディングで集めると言っていたが、本気なの？」

「本気です」

勇太がちょっと膨れる。本気かと言われれば本気だからだ。

「ではクラウドファンディングについて十分に研究をしたんでしょうね」

柴崎が真面目な顔になる。

「それは……」

勇太が不安げな表情になる。実は、これもテレビのニュース番組で見ただけの知識だったからだ。なにか新しいイベントや物を作ろうとする時、それに賛同する人をインターネットを使って広く集めることに成功しているという事例を知ったからだ。研究はこれからだ。

「まだ研究していないんですか」

安祐美が憤慨した顔をする。

「まあ、なんとかなりますよ」

ケンチョウがとりなす。

「あのね、ちょっと企画の詰めが弱いですね。私たちは寿老神支店のアイデアを推したのですが、もう少し詰めてくれていると思っていました」

「でもあの時は、アイデアだけでいい、六十点主義だ。百点じゃなくていいとおっしゃってたじゃないですか」

勇太が反論。

「そりゃ、そうよ。そうしないと銀行員っぽく百%じゃ足らないから、百二十%詰めてこいって言ったら、なにも出てこないでしょうが」

安祐美も反論。

「至急、勉強します。大蛇神輿予算の百五十万円から二百万円、その他祭りに関わる費用をざっと三百五十万円と見込んでいますから。これらをクラウドファンディングで集めます」

勇太は強く言いきった。

「それは、そんなに簡単じゃないですよ」

突然、天井の方から声がした。

「誰？」安祐美が視線を上に向けた。「あなた？　誰？」

安祐美の視線の先に、がっしりした体軀《たいく》の男がいた。白い歯を出して笑っている。

2

アラシこと、桜井翔は長い間、頭を下げっぱなしだ。

目の前には祖父の竹澤誠司が腕組みをして座っている。その隣では祖母の弥生が、なにやら意味深な笑みを浮かべて、冷めてしまった茶を取り換えている。

「どうしても私に蕎麦打ちサークルの特別顧問になれとおっしゃるのですか」

誠司が顔をしかめながら言った。

アラシが顔を上げた。誠司に嚙みつかんばかりの顔をしている。

「はい、お願いします。私は、赤城山系で穫れる蕎麦の美味さを全国にもっと知ってもらうためにもぜひ全国高校生蕎麦打ち選手権大会で優勝したいのです。蕎麦の名産地は長野ではなく、この群馬だということを世間に知らしめたいのです」

アラシは、熱っぽく言った。同じセリフを何度も繰り返している。

「春海、お前もやるのか？」

誠司が春海に問いかけた。

「私？　えーと、さぁ」

春海が言い淀んでいると、咄嗟に、アラシの手が春海の口を塞《ふさ》いでしまった。なにすんの？　と春海が視線をアラシに向けた。

「はい、竹澤さん、先ほど春海さんは蕎麦打ちサークルに入部を希望されまして、めでたく入部が決定いたしました」

アラシは、妙な作り笑いを浮かべた。

なにがめでたくだよ、無理やり入部を決めといてさ、と春海は思う。しかし女に二言なし、入部を許可されたことに間違いはない。

春海は、アラシの手を退《の》けると「私、蕎麦打ちやるから。おじいちゃん、みんなに教えてください」

とアラシと並んで頭を下げた。

「あなた、教えてあげなさいよ。可愛い孫娘も頼んでいるんだから」

弥生が誠司を見つめている。

「おじいちゃん、これまでいろいろあったことは、この前聞いた。それはそれとして、なんとかしてよ」

春海は言った。

誠司は腕を組み、「うーん」と唸って天井を睨んでいる。

アラシは、その様子を気が気でない様子で見つめている。

「分かりました」誠司は、顔を天井からアラシに向けると「春海がやるんであれば、それなら教えましょう。春海、ちゃんと覚えるんだぞ。蕎麦は生きていますぞ。くれぐれもそのことをお忘れなきように」と言った。

「ありがとうございます」とアラシは満面の笑みを浮かべて、大きな声を出した。「生き物のように大切に扱います」

「そうです。生き物です。ですから育て方次第、皆さんの愛情次第でまっすぐに育ったり、ぐれてしまったりといろいろです。ゆめゆめ侮ることのないように」

「よく心得ます」

「それから、選手権に優勝するという目標を持つのはいいのですが、それに捕われてはいけません。何事も捕われると焦りが顕れ、いい蕎麦が打てません。分かりましたか？」

「はい、分かりました」

アラシの声はやたらと大きい。

「良かったね。先生」

春海はアラシに言った。

「おお、春海、ありがとうよ」

アラシは、大きな手で春海の手を掴んだ。

「良かったじゃないね、春海。これでガレットが作れるよ」

弥生がにっこりと笑う。

「なんじゃ、そのガレットというのは？」

誠司が聞いた。

「西洋の蕎麦みたいなものよ」

弥生が、くすっと笑う。

「ワシは、日本の蕎麦を教えるからな」

誠司が困惑した顔をする。

「勿論です。師匠、よろしくお願いします」

アラシが誠司のことを師匠と呼んだ。瞬間、誠司は、まんざらでもない表情を浮かべた。

「ところで桜井先生は蕎麦を打たれるのですか」

誠司が聞いた。

「はあ、全く見よう見まねで、なんとかかんとか……」アラシは頭をかいた。「今は、時々、知り合いの蕎麦職人が来てくれて、その指導でやっておりますが、なかなか……」

アラシは、頭をかき続けている。

「分かりました。これからはワシが定期的に指導させてもらいます。どのようにさせていただけばいいでしょうか」

「部室は用意してあります。蕎麦打ち道具なども揃っております。勿論、師匠はご自分の道具を持ち込んでいただいて結構です。そこで平日は、だいたい午後の四時には授業などが終わりますので四時半とか五時から。土日は、えーと朝からでも大丈夫です」

「えっ、そんなに練習するんですか？　毎日？」

春海が驚く。

「ああ、選手権が八月の第三日曜日なんだ。それまでになんとかしなくてはね」

アラシが真剣な顔をする。

「今、四月ですからあと四カ月ほどですか？」

誠司も真面目な表情だ。

「はい、あまり時間がないと思っております」

アラシは、やや腰を曲げ気味にした。まさに師匠に仕える弟子の風情《ふぜい》だ。

「そうですね。蕎麦は頻繁に打たないとすぐに技術が衰えます」

誠司が言った。

「えっ、でもおじいちゃん、そんなに蕎麦を打ってないじゃないの、大丈夫？」

春海が反論する。

「おじいさんは、春海の見てないところで一人でこっそり蕎麦を打っているのよ。いつか『たけざわ』を再開したいと思ってね。春海も食べたことがあるでしょう？」

弥生が言った。

「うん、でもそんなに頻繁じゃないよ。ここに来てからは……」春海は、ふとあることを思い出した。「そう言えば大阪でも食べたことがある。美味しいなと思ったけど。ママ、なにも言わなかったけど、あれ、ひょっとして……」春海は誠司を見つめた。

「そう、大阪へも何度か蕎麦を送ったことがあるわね」

弥生が笑みを浮かべる。

誠司が頷く。

誠司は、春海の母、紀子の駆け落ち騒ぎのせいで蕎麦たけざわを閉めざるを得なくなったが、その原因になった紀子にも蕎麦を送っていたのだ。心配するな、というメッセージだったのかもしれない。

「美味しかったでしょう？」

弥生が聞いた。

「うん、美味しかった。あれ、おじいちゃんの蕎麦だったんだ。ママ、なにも言わないんだもの」

「言えば、いろいろ思い出すからじゃないかな。あの子はあの子なりに気にかけていたみたいだからね」

弥生はあくまで娘に優しい。

「ママ、どうしているかな」

春海は急に懐かしく紀子を思い出した。最近、ＬＩＮＥも滞りがちだ。ということは楽しく仕事をしているのだろう。

「では桜井先生、早速、今日から始めましょうか？」誠司が腰を上げた。どこへ行こうというのか。「手始めに私の蕎麦をお食べになりますか？」

「えっ、本当でありますか？」

アラシの目が輝いた。

「打ち立てではありませんが、かけ蕎麦にしてお出ししましょう」

「あなた、私がやりますから。汁は私の仕事ですから。あなたはここでお待ちください」

弥生が立ち上がり、誠司に座るように言う。誠司は、もう一度、腰を下ろした。

「じゃぁ、頼みましょうかね」

「嬉しいです。師匠の蕎麦を食べることができるなんて」

アラシは興奮を隠しきれない様子だ。

「私のもあるの？」

春海が聞いた。誠司の蕎麦を食べるのは久しぶりだ。

「あるわよ」

台所に行こうとしていた弥生が春海に振り向いて言った。

その時、玄関の戸が開く音がした。春海たちは、座敷と言っても小上がりのような畳のスペースで話をしていたのだが、背後の玄関の戸を誰かが開けたのだ。

「あっ」

弥生が小さく叫んだ。

「おっ」

誠司も目を見開いた。

「えっ」

背後を振り向いた春海も言葉を詰まらせた。

「どうしたんですか？」

アラシだけが、なにが起きたのか分からずに戸惑っている。

「ただいまっ！」

大きな口を開け、明るい声を発す、笑顔の女性が立っていた。紀子だった。

3

「善さん」

勇太が天井の方に視線を向けて男の名前を呼んだ。

善さんと呼ばれたのは、大蔵善三だ。寿老神支店の庶務職員だ。年齢は六十歳くらいだが体は引き締まっており、若く見える。頭髪も黒く豊富で、顔立ちは渋い。

庶務職員とは、支店の清掃や備品の取り換え、ロビーでの客の案内など雑務をこなす職種だ。

大蔵は、寿老神温泉地区や片品市の生まれではない。二年前から支店に勤務しているが、経歴は謎だ。しかし非常に器用で、かつ腰も低く、客ばかりではなく職員からも頼りにされている。

「打ち合わせ中だったのに失礼しました。ちょっと蛍光灯を取り換えていました」

善さんは取り換えた蛍光灯を持って脚立から下りた。

「気がつかなかったですよ」

勇太は言った。

「熱心に話されていましたからね。邪魔しないようにそっとやりました。では失礼します」

善さんは、部屋から出ていこうとした。

「ちょっと待って」

安祐美が声を上げた。

「はい、なんでしょうか」

善さんが、とぼけた表情で答える。

「今、気になることを言ったわね」

「なんでしょうか？」

「そんなに簡単じゃないとかなんとか」

安祐美の表情が厳しい。その言葉は勇太も聞いた。いったい善さんはどういうつもりで言ったのだろうか。

「聞こえましたか？　それならすみません」

善さんは申し訳なさそうに苦笑した。

「なにか根拠があって、そんなことを言ったの？　真剣に協議している私たちに失礼じゃない？」

安祐美は引き下がらない。強気な女性と思っていたが、その通りだ。

「そうだね。根拠なく言ったのだったら善さんらしくないなぁ」

ケンチョウが顔をしかめた。

善さんは、取り換えた蛍光灯を両手に持って立った。なんだか『スター・ウォーズ』のダース・ベイダーみたいな迫力がある。

「クラウドファンディングですか？　今、流行りですね。でも私からすれば他人様《ひとさま》の金でなんとかしようという考えなら上手くいかないと申し上げたいのです。クラウドファンディングというのは、ちょっとしたプリンシプル、原則がありましてね」

善さんがにやりとした。妙に迫力がある。プリンシプルと英語を使ったからだろうか。

「なに、そのプリンシプルって」

エリカ様が惹《ひ》きつけられている。

「ワン・サード・プリンシプル。すなわち三分の一原則って奴です」

善さんの口からポンポンと英語が出てくるので勇太らはあっけにとられていた。

「説明してくださる？」

安祐美が少し丁寧になった。

「クラウドファンディングでどれだけ資金を集めるか知りませんが、まあ、この金額を決めるのも大変ですがね。その際ですね、全部をクラウドファンディングで集めようなんて考えたら必ず失敗するということです。で、どうするかですが、少なくとも三分の一は、自分や身近な人から集める。後の三分の一は知り合いの知り合いなど、やはり関係がある人から集める。そして残りの三分の一を一般の人から集めるということです。クラウドファンディングのホームページを立ち上げたら、そうした事前に頼んでおいた人たちから立て続けに資金提供の申し込みが来ますよね。そうしたら人気があるということで一般の人たちも関心を持ってくれるわけです。これが三分の一原則です」

善さんは淀みなく説明した。手に持った蛍光灯が、本物のライトセーバーに見えた。それくらい善さんの説明は鋭く、的確だった。

「それ、本当ですか？」

勇太は、思わず前のめりになって聞いた。

「本当ですよ。クラウドファンディングというのは、確かにお金を集めることが大事ですが、それだけじゃない」

善さんは言う。

「それ以外の目的はなんですか？」

勇太は聞いた。

「情報発信ですよ。寿老神温泉の魅力を多くの人に知ってもらうきっかけにしないといけないということです」

善さんは言った。

その通りだ。資金を集めることは勿論だが、それ以上に寿老神温泉の知名度を上げることが重要だ。

「あなた、善さんって言ったわね」

安祐美が言った。

「はい、大蔵善三と言います。善さんと呼んでくださって結構ですよ」

「どうしてそんなにクラウドファンディングに詳しいの？」

「そうだよなぁ。善さんが詳しいなんて全く知らなかった」

キクさんも驚く。

「いやぁ、皆さんの打ち合わせを聞いていたらね、なんだか他人様の金を当てにされているようで、これは一丁、アドバイスをしなければと思ったのですよ。もうひと言、言わせてもらえれば、郷土への情熱、成功するにはこれが一番大事ですけどね。皆さんには、それは十分にあるようですから、私もなにかお役に立てればと思いましてね」

「お役に立てるもなにも、絶対に立つから、協力してくださいよ、善さん」

勇太は『スター・ウォーズ』で、師であるジェダイにひれ伏すルーク・スカイウォーカーになったような気分だ。

「まだ説明していないよ。なぜ詳しいのか」

キクさんが冷静に問い詰める。

「私はこれでも大学は工学部を出ておりましてね。ＩＴの走りの頃は、それに夢中になったものです。それで結婚して息子ができたのですが、まあ、この結婚は失敗して離婚しましたがね」

善さんは表情を歪める。思い出したことが辛かったのか。

「善さん、離婚のことは話さなくていいんじゃない」

エリカ様が言う。

「そうでしたね。元妻との間に息子がいましてて、こいつが滅法、できが良くてＩＴの会社をやっていましてね、そこがクラウドファンディングのコンサルタントなんかもやっているんです。私はそこの役員になっているものでしてね」

　ちょっとドヤ顔。

「役員！」

　勇太は思わず声に出した。蛍光灯を取り換えている善さんが大学の工学部出身であることにも驚いたが、ＩＴ企業の役員に就任しているとは、衝撃でしかありえない。

「その会社はなんて言うんですか？」

　安祐美は冷静に畳みかける。

　善さんは、「ミックス・テクノロジーです」とこともなげに言い「信用してもいいですよ。ナスダックですが上場もしてますしね。息子が社長です」と笑みを浮かべた。

　勇太はキクさんと目を合わせた。キクさんは、口をぽかんと開けて言葉を失っている。安祐美もエリカ様も柴崎も、そしてさっきから黙り込んでいたケンチョウも皆、沈黙していた。

「なんなら息子に言って、誰かをアドバイザーに寄こさせましょうか。これは役員である私の、協力ということで、無料奉仕で結構です」

　善さんが言った。

「お願いします！」

　勇太は大きな声で言った。

「頼みますよ。善さん！」

ケンチョウが破顔した。

「すごい人材がいるもんだね。なぁ木内君」

柴崎が安祐美を見て、さも感心したように何度も頷いている。

安祐美とエリカ様は、狐につままれたような顔をして、笑みはない。まだ事態の進展を信じきれていないようだ。

「じゃあ、皆さん、善さんの協力を得てクラウドファンディングのコンサルを専門家に依頼するとします。いいですね。その前にどれだけの資金を集めることにしますか？」

勇太は言った。

「神輿の製作費は百五十万円として、その他警備費、蕎麦打ちイベント費、会場設営費、パンフレットなどの広報費まで含めると、ざっと三百万円はかかります。神輿の製作費を削減するために材料などの協力を得て百万円くらいに抑えられると思います。しかしデータによると、祭り予算が多いほど集客力も高くなる傾向があり、あまり極端に減らすわけにはいかないと思います」

キクさんが言った。

「どのくらいの集客を見込むつもりなのですか？」

柴崎が聞いた。

「地元の人や観光客を含めて三千人は来て欲しいと思っています」

キクさんが答える。

「そうすると一人当たり千円ということですね。三百万円で……」

柴崎が頷く。

「柴崎さん、先ほど善さんが言っていた三分の一原則ですね」

勇太は言った。

「そうだよ。一人千円なら多くの人から寄付を募れるんじゃないかと思うんだよね。だけど実際の予算は寿老神温泉の旅館組合の人たちの協力を願ってだね、クラウドファンディングで集めるのは、お金じゃなくて寿老神温泉のファンってことになるかな」

「その考えがいいと思います」

善さんが柴崎の考えに賛成した。

会議室のドアが開いた。今度は支店長の霧島が入ってきた。

「みんなご苦労様」

霧島が細長い顔に皺を寄せている。憂鬱そうに見えるが、どうしたのだろう。霧島は、祭りの協力を取りつけるために旅館組合の理事長であるホテル寿の柳原社長に会っていたのだが。

「話し合いは順調かね」

霧島が聞いた。

「はい、紆余曲折《うよきよくせつ》していますが、なんとか。善さんがクラウドファンディングに詳しいんです。驚きました」

勇太が明るく言った。

「そうだったね。うちは人材豊富だから。善さんは聡明《そうめい》大学の工学部出身だからね」

霧島があっさりした口調で言った。

聡明大学とは、経世《けいせい》大学と並ぶ一流私立大学だ。

「支店長、ご存知だったのですか？」

勇太は驚いた。

「そりゃあそうさ。職員の経歴ぐらい把握していますよ」

霧島は顔色一つ変えない。

「ところで支店長の方は上手くいきましたか？　旅館組合の方々は当然、ご協力いただけるんでしょうね。資金面でも……」

柴崎が探るような目つきで聞いた。この時ばかりは本店の幹部の顔つきだ。

「それが……」

霧島の表情が暗い。

「どうかしたのですか」

「ホテル寿の柳原社長は、祭りには協力できないと言われるんです。あの人がまとめてくださらないと他の旅館の協力も難しいので困ってしまいます。寄付金も集めづらい」

霧島は眉根を寄せた。

「なぜですか？　旅館の人たちのためにもなることじゃないですか」

勇太は、霧島に迫った。

「四菱大東銀行が反対しているんだそうだ。余計なことをするなとね。勇太君が四菱大東銀行がホテル寿とその周辺をリゾートセンターに造り替えようとしている話を聞いてきたのは、事実だった。幸いなことにホテル寿の経営は行き詰まるほどは悪化していないが、将来が不安なので四菱大東銀行に相談したら、融資を増やしたい銀行側とリゾートセンターへ転換することで折り合ったらしい。現状の融資条件も緩和してくれるそうだ。いずれにしてもメガバンクである四菱大東銀行の意向には逆らえないんだそうだ」

「なんですって、そんなことあり⁉　融資をするのはいいけど、余計なことをするなっていうのはなによ」

安祐美とエリカ様が同時に怒りを爆発させた。

「意味が分かりませんね」

ケンチョウも怒った。

「私は柳原社長に何度もお願いした。しかしダメだって言うんだ。柳原社長は、協力したいと言うのだが、四菱大東銀行の方は、寿老神温泉の活性化には関心がないのだろうね。自分たちの融資が増え、レジャー施設が潤えばいいだけなんだ。そういうことだろう。それに……」

霧島は苦しげに表情を歪めた。

「それに、なんですか」

勇太は霧島にぐいっと近づいた。怒りで興奮を抑えられない。

「私が考えるに、四菱大東銀行にしてみれば、せっかく融資を増やすことができるリゾートセンターへの転換の話をまとめ上げつつあるのに、妙に寿老神温泉が活性化して、ホテル寿が従来通り旅館業でいくということになったら、マズイとでも思っているのだろうね。だからとにかく計画をひた隠しにして、余計なことをするなと釘を刺されているらしい。私が、リゾートセンターの話を持ち出したら、とても驚いていたよ。どうしてご存知なのですかってね」

霧島はわずかに笑みを浮かべた。

「許せません。私、兄と話します。地元の活動をメガバンクが邪魔するなんて金融庁への告発ものです」

勇太は、声を荒らげた。

「さあ、皆さん、お疲れ様。美味しいお蕎麦を持ってきましたよ」

会議室に入ってきたのは、三田村節子だ。通称せっちゃん。食堂担当だ。

「どうしたの？　せっちゃん？　こんな時間まで」

エリカ様が驚いている。

「ちょっと自主残業しちゃいました。皆さんがこの町を盛り上げようとする会議をされていると聞いて、私もなにかしないといけないと思いましてね。蕎麦を茹でました。美味しいですよ。食べてください。人数分を食堂から運んできますから」

せっちゃんは童顔を笑顔で埋めている。両手にトレーを持ち、その上で丼に入ったかき揚げ蕎麦が湯気を立てている。

「おっ、最高だね」

柴崎が嬉しそうに目を細める。

「この蕎麦は、どこのかな？　まさかせっちゃんが打ったわけではないだろう？」

霧島が聞いた。

「名人竹澤誠司さんの蕎麦ですよ。私、竹澤さんの奥さんと仲がいいので分けてもらったんです」

「ほう、竹澤さんの蕎麦か。それなら美味いだろうな」

霧島の顔がほころんだ。

竹澤誠司？　春海の祖父だ。

「おい、勇太」

ケンチョウが言った。

「はい、なんでしょうか」

「竹澤さんは、今も蕎麦を打っているんだ」ケンチョウはしみじみと丼を見つめた。「すぐに竹澤さんに交渉しよう。ＪＫ蕎麦をするにしろ、なんにしろ、蕎麦イベントには竹澤さんの協力が必要だと思う。しかしあの人は頑固だから、難しいぞ」

「はい、頑張ります」

勇太は、春海の顔を思い浮かべた。すぐに会おうと思った。蕎麦名人、竹澤誠司へ協力を頼み込むのだ。

それにしても兄と四菱大東銀行は許せない。なんとかしなくてはいけない。

4

今、春海の目の前には、突然現れた母、紀子の姿があった。

ほっそりとしたブルーのデニムのダメージパンツ。足元はクリーム色のハイヒール。シャツは同じくブルーのデニム生地。白いトレンチコートをラフに着て、その襟は長い黒髪が隠している。顔立ちは、春海なんかより目鼻立ちがくっきりしている。相変わらず年齢以上に若く見える。

「どうしたの、ママ」

春海は驚いて腰を上げた。

「紀子、突然、どうしたの？」

弥生も困惑しつつ、驚く。

「おいおい、帰ってくるなら連絡しなさい」

誠司が少し怒ったような顔になる。

「えっ、お母さんなの？　春海の？」

アラシが、席を立つ。

「そうです。母です。事情があって別れて暮らしているんです」

春海は少し目を伏せた。

「ごめんなさい。突然、訪ねてきちゃって。なにか打ち合わせ中だった？」

紀子は、アラシに目を遣《や》った。

「あっ、はい」アラシは、なんだか顔を赤くしている。突然、都会のキャリアウーマン的女性が登場したので慌てふためいているのだろう。

「春海さんのお母様であら、あられますか。わたくしは、春海さんの担任を務めさせていただいております、桜井と申します。よろしくおね、お願いします」

吃音《きつおん》になっている。めいっぱい丁寧な言葉で挨拶しようとするからだ。

「桜井先生、いいやないの、そんなにかしこまらんでも」

春海は苦笑した。

「そうかぁ。突然なんでびっくりしたぞ」

アラシは、汗を拭った。

紀子は、アラシに「私、春海の母親です。いつも春海がお世話になっております」と軽く会釈した。

「いえ、こちらこそ」

アラシも頭を下げた。

「突然、なにしに来たんだ。いったい何年ぶりだと思っているんだ」

誠司が不機嫌そうに怒っている。

確かに言う通りだ。母の紀子が、父の葉山俊彦と駆け落ちしたのは、二十歳の時のことだ。

それ以来、誠司や弥生は大阪に住んでいた紀子を訪ねていったことは何度もあるが、紀子が寿老神温泉に戻ってきたことはない。三十年振りということになる。

いや、一度だけ春海が生まれた年に隠れるようにして戻ってきたらしい。春海のお宮参りのためだ。町の人には内緒で、こっそりと寿老神神社に誠司たちと一緒にお参りしたようだ。紀子から聞いたことがあるだけで当然、幼い春海に記憶はない。

「では私はこれで失礼します。師匠に教えてもらう日はまたご連絡いたします。今後ともよろしくご指導お願いいたします」

アラシは大仰《おおぎょう》に頭を下げ、帰っていった。誠司の醸《かも》し出す空気からなぜだか柔らかさが消え、重くなったと感じたのだろう。

「よろしくお願いします。蕎麦をお出しできず申し訳ございません」

誠司が頭を下げた。

「いえいえ、今度、打ち立てをたっぷりいただきますから」

アラシは笑みを浮かべた。

「先生、私、このままここにいていいですか」

春海は聞いた。母、紀子が帰ってきた理由を知りたいから、ここに留まりたいのだ。

「おお、春海は学校に戻らなくてもいいぞ。私が上手くやっておくから」アラシは、春海を手招きした。春海が近づくと耳元で「なにやら複雑だな」と囁いた。

「はい」

春海は困惑した表情を浮かべた。

アラシは、帰っていった。

空気が淀み、静かになった。なんとなく緊張感をはらんでいる。

「いい先生ね、春海」

紀子が沈黙を破るように言った。

「いい先生や」

春海が答えた。ぎこちない。口が上手く動かない。

「変わってないね」紀子が家の中を見渡した。「さっき、蕎麦って聞こえたけど、お父さんの蕎麦があるの？　だったら久しぶりに食べたいな」笑顔で誠司を見る。

誠司は、硬い表情で紀子を見つめている。

「ところで、なにか急用か」

誠司が重々しく言った。

「びっくりさせるつもりはなかったのよ」

紀子は、空いていた椅子に腰をかけた。

「よくそんなことが言えるな。お前にはびっくりさせられることばかりだ」

誠司は怒っている。

「取材なのよ」

紀子は言った。

「取材？」

「突然決まったの。『ナイス・デイ』でさ、寿老神温泉の特集を組むことになったの。それで下調べ的にね、来たの」

「はい、お茶」

弥生が紀子の目の前に茶の入った湯飲みを置いた。

「ありがとう」

紀子はそれを飲む。

「『ナイス・デイ』ってママの雑誌でしょう」

春海が弾んだ声で言う。

「私が経営しているわけじゃないけどね。富裕層向け雑誌の中じゃいい線いっているのよ」

紀子が自慢げに言う。

「すごいじゃない。雑誌に特集されるんだ」

「突然、企画が決まってね。それで私の故郷だからって編集長が責任者にしたってわけ。私は、嫌だって言ったんだけど、強引でさ。ということで今回は下調べでさ。本格的な取材は秋になると思うけどね。だから二、三日、泊めてくれない。実家に泊めてくれっていうのも変だけど」

紀子は悪びれずに言う。

「泊まっていきなさいよ。春海も喜ぶから。少しはお母さんらしいことをしなさい」

弥生が叱るような口調だけど、嬉しそうだ。

「土日に春海に近所を案内してもらおうかな」

紀子が、同意を求めるように春海を見た。

「いいよ。あまりまだ詳しくないけど、案内できる」

春海は弾んで答えた。

誠司は黙っている。

「早く蕎麦食べたいな。父さん、まだ蕎麦、打っていたんだね」

紀子が嬉しそうに言った。

バン!

誠司がいきなりテーブルを両手で叩いた。

春海は、そのあまりの大きな音にびくっと体を反応させた。

紀子も弥生も驚き、目を見開いている。

「なにが、まだ蕎麦打っていたんだね、だ。帰れ、帰れ。帰ってくるな。ワシから、蕎麦を取り上げやがって。その気楽な態度はなんだ。許せん!」

誠司が声を荒らげ、紀子を睨みつけた。

「お父さん……」

紀子の顔も体も凍りついたように固まっている。

第六章　クラウドファンディング

1

「いいところですね」

臼井和弘《うすいかずひろ》は、片品信金寿老神支店の会議室の窓を開けて、大きく腕を広げて深呼吸した。片品川沿いに広がる山々の緑が美しい。

「ええ、とてもいいところです」

勇太は答えた。

今日は通常業務を中断して十二時から地域活性化の打ち合せをするのだ。勇太の隣には課長の鍋谷、通称ケンチョウ、次席の菊間、通称キクさん、営業事務のエリカ、通称エリカ様がいた。そしてオブザーバーとして庶務職員の大蔵善三、通称善さんもいる。

臼井は、善さんの息子が経営するクラウドファンディングのコンサルティングも行うI

T会社、ミックス・テクノロジーの社員だ。まだ二十五歳だというが、年齢よりずいぶん大人びて……、老《ふ》けて見える。

善さんが、息子にクラウドファンディングの指導を頼んだら、すぐに臼井を派遣してきたのだ。臼井は、勇太の案内で、寿老神温泉をぐるりと一巡りして、支店の会議室にやってきた。

「この町の活性化のためにクラウドファンディングを活用するというのは素晴らしいことです。社長からも十分に手伝えと言われていますので協力させてください」

臼井のちょっと顎を突き出して話す姿が前のめりな感じがして、嬉しくなる。

臼井が勇太たちの前に座った。

「息子が選んだ人ですからね」

善さんが自慢げな表情だ。

「えーと、私たちのやろうとしていることの概略は、赤城君の方から聞いていただいたと思います」

ケンチョウが、「うっほん」と咳払いをした。どうしてだか緊張しているようだ。臼井が東京から来たIT会社の社員というだけでケンチョウは普段と勝手が違っている。

「はい、お聞きしました。寿老神温泉活性化のために祭りを行う。そのための資金を集めようということですね。お聞きすると、三千人くらいの客を集めたいので一人当たり千円で三千人から三百万円くらい集められればいいなぁと思っておられるようですね。それは無理でも祭りの大蛇神輿製作代金の百五十万円は集めたい。千円なら千五百人ですね。千円くらい集まるだろう、これならなんとかなるだろうと思っておいでのようですね」臼井が顎をさらに前に突き出した。話に熱がこもり始めている。「甘い！　です」突然、臼井が声を張り上げた。顔は笑っている。笑いながら怒るという芸当ができるのは、俳優の堺雅人《さかいまさと》だけかと思っていたら、ここにもいた。

「えっ」

勇太は驚いてのけぞった。

「あなた方は甘いです。千人や三千人もの人からお金が集まると思いますか？　我が社だけでも毎日、二百件以上のサイトがアップされています。大手のクラウドファンディングの会社は、我が社を入れて三社ありますから、合計で毎日六百件から一千件のサイトがアップされています。毎日ですよ。二日で二千件、三日で三千件です。そんな競争の激しい中で寿老神温泉のサイトを立ち上げ、資金提供を呼び掛けるのです。一人当たり千円だから集まるだろうではないのです。まずはサイトを見てもらわねばなりません。ものすごい厳しさなのです」

「そんなに厳しいのですか」

ケンチョウが顔をひきつらせた。続けてなにか言おうとしたが、臼井はそれを遮《さえぎ》った。

「まずクラウドファンディングですが、その意味は群衆から資金を募《つの》ることです。クラウドは群衆の意味です。crowdです。雲、cloudではありません。うふっ」臼井は自分の冗談に酔ったような目つきになった。「まず私どもの会社、ミックス・テクノロジーでは、クラウドファンディングを活用してなにかをやろうとする人には、WEBで問い合わせてもらいます。なにをやりたいのか、指定のフォーマットにWEB上で記入してもらうのです。そうしますと、私どもの担当者が電話で対応いたします。この担当者は、初めてクラウドファンディングを利用する人に、懇切丁寧に説明します。それでやりたいことの概要が決まりましたら、キュレーション部のキュレーターに回されます」臼井は自分を指さした。

「臼井さんはキュレーターなんですね」エリカ様が臼井にちょっと憧れるような視線を向けた。「あのぉ、キュレーターってなんですか」

「がくっ」

臼井は、エリカ様の質問に大きくよろけた。「知らないんですか？　美術館でいろいろと絵の研究なんかしている学芸員のことをキュレーターって言うでしょう。最近では、まとめサイトのことをキュレーションサイトって言うでしょう。学芸員から転じてネット上の情報などを収集、分析し、付加価値をつける専門家をキュレーターって言うんですよ」

「そうか？　要するにネットのプロ、クラウドファンディングのプロですね。かっちょいい！」

　エリカ様が目を細める。

「エリカ、話の腰を折るんじゃない」

　キクさんが叱った。エリカ様が不服そうな表情をして口を閉じた。

「我が社ではキュレーターである私が最後まで面倒を見ます。それに今回は大蔵社長の紹介で、臼井、お前がしっかりやれということでしたので、電話での問い合わせなどなどは完全に省略しまして、私が皆様方の専属キュレーターとして頑張らせていただきます」

　臼井は、善さんに視線を向けた。善さんの息子が彼の会社の社長なのだ。それで善さんに思い切り気を遣っているのだ。

「申し訳ないね」

　善さんが一言呟いた。

「いえ、社長に、臼井は一生懸命になっていると、なにとぞ、お口添えをいただければ、それだけで結構です」

　臼井は善さんに頭を下げた。

「そんなことでいいなら、息子によく言っておきます」

　善さんが答えた。ちょっとドヤ顔だ。

「さて」臼井は皆を見渡した。いよいよクラウドファンディングの具体論に入るのだろうか。「今回の町おこしの祭りですが、開催日時、場所、内容、主催者などはお決まりのようですから、それはいいでしょう。ところでクラウドファンディングにはAll or NothingとAll Inの二種類があります。成功か失敗か、またはとりあえずお金が集まれば目標に達しなくても成功とするか、の二種類です。我が社はAll or Nothingだけを取り扱っています」

勇太が聞いた。

「そうすると、目標額に達しなければ、失敗ということですか」

「はい、当然です」

平然と言ってのける。結構厳しい。

「すると、全くなにも受け取れない?」

勇太は焦った。目標額を達成しなければ、どうしようもない。

「その通りです。一円も受け取れません。集まったお金は、我が社で返却しますから、振込手数料分は確実に我が社の赤字です。他社は、All In方式で集まった額で未達でも成功としていますから、いくらかでも受け取れます」

「そっちの方がいいんじゃないですか」

勇太は不安になった。百五十万円の目標を達成すればいいが、未達になれば、全くゼロとは……。

臼井が、きりりと勇太を睨んだ。

「違い、まっす！」臼井は、強い口調で言った。最後の「ます」は強調しすぎて「っ」が入り、唾が飛んだ。

「我が社は七十％の成功率を誇ります。それは成功か、失敗か、ぎりぎりのところで皆さんと一緒に戦っているからです。他社は、二十％程度の成功率しかありません。とりあえずお金が集まればいいと、いい加減だからです。皆さんはやりたいことがあって目標の寄付金を集めたいからクラウドファンディングを活用されるのでしょう。百万円必要なのに五万円しか集まらなくて、『まっ、いいか』で済ますんですか？　当初のやりたいことはできないでいいんですか？　その五万円をどうするんですか？　皆さんで残念会でも開くんですか？　寄付してくださった方にどのような言い訳をするんですか？」

臼井は、勇太にぐいぐいと迫ってくる。勇太は、体を後ろに反らして臼井の鼻息が直接当たらないようにするのが精いっぱいだった。

「全く、その通りだ。やはりAll or Nothingの方が真剣味が違う」

キクさんが大きな声で言った。

「分かってくださいましたか！」

臼井は、我が意を得たりという顔でキクさんに振り向き、勇太から離れた。勇太は、ようやく安堵《あんど》した。

「では成功するためには、どの程度の資金を集めればいいんですか？　あまり高額だと難しそうですね」

ケンチョウがまともな質問をした。

「いい質問です」臼井は、得意げに人さし指を上げた。「ボリュームゾーンは百万円ですね。百五十万円は高めでしょう」

「百五十万円は高めですか」

勇太は大蛇神輿製作予算を考えて、眉根を寄せた。

「高めですね。もっと言わせてもらえば、初めてクラウドファンディングを行うのであれば百万円も高めかもしれません」

「ひえっ」

勇太は悲鳴を上げた。いったいいくらに設定すればいいんだろうか。

「ページを見てくれるのをページビュー、ＰＶと言いますが、我が社のデータでは、購入率、これは寄付等で支援してくれる人のことを購入者と呼んでいるからなのですが、ＰＶ閲覧者の約三％にすぎません。これでも高い方でしょうね。ダイレクトメールの成功率は一％から二％と言われていますからね。例えば百五十万円を集めようとすると、五千人が閲覧してくれて、やっと百五十人の購入者が集まります。その方々が一万円を購入してくださって、百五十万円が集まる計算です。五千人もの人に閲覧してもらおうと思うと、結構、大変です。皆さんが必死で人に声をかけて閲覧を呼びかけたり、多くの人に情報を提供しなければなりません。四人から五人に声をかけてようやく一人が閲覧してくれるというデータもありますので、実に二万人から二万五千人の人に、寿老神温泉のホームページの情報が届かねばならないのです」

二万人から二万五千人……。片品市の人口が約五万五千人だから、その半数に声をかけねばならないのか。勇太は、その数字の大きさをずしりと重く感じた。

「一人一万円も寄付してくれるんですか。すごい！」

エリカ様が崩れるほど顔をほころばせた。支援額に注目するとは、リアリストの本領発揮だ。「あくまで平均です。三千円を寄付しようと思う人は一万円を寄付してくださる可能性が高いのです」

「へぇ、そうなんですね。私なんぞ、とても一万円なんて考えられない」

部下と飲み会に行っても完全な割り勘に徹しているケンチョウが少しびっくりしている。

「クラウドファンディングで寄付したいと思っているような人は、なにか社会に貢献したいとお考えなので、給料の十％を寄付に充てるとか、子供に恵まれなかったので本来養育費に充てるために貯金していた資金を子供の貧困対策のために寄付するとか、皆さん、それぞれに理由があります。決してお金持ちでお金が有り余っているから寄付しようというのではないのです。ましてや飲み会の割り勘とは全く別ですね」

臼井はにやりとした。

「すみません。お恥ずかしい」

ケンチョウが頭をかいた。

勇太は、クラウドファンディングとは善意の集まりだと思った。町おこしをしたい、子供を貧困から救いたいなどの考えでホームページをアップする。すると見知らぬ人から、いくらかの寄付金が届く。それらは日々の暮らしの中からなんとか捻出した一万円だ。

インターネットの世界は相手とつながるというメリットはあるものの、時には誹謗《ひぼう》中傷、非難の応酬、ヘイトスピーチ、あるいはフェイクニュースなど負の要素に満ちている。勇太は、そんな状況に顔をそむけることがあったが、クラウドファンディングの説明を聞いて、考えが変わり始めた。

——善意の絆……。これこそ絆ビジネスではないか。

勇太が提唱した、信用金庫は絆ビジネスという考えに通じるものを感じていた。

それにしても……と勇太は臼井の話に深く考えさせられるものがあった。

クラウドファンディングのサイトは毎日千件もアップされているという。その金額は百万円だったり、数十万円程度だったりと多様だ。しかし十万円としても千件で一億円、百万円なら十億円だ。

毎日、毎日、新しい人が一億円、十億円の資金を必要としているのだ。新しい事業を始めるために。二日で二億円、二十億円。三日で……。

これだけの資金需要があるのに信用金庫やそのほかの金融機関は資金需要がないと貸出先獲得に汲々《きゅうきゅう》としている。いったいどういうことなのだろうか。

もはや信用金庫を始め、金融機関は世間から融資をしてくれる機関として認められていないのではないだろうか。

「インターネットの時代には銀行なんかなくなってしまうかも」

勇太は思わず呟いた。

「赤城、なにを言っているんだ？」

ケンチョウが心配そうに勇太を見た。

「いえ、なんでもないです」

慌てて取り繕う。今は、そんな未来のことを考えている場合ではない。

「ですから寄付金を決める際、最低を三千円と設定した場合、その次は普通なら五千円、一万円と設定するべきでしょうが、日本人の習性として、真ん中の五千円に集まってしまうんです」

臼井が言った。

「鰻屋で松竹梅の三種の鰻重があった場合、竹にするようなものですな」

珍しく善さんが発言した。

「その通りです。そこで我が社では五千円を飛ばして、三千円から一万円、三万円、十万円、三十万円などと設定します。すると三千円を寄付しようとしていた人は一万円にシフトされる場合が多いのです。十万円の寄付をしてもらおうとする場合は、それ以上の金額を設定しておかねばならないんです。こうした日本人の心理を読むのもキュレーターの仕事です」

臼井が胸を張る。

「心理戦に勝たねばならないんですね」

エリカ様が興奮気味に言う。

「だいたいのことは分かりましたが、具体的にはどうなるのですか」

ケンチョウが質問した。

すると臼井は、持参したタブレット式のパソコンを立ち上げた。そこには多くのクラウドファンディングのサイトがアップされていた。

「これらは私がお手伝いしているサイトです。このようにキャッチーなタイトルやコメント、写真、動画などでサイトを作ります。これはデータを提供していただければ、私が作成します。どうして町おこしをしたいのか、どんなことをしたいのか、この町の魅力はなんなのか、どんな祭りにしたいのか、多くの人に来てもらいたいが、来ればどんな楽しみがあるのかなどなど、私と相談してサイトを作り上げましょう。この作業で、町の魅力を再発見される方も多いです」

臼井がタブレットの画面に次々とサイトを表示した。多くの人が、思いを込めて作っている画像は生き生きとしていて、見ていてとても楽しい。

「こんなに素晴らしいサイトばかりだと注目されるのは大変ですね。うちは大丈夫ですか」

勇太が言った。勇太は、自分がこれほど慎重な性格だとは思わなかった。なんだかマイナスのことばかり浮かんでくる。

「PVを上げるための努力が必要です。我が社のホームページで注目サイトに掲載されるのがいいのですが、アルゴリズム、言ってみればコンピュータの指示通りに注目サイトが選ばれます。私が、勝手に注目サイトに操作することはできないんです。ですから多くの人に寿老神温泉のサイトを広報したり、メディアに採り上げてもらうなどのPVを上げる努力が必要です」

「サイトは、どの程度の期間、ホームページにアップされるのですか」

勇太は聞いた。

「通常は一カ月から一カ月半です。長ければいいというものではありません。だいたい寄付金は、最初の十日間で三十%から四十%を集めねばなりません」

臼井が言う。

「スタートダッシュが肝心だということだな」

善さんが大きく頷く。

「寄付金の集まり具合は大きくU字カーブを描きます。最初でぐんと跳ね上がって、中だるみになり、ラストスパートで目標達成という具合です」臼井は、宙に大きくU字を描いた。「最初の十日間は地元の人たちから集める工夫をしましょう。そして寄付金の集まり具合が順調だと、注目サイトに掲載されます。そこで東京などの大都市の人たち向けに、さらにサイト内容をバージョンアップする工夫が必要です。東京から観光客を呼び込むような工夫をしましょう。今回のクラウドファンディングの目的は、東京など大都市の人たちに寿老神温泉の良さを分かってもらうことですからね」

臼井は熱意を込めて話し続ける。寄付に対するリターンと言われる見返りの品はどんなものがいいか、地元出身の有名人などに応援は頼めないかなど……。

勇太は腕時計を見た。もうすぐ午後三時になる。

「ちょっといいですか？」

勇太は立ち上がった。

「どうした？」

ケンチョウが聞いた。

「もうそろそろ……。今日は予定が目白押しですから」

「あっ、そうか。三時からは旅館組合の理事さんたちの集まりがあるんだな。そこにも出席しないといけない」

「ええ、その会議は支店長が仕切ってくださいますので、少しぐらい遅れてもいいと言われています。その前に群実に行ってこようと思っています」

「群馬実業か？　どうして？」

「蕎麦打ちのことで相談してこようと思っています」

「おお、ＪＫ蕎麦打ちか」

「はい」

「当てはあるのか？」

「少しだけ」

勇太は春海を思い浮かべていた。今、学校に行けば、会えるかもしれないという根拠のない予感があった。もしダメでも誰か先生を捉まえて、相談すればいい。飛び込み営業は慣れている。

「なんですか？　ＪＫ蕎麦打ちって」

臼井が興味を覚えたのか、話に入ってきた。

「女子高生に蕎麦を打ってもらおうと思っています。それでＪＫ蕎麦打ちです。これを祭りの目玉の一つにしようかと思いまして……」

勇太が答える。

「私も行ってもいいですか？　その群実に。非常に面白い。しかし〝ＪＫ〟という言葉は、今使用すると問題があるかもしれませんね。はっきりと〝女子高生〟か〝高校生〟がいいかもしれません。寿老神温泉のクラウドファンディングのページに掲載できるか検討したいですね」

臼井の目がいきいきと輝いている。

「それじゃクラウドファンディングの話はこれくらいにして、後は臼井さんから言われたことをこちらで検討して詰めていきましょう。臼井さんは、今日は、こちらにお泊まりだから、明日もまた打ち合わせしましょう。時間等は追って連絡します」

ケンチョウがクラウドファンディングの勉強会の終了を告げた。

臼井は、今夜は勇太の実家である旅荘赤城に宿泊することになっている。

勇太は躊躇した。学校に行っても春海に会えるかどうかも分からない。先生に相談できるかどうかも分からない。悪く言えば、行きあたりばったりだ。要するにテキトーで詰めアマ。クラウドファンディングについてもたいした知識もなく提案してしまった。そんな恥ずかしさが頭をもたげたのだ。

「約束しているわけではありませんので、誰にも会えなくて空振りするかもしれませんが」

勇太は、臼井に情けなさそうに言った。

「大丈夫です。当てが外れるなんてしょっちゅうです。とにかく行動が大事です」臼井は勇太と行動するために立ち上がると、ケンチョウに向かい「そうそう、クラウドファンディングは、群衆から資金を募るものですが、成功のカギは地元です。地元の有力者の協力を取りつけてください。資金は地元で全部集めるくらいの覚悟です。クラウドファンディングは、多くの人々への広報活動だというくらいの位置づけの方が成功します」と言った。

「分かりました。理事長や支店長と協力して地元有力者の協力を取りつけます」

ケンチョウが力強く言った。

「期待しています。では赤城さん、行きましょうか」

臼井は勇太を一瞥すると、歩き出した。

「はい」

勇太はその後に続いた。

2

勇太と臼井を乗せた軽自動車は、群馬実業高校の駐車場に停まった。

臼井は、車に乗っている最中も忙しくしていた。クラウドファンディングの未来を語り、寿老神温泉が町おこしに、それを活用しようとしていることに対する賛辞を惜しまない。かと思うとカメラを構えて町を撮影する。古い旅館、廃屋となった蕎麦屋、看板が朽ちている土産物屋などに関心があるようだ。興味のある対象を見つけると、「ちょっとゆっくり走ってくれない？」と勇太に告げた。その都度、勇太は車のスピードを落とした。お陰で支店から群馬実業までたいした距離ではないのに時間がかかってしまった。

駐車場で降りて、校舎の中に入る。入り口のところに来客用の下駄箱があり、そこでスリッパに履き替える。目の前には売店がある。昼食時には、パンや牛乳を販売している。腹を空かせた高校生が、弁当を食べ終えているにもかかわらず、パンを求めて行列する。

「あっ、赤城さん」

靴を下駄箱の中に入れようとしていた勇太は後ろから声をかけられた。

振り向くと、春海がいた。やっぱり会えた。会えると思っていた。春海を思い浮かべてJK蕎麦打ちのアイデアを思いついた。このアイデアは、春海抜きには考えられない運命なのだ。

「春海ちゃん」

勇太は嬉しくて、親しみを込めて下の名前で呼んでしまった。慌てて口を塞いだ。

「いいんですよ。赤城さん、春海で呼んでください」春海はにこやかに言い、「でもどうしたんですか？　学校に用事なんですか？」

「いや、そうじゃないんだ。君に相談があって、来たのさ。会えて良かった」

勇太は、靴をもう一度下駄箱から出した。

「私に相談って？」

春海は、少し警戒するような目になり、その後ろに立っていた臼井を見た。

「こちらはね、東京のIT会社のキュレーターの臼井和弘さん。私たちにクラウドファンディングのことを教えに来てくださったんだ」

「クラウドファンディング？」

春海は首を傾げた。

「あなたが、JK蕎麦打ちの方ですか。なかなか魅力的だ。これはクラウドファンディングの目玉になります」

臼井がしげしげと春海を見つめた。

「えっ、なんですって？　JKなんとか？」

春海が驚いた顔をした。

「いえ、まあ、それは後ほど、じっくり」勇太は慌てて臼井を睨む。「臼井さん、ダメです」

「えっ、なに？　なぜ？」

臼井は怒られる理由が分からない。〝JK〟という言葉を不適切と言いながら、使ってしまったからだろうか。しかし当然、勇太と春海の間で女子高生蕎麦打ちの相談が進んでいるのではないかと思っているのだろう。

「春海、どうしたんだ?」

春海の後ろから細身の老人が現れた。竹澤誠司だ。その隣には、大柄な男性。アラシこと桜井翔だ。

「おじいちゃん、こちら、以前話したことがある赤城勇太さん」

春海が手で勇太をさした。

勇太は目を見張った。目の前に竹澤誠司がいるではないか。春海の祖父だ。蕎麦打ち名人として名高い。今回のイベントにぜひ協力を仰ぎたいと思っていた人物だ。近所なので見知ってはいたが、勇太の父である勇一の事件などで親しくはない。話すのは初めてだ。

「赤城勇太です。片品信金寿老神支店に勤務しています」

勇太は最敬礼した。

「あなたのことは存じていますよ。慎太郎さんはお元気ですかな」

慎太郎は、旅荘赤城を経営する勇太の祖父だ。

「はい、元気にしております」

勇太は、大きな声で返事をした。

「赤城さん、誰なの? この人は」

臼井が後ろから勇太の背中をつつく。

「当地の蕎麦打ち名人である竹澤誠司さんです」

勇太が耳打ちをした。

「うーん、素晴らしい。最高にフォトジェニックだ。クラウドファンディングのWEBに登場してもらおう」

臼井がカメラを構え、レンズを誠司に向け、断りもなくシャッターを押した。

誠司の細身で引き締まった体に紺色の作務衣を着ている姿が、臼井がイメージしている蕎麦打ち職人そのものだったのだろう。

「あなた、失礼でしょう。勝手に写真を撮るなんて」

誠司の背後を守るかのように立っていたアラシが怒った。

「あっ、失礼しました。クラウドファンディングにぴったりの人物だと思ったものですから」

臼井は怯えたように首をすくめた。

「桜井先生、この方、東京のIT会社の人なんですって」

春海が言った。

「申し遅れました。私、ミックス・テクノロジーという会社でクラウドファンディングのキュレーターをしています臼井と申します。この度、片品信金さんのご依頼でクラウドフアンディングのご指導をさせていただいております」

臼井は桜井に深く低頭した。

「こちらは担任の桜井翔先生。蕎麦打ちサークルの顧問なんです。そして祖父も同じく特別顧問。今、蕎麦打ちの指導を受けていたところです」

春海がにこやかに紹介した。

「えっ、蕎麦打ちサークル！」

勇太は絶句した。そして喜びで弾けそうになった。こんな偶然があるだろうか。

「春海ちゃんは蕎麦打ちをやるの？」

勇太は、ドキドキし始めた。まさか、ＪＫ蕎麦打ちで勝手に当てにしていた春海が、ドンピシャで蕎麦打ちをしているなんて！

「今、習い始め。サークルに入ったんです。全国大会を目指すんです。それで部員がおじいちゃんの指導を受けていました」

春海は答えた。

勇太は、突然、下駄箱のすぐ傍に膝をつき、正座をして両手を揃えた。

「どうしたの赤城さん！」

背後で臼井が喉を引きつらせたような声を上げた。

「竹澤さん、そして春海さん、桜井先生、ぜひ私たちの行おうとする町おこしを援《たす》けていただきたいのです」

　勇太は頭を下げた。

　こんなチャンスを逃すわけにはいかないという強い気持ちを土下座に込めた。

「どういうこと？　話をまず聞かなきゃね」

　勇太の土下座に驚いた春海が、誠司を見た。

「うん、そうだな。まあ、その土下座はやめなさい。そんなことをするもんじゃない」

　誠司が手を伸ばして、勇太の腕を摑んで、起こそうとした。

「ありがとうございます。自分で立てます。土下座なんかして失礼しました」勇太は立ち上がってズボンの裾を手で払った。「どんなことをしたらいいか、どうやって進めたらいいか、いろいろ考えて、とりあえず群実に来たら、なんとかなるんじゃないかと思っていました。そうしたら思わぬ出会いに驚き、失礼いたしました」

「どういうことかね。町おこしに協力を、とは？」

　誠司が聞いた。

「はい、私たち片品信金は、寿老神温泉の活性化に立ち上がったのです」

　勇太は姿勢を正し、誠司を見て言った。

「ほほう、威勢がいいな」

　誠司の表情が緩んだ。

「活性化の目玉が祭りと蕎麦なんです」

勇太は語気を強めた。

「皆さん、こんなところではなんですから、部室で話を伺《うかが》いましょうか。蕎麦が関わっているようですから」

アラシが、皆に移動を促した。

「そうですね。廊下で立ち話という内容ではなさそうですからな」

誠司が言った。

「ありがとうございます」

勇太は、ガッツポーズを決めたいくらい気持ちが弾んだ。さあ、一気に準備を進めるぞ。

勇太は再び下駄箱に靴をしまい、意気揚々と部室へ急いだ。

3

ホテル寿に設営された会議室には重苦しい空気が漂っていた。

片品信金寿老神支店の支店長霧島は、ホテル寿の社長である柳原安正を訪ねていた。

「柳原社長、新しい祭りのこと、ご協力いただけませんか？　あなたに承諾していただかないと、始まるものも始まらないのです。先日、難しいとおっしゃられて、非常にショックを受けました。私どもの理事長横尾も、副理事長北添も同様です。お考えは変わりませんか」

霧島は、しっかりと柳原を見据えて、丁寧に話した。

柳原は、腕を組み、眉根を寄せている。視線は霧島に合わせない。

「祭りの趣旨には大いに賛成しております。この寿老神温泉がこのままではさらにじり貧になることは目に見えております。私もなんとかしないといけないと考えておりますが」

柳原の声は、小さく、途切れがちだ。

「柳原社長もいろいろとお考えで、四菱大東銀行のアドバイスを受け、このホテル寿をリゾートセンターに変えられると伺っております。先日は、そのため銀行側から余計なことをするなと言われておられると伺いました。それはどういうことなのでしょうか」

「霧島支店長の情報の速さには驚いた次第ですが、私なりにこのままではいけないと考えて、メイン銀行の四菱大東のアドバイスを受け、今、計画をしているところでして……。今のままでは旅館としてやっていけるかどうかも不安なのです。パチンコやスロットなど、ややギャンブル性の強いリゾートセンターで、温泉も利用できる、簡易な宿泊もできる、まあ、泊まりがけで遊ぶことができる施設を提案されています。銀行の試算ですと、年間数万人も来てくれるようなバラ色のプランになっています」

柳原はあまり嬉しそうな表情ではない。

「それはなかなかのプランですね。泊まりがけでパチンコやスロットをするわけですね」

霧島は、一応の評価を与えつつも表情は曇ったままだ。

「金を借りた者の弱みですな。旅館として、百年以上営んできましたが、時代に負けました。変えないといけないんでしょう」

苦しげだ。

「でもどうして地域の新しい祭りに協力を惜しまれるのですか」

本筋に話を戻す。

「片品信金さんが実施しようとされている祭りのコンセプトは、鄙びた寿老神温泉の魅力を発信しようとするものですね」

「まあ、そうですね。バブル崩壊後の、今の雰囲気、静けさ、ややメイン街道から外れてしまった寿老神温泉のそのままの良さを、感じ取ってもらいたいというものです」

「それで観光客は、宿泊客は来るでしょうか？　渓谷美と吹割の滝だけで宿泊客は来るでしょうか？　小さな宿ならいいでしょう。でも私どものように八十室もある大箱にしてしまった者はどうしたらいいんですか？」

柳原の必死の形相に霧島はたじろいだ。

信金の支店長として旅館経営者の悩みは理解していると思っていたが、柳原の表情を見ていると、まだまだだなと思わざるを得ない。

「だから私たちは寿老神温泉の良さを多くの人に分かってもらいたいと思っているのです。そのために祭りを行いたいのです」

霧島は、柳原の悩みを理解しつつも、なんとか反論する。

「私も旅館をパチンコ、スロットに変えたくないですよ。でも銀行に借金をしている身です。返済をしなければ、みんななくなってしまいます。言うことを聞かざるを得ないんです。申し訳ないです」

柳原は頭を下げた。

「社長、頭なんか下げないでください。私たちが応援できなかったのですから。頭を下げるのはこちらです」

霧島は慌てて柳原に手を差し伸べた。

応援できなかったというのは、柳原がホテル寿を二十数年前に増築した際に資金を融資しなかったことだ。

その頃、まだ世間では好景気が続いていた。今から思えばバブル崩壊直前だったのだが、そんなことには誰も気づいていなかった。

寿老神温泉にも多くの観光客が押し寄せていた。そのためホテル寿では、宿泊依頼を断ることが多かった。当時は三十室程度のホテルだったからだ。

柳原は片品信金に融資を申し込んだ。八十室の大型ホテルに増改築するためだった。

片品信金は、その申し出に「慎重に」という答えを出した。景気は過熱しており、いずれ不況になると予測していた。将来、客足が減少した際の対処方法が検討されていなかったからだ。

これは現在でも通用する考えだ。経営にはリスクがつきものだが、そのリスクが発生した際に、どのように対処するかは考えておく必要がある。

旅客船には救命ボートが設置されているが、絶対に沈まないから救命ボートは不要だという人はいないだろう。それと同じだ。

しかし経営というのは難しい。リスクばかり考えていたらチャンスを逃してしまう。今、都心では二〇二〇年の東京オリンピック・パラリンピックを目指して、ホテルがどんどん新築、増築されている。ポスト二〇二〇をどうするかと不安を口にする人がいるが、ホテル側はそんな声を聞かないようにしているかのようだ。東京という世界的大都市への観光客、ビジネス客は二〇二〇年以降も途切れることはないと考えているのだろう。

未来はどうなるかは、その時になってみないと分からない。しかし成長できる時に成長しておかないと、現状維持でしかない。現状維持は、衰退に通じる。

「あの時、四菱大東銀行が、二つ返事で融資を快諾してくれました。失礼ですが、信用金庫はやっぱりダメだと思ったものです。しかし、今となってはあの時『慎重に』と言ってくださった声を聞いていれば、これほど苦しくならずに済んだのではないかと後悔しています。しかし今更後悔しても仕方がないので、こうなると毒を食らわば皿まで、ということで、今度も四菱大東銀行のアドバイスに乗ることにしたのです」

柳原はため息をついた。

「あの時、私どもは社長の勇気についていけなかっただけです」霧島は、苦い表情を浮かべた。「今回も、私の個人的な考えですが、『慎重に』なさることをお勧めします。確かにこれだけのホテルを維持していくのは大変な状況ですが、この寿老神温泉全体が一つにまとまれば、また新しい展開もあるのかと考えます。今まではそれぞれのホテルや旅館がしのぎを削っていましたので、あまりまとまることがなかったのではないかと思うのです。それで私たちが祭りを提案することで一つになれればと思っています。ぜひご協力ください」

今度は霧島が頭を下げた。

「私の経営判断が甘かったのでしょう。ですから今度は失敗が許されません。とことん四菱大東銀行についていき、彼らを逃がさないようにするつもりなんです」

柳原が薄く笑った。

毒を食らわば皿までという表現は、四菱大東銀行の言いなりになっているようで、実際は、彼らに責任を取らせせようという柳原なりの戦略なのだろう。しかし、それがメガバンクに通用するだろうか。

「もうそろそろ旅館組合の理事の方々が来られます。そこで私から今回の祭りの趣旨を説明させていただきます。他の理事のご意見もお聞きになって、ご判断いただけますでしょうか」

霧島は、まだ一縷《いちる》の望みを抱いていた。

「転がり始めた石は止まらないと言いますからね」

柳原は口をへの字に曲げ、憂鬱そうな表情になった。

「待たせましたな」

挨拶の声とともに、旅館組合の理事たちが続々と集まってきた。理事が一人現れる度に柳原の憂鬱さの度合いが深くなっていくのを、霧島は感じていた。理事たちで祭りに関する議論をすればするほど自分が悪者になるのではないかと思っているのだろう。

片品信金の理事長、横尾もやってきた。今日の理事会を呼び掛けたのは霧島だが、横尾は自ら出席すると言い出したのだ。霧島は、緊張するからあまり好ましいと思わなかったが、片品信金の祭りにかける姿勢が分かるから、良しとした。

「霧島君、皆さん、お集まりかな。始めようじゃないか」

横尾が言った。

霧島は、十人ほど集まった理事の中に、まだ旅荘赤城の赤城慎太郎がいないことに気づいた。

「まだ、旅荘赤城さんが来られていないですが……」

霧島は答えた。

「しかし予定の三時を過ぎているから始めよう」

横尾が言ったその時「すみません」と慌てた様子で入ってきたのは赤城勇一だ。片品市役所の課長だが、旅荘赤城の慎太郎の長男でもある。

「慎太郎さんは？」

霧島は聞いた。

「所用で来られませんので、私が代理で参りました。役所の用事がありまして遅くなってすみません。息子がお世話になっております」

勇一は、霧島に頭を下げた。勇一の息子、勇太は寿老神支店の職員であり、霧島の部下だ。勇一としては、欠席するわけにはいかなかったのだろう。

「これで全員揃いました。理事長、お願いします」

霧島は、横尾に促した。

横尾は小さく頷くと「皆さん、お忙しい中をお集まりいただき、ありがとうございます」と口を開いた。「本日の趣旨は、この寿老神温泉を盛り上げようと、我が信金の若手職員、そうそう、ここにご出席の旅荘赤城のご子息である勇太君などが中心となって、その策を考えてくれたものであります。そこでそれを説明し、皆さんのご協力を得たいと考えております」横尾は、勇太の名前を口にする際、勇一に視線を向けた。

勇一は、横尾の視線を受けると、誇らしげに頷いた。

横尾は、寿老神温泉の置かれている現状などを話している。その表情は、理事全員が当然に賛成してくれるものという自信に溢れている。霧島は、柳原が賛成ではないということを事前に横尾に報告していたが、「私が説得する」と自信たっぷりだった。

「ということで我が信金といたしましても寿老神温泉の活性化が急務でありまして、なんとかこの祭りを成功させ、復活の第一歩としたいと思っております」

ようやく横尾の演説が終わった。

次は霧島の番だ。

「寿老神支店の支店長、霧島でございます。具体的な進捗《しんちょく》状況などは、後ほど、支店職員からも説明させていただく予定になっておりますが……」霧島は、今回の祭りの目玉は寿老神温泉の伝説に基づく大蛇神輿と蕎麦、それも女子高生に打ってもらうＪＫ蕎麦打ちを考えているなどと説明した。必要な資金については、理事の支援が必要だが、クラウドファンディングを使うと話した。

「大蛇神輿？」

「ＪＫ蕎麦打ち？」

「クラウドファンディング？」

理事たちは、霧島の口から聞きなれない言葉が発せられる度にざわついた。

柳原は、腕組みをし、口を固く結んだまま、目を閉じている。他の理事たちの中には首を傾げる者もいる。横尾が単純に全員が賛成してくれると思っているほど、事態は簡単ではない。

――早く勇太たちが来てくれないかな。

霧島は、祭りの発案者である勇太の登場を心待ちにしていた。

4

蕎麦打ちサークルの部室の中で、勇太たちは誠司の蕎麦に関する説明を聞いていた。

勇太が、蕎麦打ちと祭りで寿老神温泉を活性化したいという趣旨を話すと、春海はもとより誠司もアラシも大賛成だった。

「ＪＫ蕎麦打ち、すなわち女子高生蕎麦打ちというのはどうですかね。ちょっと気になりますね」とアラシが表情を歪めた。

ＪＫビジネスが社会問題になっている中で、それを前面に打ち出すのは高校教師として賛成しがたいのだろう。

当然の反応であり、勇太は考え直すことを約束したが、「ぜひ高校生の蕎麦打ちイベントは成功させたい」と強く頼んだ。

アラシは、「丁度、八月に全国高校生蕎麦打ち選手権大会があるので、それにいい成績を収めて、凱旋《がいせん》蕎麦打ちをやりたい」と応じてくれた。

「あっ、いけない」

勇太が急に立ち上がった。

「どうしたのですか？」

春海が驚いている。

「三時からホテル寿で旅館組合の理事会が始まっているんです。少しぐらい遅れてもいいからそこで今回の町おこしの進捗状況を報告するのを支店長に頼まれているんです」

勇太が慌てている。もう三時二十分だ。三時半には行かないといけない。

「それじゃ蕎麦打ちの話は、また次回、時間を取って説明しましょう。その際は、実際に蕎麦打ちを実演しながらとしますから。急いで理事会に行きなさい。まずは町の重鎮《じゅうちん》の理解が成功の秘訣ですから」

誠司が言った。

「よく分かっていらっしゃいますね。その通りです。町の重鎮の賛成がないとイベントは上手くいきませんから」臼井は言い、「私も行きましょう。クラウドファンディングの説明は、私からした方がいいでしょう」

臼井も立ち上がった。

ガラッという音を立てて部室のドアが開いた。

勇太はその音に驚いて振り向くと、一人の女性が立っていた。

「ママ！」

春海が叫んだ。

ママ？　春海の言葉に勇太は怪訝そうな顔をした。この女性が春海の母か。そうなると、勇太の父、勇一と関係があった女性だ。勇太はまじまじと紀子を見つめた。

「紀子、来たのか」

誠司が難しそうな表情で言った。

「春海が通っている高校を見たくてね。ここも観光スポットになるかと思って」

紀子はにこやかに言った。

「お前はやることがいつでも唐突だ。ワシは、心臓が悪くなるよ、全く」

誠司は嘆いた。

「お父さんの怒りはもっともだけど、私なりに寿老神温泉を広報宣伝したいの。お役に立ちたいってわけ」

「仕方がないな。お前には負ける」

誠司は苦笑した。

「この方が春海ちゃんのお母さん？」

勇太が聞いた。

「そう、私の母。『ナイス・デイ』という雑誌の取材で来ているの」春海も困惑したような顔になった。「この人、赤城勇太さん。旅荘赤城の息子さん」

「赤城勇太です。よろしくお願いします」

勇太はぺこりと頭を下げた。

紀子は、勇太にぐっと顔を近づけた。勇太は、それを避けるように体を反らした。

「うーむ、似ていないこともないな」

紀子は独りごちた。

「誰に似ていますか？」

勇太は聞いた。

「あなたのお父さん、勇一さん。私のかつての婚約者。私があなたのお母さんであってもおかしくなかったのね。ははは」

紀子は愉快そうに笑った。

「紀子！　バカなことを言うんじゃない」

誠司が怒って、叫んだ。

「あのぉ、私、もう行きます」

勇太は、理事会に出かけるために動き出そうとした。

「勇太君、どこへ行くの？」

「旅館組合の理事会です」

「私も行くわ。取材の助けになるから」

紀子がついていこうとする。

「いや、それは、そのぉ、理事会ですから……」

勇太は、最高に困惑した表情で、紀子についてこないようにと示唆した。

その理事会の場には、祖父、慎太郎が出席しているはずだ。そんな場所へ紀子が現れたら。

「さあ、行こう、勇太君。取材でお世話になる旅館のご主人たちにまとめてご挨拶できる機会だものね」

紀子には全く屈託がない。

――ああ、どうしたらいいんだ。

勇太は天を仰いだ。部室の時計が三時半に近づいている。時間がないぞ！

第七章　リゾートセンター許さず

1

ホテル寿は、寿老神温泉の中心である観光センター前の広場から少し奥に入ったところにある老舗ホテルだ。

部屋数は八十室ほど。片品川からは離れているが、眺めは素晴らしい。川沿いの山々が初夏から夏にかけては緑に、秋には紅葉に色が変わるのを堪能できる。

経営は、柳原安正。旅館組合の理事長で、町の重鎮だ。また春海の友達で、群馬実業高校の蕎麦打ちサークル仲間の恵子の父親でもある。恵子は、ホテル寿の一人娘だ。

ここに寿老神温泉の重鎮たちが集まって理事会を開催している。テーマは、なにか特別なことがあるのだろうか。定期的な会合なのだろうか。

勇太は、片品信金を代表して今回の町おこし企画を説明し、協力を求める役割を与えられた。

理事会には信金理事長の横尾に支店長の霧島が出席の予定だ。急がないと。遅刻でもすれば大目玉を食らってしまう。

それにしても、ここにいるのはどういうメンバーなのだ。勇太は、運転する軽自動車の中を見渡した。

勇太の隣には、クラウドファンディングのキュレーター臼井、後部座席には雑誌編集者で春海の母、紀子。その隣には春海。

臼井は、今日の理事会に必要な人物だ。なかなか説明の難しいクラウドファンディングを年配の理事たちに理解してもらうのに臼井の活躍を期待している。

しかし紀子と春海は、必要とは言えない。あえて言えば、春海は必要だ。高校生が蕎麦を打って町を盛り上げますと発言してくれれば、旅館組合の理事たちも今回の企画に賛成してくれるかも知れない。

絶対に不要なのは紀子だ。好奇心満々なのは分かるけれど、どうしてここにいるのか？

かつて勇太の父である勇一との間に起きた婚約破棄、結婚式直前の駆け落ち事件を今もまだ町中の人は覚えているし、当の勇一も許していない。祖父の慎太郎も祖母の朝江もだ。この話は、我が赤城家ではタブーとなっている。この間、春海の話題を持ち出しただけで、勇一は、怒りに打ち震えたほどだ。

その一方の当事者である紀子が今、すぐ傍にいる。

勇太を見た瞬間に「私があなたのお母さんであってもおかしくなかった」と言い、「はは」と笑った。

笑える話かよ！

勇太は、もしかすると本当に自分が紀子の息子ではないのかと想像して、恐ろしくなった。それでは春海とは兄妹になってしまう。

まさかね。

そんなことはあり得ない。自分には小百合という姉も勇之介という兄もいる。紀子の子供だということは絶対にない。

それに勇太は紀子ほど無神経ではない。もっと周囲に気を遣うし、繊細だ、と自分では思っている。

その点、春海は間違いなく紀子の娘だ。母、紀子が理事会に行くと言い出したら、自分も行くと担任の桜井にすぐ許可を求めた。あの動きの速さと旺盛な好奇心は紀子譲りだろう。

「着きました。急ぎましょう」

勇太は、ホテル寿の駐車場に軽自動車を停めた。

もうここまで来たら覚悟を決めるしかない。火中の栗を拾うどころか、火中に栗を放り込むようなもので、パチパチと弾けたら、どこに飛んでいくか分からない。

しかし、出たとこ勝負だ。祈るのは万が一にでも父、勇一はいないでほしいということだけだ。もしいたら……。想像するだけで恐ろしい。

「わぁ、懐かしいわ」

紀子の能天気な言葉に勇太の気持ちは萎《な》えてしまう。

いったいどうなることやら。

2

「おお、赤城君、待っていたよ」

支店長の霧島がほっとしたような表情で勇太に振り向いた。

「すみません。ちょっと群馬実業に顔を出していたものですから」

勇太は霧島に頭を下げた。

理事たちの視線が痛いほど気になる。

「そちらは？」

霧島が勇太の背後にいる臼井たちを見て、聞いた。

「はい」と勇太は息を整え、「こちらが」と臼井を手でさし、「ＩＴ会社、ミックス・テクノロジーのキュレーター臼井和弘さんです。クラウドファンディングの説明をしてくださいます」と紹介した。

「臼井です。よろしくお願いします」

臼井は頭を下げた。

「それからこちらは」と勇太は紀子と春海のどちらを紹介すべきか迷った。春海から紹介することにした。

「こちらは竹澤春海さん。群馬実業の生徒さんで、蕎麦打ち名人、竹澤誠司さんのお孫さんです。今回のイベントに協力してくださいます」

「おお、竹澤さんのお孫さんか」

霧島の横から理事長の横尾が春海を覗き見た。「竹澤さんに早く蕎麦屋を再開しろって言ってくれよ」

「はい、祖父によく話しておきます」

春海は元気よく挨拶をした。

横尾の表情に戸惑いが浮かんだ。春海の背後ににこやかに微笑んで立っている紀子を見ていたのだ。

「あなたは……、あなたは……」

横尾はしきりに考え込んでいる。

「竹澤紀子です。お久しぶりです。横尾理事長」

紀子が、春海を背後に押しやって前に出てきた。

「おお、やっぱり。この辺に」横尾は目の辺りに手をやり「面影があるな。最後に会ったのは二十歳の頃だが、いやぁ、すっかりあか抜けて、いい女になったね」と相好《そうごう》を崩した。

「いい女になったって、恥ずかしいです。小学生の時、片品信金で預金口座を作らせていただきましたが、偉いねって理事長に頭を撫でてもらったこともありますよ」

紀子は笑顔で言った。

小学生の時？　勇太は言葉にこそ出さないが、心底驚いて横尾を見た。いったいいつから信金の理事長をやっているんだ！

「そうだったたっけな。思い出した、思い出した。あの時、私はまだ寿老神支店の預金課長だったかな。紀子ちゃん、可愛かったなぁ。今ではすっかり女っぽいけど」

横尾はにやにやした目つきで紀子を見ている。

「うっほん」霧島が咳払いをした。「理事長、皆さんがお待ちですから、話を進めましょう」

「おお、そうだな」横尾は表情を引き締め、「とりあえず赤城君はそこに座ってくれないか」と霧島の隣の席を指さした。「あとの人は申し訳ないが、私たちの後ろの席に座ってください。発言する際は、マイクを渡しますから」

勇太は、緊張で体が固まる気がした。うっし、と自分に声をかけ、励ました。

顔を上げ、理事たちを見渡した。

ホテル寿、寿老神温泉ホテル、仙人荘《せんにんそう》、楽湯荘《らくとうそう》、金湯閣《きんとうかく》、ホテル寿老神石葉《せきよう》などなど、寿老神温泉を支えているホテル、旅館の社長たちがずらりと並んでいる。

普段、取引先として接触しているから、どの人たちも知ってはいるのだが、こうやって一堂に会すると、その威圧感に圧倒されそうになる。社長たちは町の重鎮であり、年齢も六十歳代から七十歳代というところだ。後継者がいるところもあれば、決めかねて悩んでいるところもある。

寿老神温泉のような地方の、それほど知名度の高くない温泉地の悩みは、後継者問題だ。

この悩みは、日本のあらゆる中小企業が抱える問題でもあるのだが。

問題の根本は、儲からないことだ。儲かっていれば、子供たちは親の仕事を引き継ぐだろう。将来も安泰だからだ。

ところが寿老神温泉のホテルや旅館は、仕事がきついわりに、観光客の減少で経営的に厳しくなっている。将来にも希望が持てないため、子供には引き継がせたくないと考えている経営者は多い。

ここに並んでいる重鎮たちの中にも、後継者問題に頭を悩ませている人がいる。

そんな人たちのために寿老神温泉を活性化したい。きっと皆、大賛成してくれることだろう。

勇太は、理事たちの中に隠れるようにして俯いている父、勇一の姿を見つけた。

思わず、あっと声を上げそうになった。祖父、慎太郎の代理で出席しているのだ。

最悪だ。紀子の姿を見たはずだから、それでこちらと視線を合わせないようにしているのだろうか。

何事も起こらなければいいが、と勇太は背後を振り向いた。

臼井が拳を胸の辺りで握りしめた。しっかりやれ、と無言で言っている。春海は、緊張しているのか、瞬《まばた》きもせず前を見つめている。紀子は、バッグの中からカメラを取り出し、レンズ越しに会場を眺めている。このまま静かにしていて欲しい。

「では我が信金の赤城勇太から、今回の寿老神温泉活性化のプランを発表させていただきます」

霧島が理事たちに向かって勇太を紹介した。

勇太は立ち上がり、一礼する。

勇一が顔を上げた。勇太と目が合う。勇一の表情が強張っている。息子がどんな発表をするのか、気になるのだろう。右手首をテーブルにつけたまま器用に手のひらだけを勇太に向けたかと思うと、親指を立てて他の指を折り曲げた。しっかりやれ、という合図だ。

勇太は小さく頷いた。

そして勇一の視線は、勇太から離れ、背後の紀子に向かったが、また俯いてしまった。

「寿老神温泉は、このままでは本当に廃れてしまいます。この温泉が廃れれば、私たちの片品信金も一緒に廃れてしまいます。ですから今からご説明する活性化案は、決して他人《ひと》事《ごと》ではなく、私たち片品信金自身の問題なのです」

勇太はできる限り大きな声で話した。理事たちの視線が勇太に集中する。体全体がピリピリと痛いような感覚に襲われる。

勇太は、まず寿老神温泉の魅力を語った。泉質のいい透明な湯、片品渓谷の春夏秋冬の美しさ、ヤマメ、山菜、蕎麦などの地元食材の美味しさ、高台に広がる農園と旬の果物、温かい人情などなど。

「これだけの魅力があるのにそれが十分に活用されていない。都会の人たちに認知されていない。そう思うのです」

勇太の発言を理事たちは熱心に聞いている。中にはメモを取っている人もいる。

「そこで私たちは蕎麦と祭りで観光客を惹きつけることができないかと考えました。祭りは、町全体で盛り上げる寿老神神社のご神体である蛇神様の祭り。当初は、ライバルであるムカデとの戦いを考えましたが、とりあえず大蛇の神輿を作り、観光客も一緒になって町を練り歩く。もう一つは、町のいろいろな店で蕎麦を使ったメニューを考え、提供する。そこで高校生の人たち」勇太は後ろを振り向き、「群馬実業の蕎麦打ちサークルの皆さんに蕎麦を打ってもらい、観光客に提供するんです。そこでは蕎麦打ち体験もしてもらいます」と言い、「ねえ、春海ちゃん」と声をかけた。

突然の指名に、春海は驚いて顔を強張らせた。なにせ大阪から来て、間もない。こんな町の重鎮など誰一人として知らない。今日は、母の紀子が理事会に行くというから、なぜか心配でついてきただけだ。それなのに勇太から、こんな場面で声をかけられた。いったいどうすればいいのか。

「春海、さあ、なにか言いなさい」

春海の隣に座っている紀子が小声で促す。

「わ、分かったわ」

春海は立ち上がった。大きく息を一回、吐く。

「竹澤春海です。群馬実業高校に通っています。私たち群馬実業高校の蕎麦打ちサークルは、寿老神温泉活性化の計画に協力させていただきます。蕎麦打ちは、私の祖父、竹澤誠司が指導してくれることになっています。祖父は、蕎麦打ち名人と言われています。今は事情があって蕎麦の店を不定期にしか開けていませんが、今回、気持ちよく私たちの指導を引き受けてくれました」

春海は、だんだん口が滑らかになってきた。元々度胸はある。居並ぶ重鎮たちの顔もかぼちゃかなすびに見えてきた。

「本当に祖父の蕎麦は美味しいんです。それに負けないような蕎麦を打って町おこしに協力したいと思います。よろしくお願いします」

春海は頭を下げた。

蕎麦打ちよりケーキ作りなどと言っていたのは、どこ吹く風。春海は、町の重鎮たちが、自分の話を聞いてくれることにすっかり舞い上がっていた。

「おおーっ」

歓声が上がった。

「竹澤の蕎麦が食べられるのか」

理事の一人が嬉しそうに言った。

「はい、祖父も蕎麦を提供してくれます」

春海は元気よく答えた。祖父の誠司は、蕎麦打ちを教えるとは言ったが、自分が蕎麦を打って観光客に提供するとは言っていない。でもそんなことは今はどうでもいい。

「皆さん、よろしくお願いします」

春海は、再び頭を下げ、腰を下ろした。

理事たちがざわつき始めた。

「あの子は、竹澤の孫か……するとなにか？」

「そうだよ、あの駆け落ちの……」

理事たちの囁きが勇太の耳にも聞こえてくる。

勇一は顔がテーブルにつくほど、低い姿勢になっている。耳に血が回って赤くなっているように見える。ヤバイなぁ、と勇太は思った。

突然、勇一が顔を上げ、立ち上がった。表情がものすごく硬い。というより怒りで強張っている。勇一は、目を吊り上げて、勇太を睨みつけている。

「竹澤さんが客相手に蕎麦なんか打つはずがないだろう。封印しているはずだ。そこにいる紀子という女のお陰でな」

勇一は紀子を指さした。

勇一は、先ほどから勇太ではなく後ろに控えている紀子を睨んでいたのだ。

理事たちが一斉に紀子に視線を向ける。勇太も紀子を振り向いた。

「えっ？」

紀子が戸惑い気味に周囲を見渡し、「私？」と自分を指さす。

「どういうつもりで町に戻ってきたんだ。娘まで連れて。いつの間にかうちの勇太と付き合っているみたいだが、絶対に許さんから」

勇一が喚《わめ》くように言う。公務員として大人しく振る舞っている普段の勇一がどこかにふっ飛んでしまっている。

「父さん、やめてくれよ」

勇太が勇一の発言を封じようと顔を歪め、悲鳴を上げる。

「いや、やめない。あの女のお陰でどれだけ恥をかかされたか。赤城の家もそうだが、私自身も死ぬ思いだった。それで責任を感じて竹澤さんは蕎麦屋を閉じたはずだ。それを私たちになんの断りもなく蕎麦屋を始めるのか。その恥知らず振りは信じられん。そんな奴が打つ蕎麦が美味いはずがない」

「父さん、やめろよ」

勇太が必死で止める。

「ちょっといいですか」

紀子が手を挙げ、立ち上がった。

「なにか言いたいことがあるのか」

勇一が身構える。

「なにか勘違いされていませんか？　失礼すぎます」紀子は勇一を睨みつける。「理事の皆様」紀子は、勇一から視線を移し、他の理事たちを見渡す。「私は竹澤紀子と申します。蕎麦たけざわの娘でございます。皆様には父や母が日ごろからお世話になっております。ところで私は、今、暮らし生き生き舎という出版社に勤務し、『ナイス・デイ』という雑誌の編集に携わっております。その雑誌で寿老神温泉を特集し、多くの人たちにこの寿老神温泉の魅力を知ってもらえたらと思っております。そのために理事の皆様にご挨拶したくてここに参加させていただきました。他意はございません。それに勇一さん、あなたに恥をかかせたのは謝ります。しかしそれは何年も、いえ何十年も前のことではありませんか。それなのに、未だに恨みに思っておられるのですか」

「どんなに時間が経《た》とうが忘れられるものか。あの屈辱は一生忘れられない」

勇一は、興奮で倒れてしまいそうなほど真っ赤な顔をしている。

「父さん、やめてよ。今はそんなことを言う場面じゃないでしょう」

勇太がたしなめる。

「お前がこんな女を連れてきたのが悪いんだ。それにその女の娘まで連れてきて。そんな女と付き合うなんて、いつからお前はそんな裏切者になったのだ」

勇一は、勇太をなじる。もう止まらない。

「ちょっといいですか？」春海が立ち上がる。明らかに怒っている。「そんな女とはなんですか。今の言い方、許せません。訂正してください。私、勇太さんと付き合っているわけではありません。高校生の蕎麦打ちで町おこしをするから協力して欲しいと言われたので、ここにいるんです。勘違いしないでください」

春海のあまりの剣幕に勇一の視線が揺らぎ、定まらない。

「いやぁ、そのぉ」

勇一がたじろいで言葉を失っている。

「私、おじいちゃんとおばあちゃんから聞きました」春海は話し続ける。祖父、祖母と言うべきところが普段の言葉遣いになっている。「うちのお母さんと、勇太さんのお父さん、これおじさんのことですよね」

春海は、勇一を見つめた。

「ああ、そうだ」

勇一が大人げなく投げやりに答えた。

「結婚式を目前にして、お母さんが私のお父さんと駆け落ちしてしまったこと。それでものすごくおじさんの家が怒っているということ。そんなことが原因でおじいちゃんは蕎麦屋を閉めて、今は趣味程度に蕎麦を打っているだけだということ。おじさんが怒るのは当然だと思います。でももう昔の話で、いつまでもそれにこだわっているのは男らしくないと思います。それにおじいちゃんも蕎麦屋を閉めるなど、十分に責めは受けたのですから、未だに過去にこだわって責め続けるのは卑怯《ひきょう》だと思います」

春海は、目を大きく見開き、涙を溢れさせている。

「春海の言う通りよ。三十年も前のこと、まさか未だに気にしているとは思わなかったわ。それでこの子たちの試みに文句つけるなんて、どうしようもないんだから。私ね、勇一さんのこと、幼い時から好きだったわよ。結婚するなら、勇一兄ちゃんと、と思い続けてきた。でも、そういうしつこいところが、嫌いだったなぁ。勇一さんと結婚しようとしていたところに好きな人が突然、現れたんだから、仕方ないじゃないの。気持ちが離れてしまったのに無理やり結婚するのって、おかしいと思わないの」

紀子が、挑発的なことを言う。

「紀子、お前は三十年経ったら忘れられるかもしれないが、俺は忘れられないんだ。お前の顔さえ見なければ、思い出さなかったが、まさかここで会うとは思わなかった。ちゃんとあの時のことを謝罪しろ。そうすれば許してやる」

春海に圧《お》されて、怒りのぶつけどころに迷っていた勇一だったが、紀子が挑発したため、再び怒りの拳を振り上げた。

「謝罪しろですって。なにを今さら偉そうに。私は、せっかく寿老神温泉の宣伝に一役買いたいと思って帰ってきたのに。言っておきますけどね、私が関係している『ナイス・デイ』は、中高年の富裕層を中心に二十万部も売れている雑誌なんですからね。雑誌を回し読みしている人をカウントすれば、この何倍もの人が読んでいるのよ。そこに寿老神温泉のことを、勿論、旅荘赤城も取り上げたいと思っているのに……もうやぁめた。春海、帰ろ」

紀子は春海の腕を掴んだ。

「えっ、ママ、ちょっと待ってよ」

春海は椅子にしがみつき、助けを求めるように勇太を見た。

「すみません。おばさん、帰るのを待ってください」

勇太は言った。

「お、おばさん？　それはないよね」

苦笑いを浮かべ、紀子は勇太を見つめた。

「すみません。他に呼び方が思いつかなくて」

勇太が謝った。

「紀子さんとかさ、竹澤さんでもいいや」

紀子は、笑みを浮かべながらも渋い顔だ。

「じゃあ、紀子さん、待ってくださいますか？　私たち、クラウドファンディングを考えています。そのためには紀子さんの協力が必要なんです。父の発言は謝ります。なんとか協力してください。ねえ、臼井さん」

「ええ、そうですね」

臼井は、突然、勇太から同意を求められ、どぎまぎした表情になった。「クラウドファンディングは、紀子さんのようなメディアの方の協力があれば、成功する確率が高いんです。それに写真などは、紀子さんの写された、センスの良いものを使わせてもらえれば、なおさらです」

臼井は、センスの良いを強調し、微笑した。

「そうね。まあ、嫌な奴はいるけど、春海やあなた方若い人のために我慢するかな」

紀子は、春海の腕を放して、席に着いた。春海もようやく席に着いた。

「まあ、面白いバトルを見せてもらったが、勇一君も、もう矛《ほこ》を収めてもいいだろう」

理事長の横尾が穏やかに言った。

「ええ、でも……」

勇一は、まだ怒り、恨みが収まらないようだ。

「デモもストライキもない。グジグジ言うのは君らしくないぞ。私は、君と紀子さんの仲《なこ》人《うど》を頼まれた男だよ。実際、紀子さんが突然、駆け落ちしたのには驚いた。なんてことだと憤りもした。しかし、今、こうやって立派になられた紀子さんを見て、良かったなぁと思った。それにこんな素敵な娘さんがいることも嬉しく思った。そしてなによりも紀子さんがこうやって寿老神温泉に帰って来て、町のために尽くしたいと言ってくれている、その心意気が嬉しいじゃないか。勇一君も当初は針の筵《むしろ》だっただろう。それには同情する。しかしだね、紀子さんが、ここに姿を見せるのに三十年もかかっているんだ。それを理解してやらねばいかんよ。そして元気な顔を見せてくれたことを喜ぶのが、昔の恋人として当然の態度じゃないのかな」

横尾は、話し終えると、紀子を見つめた。

紀子の目が潤んでいた。先ほどまで突っ張った態度を取っていたのが嘘のようだ。ハンカチを取り出し、目を拭っている。

勇一の表情も落ち着いてきた。横尾の話が身に沁みたのだろう。

さあ、仕切り直さねばならない。勇太は、腹に力を入れた。

3

「ということでクラウドファンディングは、お金を集めるのも大事ですが、地域の広報の役割がもっと大事だと考えてください。ターゲットは都会、東京の人たちですが、皆さんが一緒になって祭りを実行しようとしている姿を発信することで、寿老神温泉に行ってみよう、一緒に祭りを体験してみようという気持ちになってもらうのです。そのためにも紀子さんの協力が必要です。紀子さんに雑誌で、寿老神温泉の魅力を発信していただき、みんなで祭りを成功させようという気運を盛り上げるのです。雑誌とネットのコラボレーションです」

臼井が滔々《とうとう》と話す。

「私、本気で協力します。寿老神温泉のクラウドファンディングに応募するように東京の読者に呼びかけます」

紀子が強い口調で発言する。

勇太は、やっと会議の流れが良くなってきたことに安堵を覚えた。背後がなぜだか気になって振り向くと、春海がVサインをしていた。もめ事が収まり、理事会の流れが順調になってきたことが嬉しいのだろう。

ひと通りの説明が終わった。途中、いろいろあったがなんとか無事終了できた。勇一を見ると、息子のいわば晴れ舞台にも拘《かかわ》らず、ぶすっとした表情のままだ。紀子とのトラブルはなんとか我慢したものの気持ちの上では整理がついていないのではないだろうか。それが気がかりだ。

「では片品信金さんの説明が終わったところで、皆さんにご意見を伺いたいと思います」

司会は、ホテル寿の柳原だ。

理事たちは押し黙ったままだ。誰かが口火を切って発言しないと、このまま終わってしまいそうな雰囲気だ。

意見がないから賛成というわけではない。やはり賛成、反対などの意見が出て、全員でやろうという意思表示がないと祭りは上手くいかない。

「皆さん、ご意見はないのでしょうか。ないということは賛成ということなのでしょうか」柳原が発言を促す。「寿老神石葉さん、どうでしょうか」

ホテル寿老神石葉の鴻池《こうのいけ》徹《とおる》が顔を上げる。

「私の意見ですか……」鴻池は言いにくそうに表情を歪めた。「大変申し訳ありませんが、そんなものと言ってはなんですが、高校生の打つ蕎麦と蛇神様の祭りで寿老神温泉の苦境が救えるでしょうか。私も小さな旅館を経営していますが、家族経営だからなんとかやっていけているだけです。息子も一緒にやってくれていますが、今後はどうしようかと不安です。料理などに工夫をしているつもりですが、なかなか特色を出せなくて……。祭りと蕎麦で、どれだけの観光客が集められるでしょうか。皆さんの意見を伺いたいですね」

勇太は、なんだか悲しさが混じった怒りが込み上げてきた。

自分が乾坤一擲《けんこんいってき》の思いで説明したのに、「そんなもの」はないだろう。

理事の中には頷いている人もいる。

「私も鴻池さんと同じ思いですね」老舗旅館金湯閣の杉村雄之助《すぎむらゆうのすけ》が発言する。「私のところは鴻池さんのところより大箱ですが、客集めの苦労が絶えません。息子が今、東京の会社に勤務していますが、後継者にしたくても将来が不安で、どうしようかと考え込んでいます。息子は、やってもいいよとは言ってくれていますが……。それで今度、大手ホテルチェーンと提携するつもりです」

杉村は、大手ホテルチェーンの名前を挙げた。そこは経営不振になったホテルや旅館を次々と傘下に組み入れて、格安ツアーを組むことで有名だった。客足が伸びる可能性はあるが、老舗旅館としての品位はなくなってしまうと言われている。

勇太は気持ちが落ち込んでくる。全員が、賛成、賛成と声を揃えてくれるとまでは思っていなかったが、それでももっと積極的な反応が返ってくると期待していたからだ。

仙人荘の金子幸信《かねこゆきのぶ》が手を挙げた。

「私は賛成です。なんでもやってみたいと思います」

勇太の表情が明るくなった。やっと前向きな意見だ。

「私のところは、古くなったホテルを捨てて、別のところで高級和風旅館として再出発したわけです。客数を絞り、客単価を上げる作戦です。今のところなんとか成功しております。最近は海外からのお客様も増えております。欧米、そしてアジアの富裕層という人たちです。彼らは今、日本人より日本のことに詳しくて、ネットで情報を集めてやってきます。インスタグラムなどで写真を見て来るんです。いわゆるインスタ映えって奴です」

金子が少しドヤ顔気味で言った。

「インスタ映えってなんだ？」

理事の一人が隣の理事に囁く。

「インスタントラーメンか？」

尋ねられた理事が小首を傾げながら答える。

「インスタグラムというのは写真中心のＳＮＳです。日本の美しい景色、例えば京都の伏《ふし》見稲荷《みいなり》の赤い鳥居がずらりと並ぶ写真がアップされますと、全世界から観光客が押しかけてきます」

臼井が例を挙げて易しく説明した。

「ほほぉ、世界中に写真がばらまかれるのかね」

別の理事が感心したように聞いた。

「写真や映像は説明が不要ですので、世界中に拡散します。ですから外国人のお客様は私たち日本人よりも、日本の美しい景色をご存知の方が多いかもしれません」

臼井の説明が続く。

「そんなことなら寿老神温泉のきれいな景色を世界に流したらいいな。クラウドファンディングというのは世界に流しているんかね」

別の理事が質問する。

「勿論です。寿老神温泉の美しい景色を世界に発信します」

勇太が勢い込む。

「それなら片品渓谷の秋、冬の景色、東洋のナイアガラ、吹割の滝などいい景色がいっぱいあるぞ。外国人が好きなエキゾチックな景色を探さんといかんな」

別の理事が弾んだ声で言った。

勇一が手を挙げ、「大蛇神輿を作る資金は三百万円くらいかかって、そのうち百万円をクラウドファンディングで集めるということですが、もっと集められないんですか？　残りの資金はどうするんですか」と質問した。

「先ほど臼井さんが説明してくださいましたようにクラウドファンディングの平均は百万円です。私たちも初めての試みですから、百万円を目標にしました。三百万円というのもざっくりとした予算ですが、残りは私たち信金や皆様の寄付で賄いたいと思います。ねえ、理事長」

勇太は横尾に言った。

「ああ、勿論だよ」

横尾は、頷いた。

「するとクラウドファンディングでも、私たちが資金を出して呼び水にならねばならないということですね。するとほとんど私たち、すなわち身内で資金を出し合うということになりませんか？　それで実際に宣伝効果、集客効果はあるんですか？」

勇一は、暗い表情で聞いた。

勇太は、少し腹が立った。息子が中心になっているのだから、前向きな意見を表明して応援するのが父親の役目なのではないか。

「臼井さん、いいですか？」

勇太は、臼井に助けを求めた。クラウドファンディングについては臼井が専門だ。

「おっしゃる通りです。結果は、身内だけになるかもしれません。しかし皆さんが力を合わせてお祭りを成功させるという意義は大きいと思います。そして一人でも二人でも寿老神温泉の情報に接して、行ってみようかなという気になれば、大成功ではありませんか？ゼロの人が一人になれば、無限大の成功です。今回の一回きりではなく、どんどんSNSで発信していけばいいんじゃないですか？」

「何度でも発信して、祭りも繰り返し、持続している間に活性化するということですね。継続は力なり、ですね」

勇一は自らに納得させるように言った。

「その通りです。私は多くの町おこしにご協力してきましたが、皆さんが一致団結されることが一番大事だと思います。それぞれの利害や思惑を超えて、一緒に一つのことを成し遂げる……。考えただけで素晴らしいと思いませんか」

臼井は明るく前向きだ。

勇太は、臼井の言う通りだと思った。寿老神温泉が寂れていくのを黙って見ていることが罪なのだ。一人一人が、なにかできることはないか、知恵ある者は知恵を出し、力がある者は力を出し、金がある者は金を出せばいいのだ。

「ねえ、柳原さん、例のこと、話したらどうですか。もう勇之介が来ているみたいですから」

勇一が理事長の柳原に言った。

勇之介？　兄がいったいなぜここに来ているのだ。勇太の心に暗い影が差した。

「そうですね。そろそろそっちに話を向けましょうか」

柳原は勇一に頷いた。

「霧島さんには以前、お話ししたかと思いますが」柳原は支店長の霧島を振り向いた。「私が経営するホテル寿は、四菱大東銀行さんの提案するリゾートセンターとして再出発させたいと考えているんです。それで理事長の私がこんなことを言うとなんなのですが、そのため現状の寿老神温泉を前提としたような活性化策やその他のいろいろな計画についてはしばらく待てと言われていましてね。リゾートセンターの計画の進捗状況を見てからにしようかなと思っていました。それで、議題にはなかったのですが、この場所に四菱大東銀行の赤城勇之介さんをお呼びしています。ご存知の通り勇之介さんは、旅荘赤城の勇一さんのご長男です。図らずもというべきでしょうか。こちらの勇太さんも旅荘赤城さんの息子さんですから、本日は、まるで赤城デイのようなものです。リゾートセンター計画は、この場にいらっしゃる皆さんのご理解、ご協力が必要になりますので、説明させてください」

柳原は緊張した表情ながら、微笑んでいる。表情だけでも和ませようとしているかのようだ。

このリゾートセンター計画については、霧島が考え直すようにと言っていたことが頭にあるからだろうか、微笑みは弱々しい。

勇太が衝撃を受けたのは、話をリゾートセンターの方向に転換させようとしたのが、父の勇一であるということだ。

勇一は、勇太の肩を持たず勇之介の肩を持った。露骨にそう思えた。息子として親に裏切られた、親に捨てられたような気持ちになり、急激に落ち込んでいく。

会議室のドアが開く。勇之介が黒のスーツに臙脂《えんじ》のネクタイで颯爽と登場した。手には書類の束を持っている。

勇太と同じ兄弟とは思えないエリート然とした印象だ。端整ともいえる顔立ちに、すっと横一文字に結ばれた唇。その唇が開くと、どんなに疑《うたぐ》り深い人でもその口から出てくる言葉を信用してしまうだろう。

やっぱり兄ちゃんには敵わねぇや。勇太は思わず口に出しそうになった。

勇之介は、ゆっくり歩いてくると、理事会の正面の席にいた横尾や霧島に一礼をした。勇太とは目線を合わせただけだ。

「皆さん、日頃から旅荘赤城、ならびに父や祖父らがお世話になっております。四菱大東銀行営業推進プロジェクトチームの赤城勇之介です。お忙しいところお時間を拝借いたします」

勇之介は柳原の斜め後ろに立った。そして理事たちに頭を下げる。

「勇之介君、椅子を運ばせようか」

柳原が気遣う。

「いえ、結構です。このまま立って説明させていただきます」

勇之介は答えた。

「赤城君、君のお兄さんかね」

横尾が、小声で尋ねる。

「はい。そうです」

勇太は眉根を寄せた。

「なかなか優秀そうなお人だね。なにを話すのだろう」

横尾が言った。

「さあ……、存じません。すみません」

勇太は勇之介とリゾートセンター計画について口論したことを口にしなかった。

「皆さん、私は、この寿老神温泉で生まれ、育ち、また家族がここで旅館を営業させていただいている者として、寿老神温泉にかつての賑わいを取り戻したいと切に願っております」勇之介は張りのある声で理事たちに呼びかけ、彼らの視線を集める。「そのためにはなにを、どうしたらいいのか。私たち四菱大東銀行に、できることはないのかと考え抜きました。そこで、こちらのホテル寿の柳原社長にご提案しましたのが、このリゾートセンター計画です」

勇之介は、手に持ったペーパーを配り始めた。勇太の前にも一枚が配られた。それには「寿老神温泉リゾートセンター計画」と表題が黒々と印刷されていた。勇之介は、理事たちのテーブルを巡りながら書類を配っていく。堂々とした歩きぶりだ。自分の兄ながら、その態度に憧れを抱いてしまう。やっぱりメガバンクのエリートは違う、的な感覚だ。

「皆さんはIR、統合型リゾートという言葉をお聞きになったことがあるでしょう」

勇之介が言う。

「おお、カジノだな。俺はシンガポールのカジノに行ったぞ」

理事の一人が発言する。

勇之介は、その理事ににっこりと微笑みかけた。

プレゼンテーション慣れしているな、勇太は、兄ながら感心して見ていた。

「その通りです。地方自治体の申請に基づいてカジノの併設を認める区域に、国際会議場、ホテル、商業施設、レストラン、劇場、アミューズメント施設、温浴施設などを作り、カジノと一体で運営される施設です。政府は、外国人観光客の増加によるインバウンド需要など内需拡大で数十兆円を見込んでいます」

ほう、というため息のような声が理事の間から洩れた。金額のあまりの大きさに驚き、呆れているのだ。

「政府はＩＲ推進法を制定し、今、実際にカジノを認可していいのか検討中です。各自治体が熱い視線をこのＩＲに向けており、ぜひ大阪に、神奈川に、いやお台場にと争奪戦が起きているのは皆さんもご存知でしょう。それだけカジノの集客力が高いということです。シンガポールもマカオもソウルも大成功ですからね」

勇之介が、ぐるりと理事たちを見渡す。すっかり勇之介の言葉に魅入られている。

「お配りしたペーパーをご覧ください。それはホテル寿様をリゾートセンターに改造する計画です。大手アミューズメント企業と提携し、カジノはまだ認められておりませんのでパチンコ、スロットなど既存の大人のゲーム、そしてお子様向けのゲームなどを設置し、ゲーム天国にします。建物の地下から最上階まで全てゲームで埋めつくすのです。カラオケも設置します。屋内プール、勿論温泉プールも造ります。それらは水着で温泉に入り、家族が一緒にプールやウォータースライダー、流れるプール、波のあるプールなどで遊べるのです。旗艦店はホテル寿様ですが、皆さんのホテル、旅館にご協力いただけるのであれば、さらに豊富なアミューズメント施設を分散して設置し、お客様に自由に行き来して、遊んでもらえるようにしたいと思います」

「うおおおぉ」

理事の何人かが奇声を発した。机上のペーパーにはホテル寿の改造後の姿が描かれていた。そしてなによりもその中に年間二十五万人の観光客を見込むと書かれていたからだ。

「本当にこんな不便なところに二十五万人も来るのか」

理事の一人が聞いた。

「大丈夫です。権威あるシンクタンクが予測した数字です。この数字に従って設備投資額を決めております。いかがでしょうか？　ＩＲを先取りする形で寿老神温泉をリゾートセンターとして蘇らせるのです。私たち四菱大東銀行と組みませんか」

「こんなに来たら泊まるところもないぞ」

別の理事が言った。興奮気味だ。「全員宿泊するわけではありません」勇之介は落ち着いている。「ゲームや温泉で遊んで帰るだけの人も多くいます。しかし彼らは入場料や飲食代を落としていきます。それだけでも儲かるんですよ。ディズニーランドよりも楽しいアミューズメントランドにしようじゃありませんか。ゆるキャラのぐんまちゃんが接待してもいいでしょう」

「ここまで大規模な開発を銀行さんが支援してくれるなら、安心だわな」

別の理事が言う。

「私たち、四菱大東銀行は、いつも地域の発展を考えた提案を行っております」

勇之介は自信たっぷりに言った。

「赤城さんに説明してもらったのは、これに賭けようかと思っているんだ」柳原が勢い込んだ。「今のままじゃじり貧なんだよ。それで一発逆転……。そんなリスキーなことを考えちゃいないんだがね。大人も子供も家族全員が一緒に遊べる温泉施設なんだ。やってみる価値があると思った。二十五万人も来なくてもいい」

柳原は勇之介を見た。勇之介が苦笑している。「しかしだ。十万人でも来てみろよ。この寿老神温泉は様変わりするぞ。昔の賑わいを取り戻せるんだ。一緒にやれる者は、一緒に相談しよう。祭りや蕎麦じゃ、客が来ても知れてるだろう？　パチンコ、スロット、ゲームだよ。客が喜ぶのはな」

柳原は興奮していた。冷静さをかなぐり捨てていた。

「皆さん、一緒にやりましょう。賛同者がなくても、柳原さんとは実行に移すつもりですが、皆さんのご参加があれば、もっと大規模に利益を追求できるのです」

勇之介が理事たちを見渡した。

勇一が、満足そうに目を細めている。勇之介のプレゼンテーションする姿がよほど嬉しかったのだろう。それにしても、と勇太は腹が立った。勇一は、勇太の発表にはあまり嬉しそうな顔をしなかった。むしろ反発した。兄弟なのに、差をつけるのか。

「まさか……」

勇太は思わず呟き、勇一を見た。勇一は、勇之介のリゾートセンター計画に参加するつもりなのだ。きっとそうなのだ。だから勇之介のプレゼンテーションを心待ちにしていたのだ。

「皆さん、いかがですか」

勇之介は理事たちに呼びかけた。理事たちは浮ついた雰囲気になっている。

「反対です！」

勇太の背後から甲高い声が聞こえた。

「えっ」

驚いて勇太が振り向いた。

「なんだって！」

勇之介も振り向いた。

そこには椅子から立ち上がり、まっすぐ上に右腕を伸ばした春海がいた。強張った表情で、怒っている。

「絶対、反対です。リゾートセンター計画、絶対反対です」

春海は、勇之介を睨むように見つめ、はっきりと言った。

第八章　寿老神温泉の運命は

1

「実は、私は大阪からやってきました」

春海は興奮しているのか、会議室の天井を見上げながら涙目で話す。

「大阪は賑やかな街です。御堂筋《みどうすじ》、梅田《うめだ》、心斎橋《しんさいばし》、道頓堀《どうとんぼり》……どこもかしこも人でいっぱいです。遊ぶところもいっぱいあります。そんな街からこの寿老神温泉に来ました。ここはなんて素晴らしいところなのでしょう。自然がいっぱいです。私、ジョギングをするんです。片品川沿いの森の中を走ると、まるで自分が子鹿になったようで、身も心も弾みます。来て良かったと心の底から思っています。こんな素敵なところを東京や大阪の人たちに、日本中の、いえ、世界中の人たちに教えてあげたいと思います。皆さんは、ここにお客様が来なくなって廃れる一方だと嘆かれますが、お陰で自然という素晴らしい財産が残ったのだと考えてください。ここに都会にあるようなゲームセンターやパチンコ、スロットが必要でしょうか？　そんなものはどこにでもあります。この寿老神温泉にしかないものは自然です。子供たちがお父さんやお母さんと一緒にここに来て、自然に触れる方がもっと素晴らしい経験になると思います。ですからリゾートセンターを造って自然を破壊し、それでお客様を呼ぶようなことは絶対反対です。生意気言ってすみません。終わります」

春海は崩れるように椅子に座り込んだ。

しばらくの間、沈黙が支配した。突然、若い女性、それも高校生が制服のまま熱のこもる反対演説を披露したのだ。事態を十分に消化するまで時間がかかるということだろう。

勇之介が穏やかな笑顔を見せた。勇之介は先ほどから立ったままで春海の演説を聞いていた。

「素晴らしいご意見です。しかし今のご意見は、全てをお持ちの都会から来た方のご意見です。都会に住む人は、食べ物も電力もなにもかも田舎から供給され、自分たちはいいとこどりです。自然も、自分たちは完全に破壊しながら、田舎の人たちが生活のため、樹木を切ったり、川をせき止めたりすれば、大騒ぎする。身勝手というものです。片品信金の人たちのアイデアも、このままでは寿老神温泉が廃れてしまうという危機感からのものです。私たち四菱大東銀行のリゾートセンターの考えも、このままだと寿老神温泉が廃れてしまうという危機感からです。同じなのです。ただし、若干アプローチが異なるだけなのです。祭りをしたからと言ってどれだけの人が来るでしょうか？　せいぜい数千人でしょう。その方々が皆、宿泊するでしょうか。そんなことはありません。でもリゾートセンターを造ったら、二十五万人ですよ。お客様で溢れるんです。もしそのうちの十％の人が宿泊したとしても二万五千人です。それだけの宿泊施設はありますか？」勇之介は居並ぶ理事たちを見渡した。

「ないぞ。トイレにベッドを入れにゃならんぞ」

理事の一人が声を上げた。

笑いが起きた。

「そりゃ臭いぞ」

別の理事がからかった。

「なに言うか。俺の旅館のトイレが臭いと言うのか」

理事が笑いながら反論した。

「その通りです。トイレにベッドを入れないといけないくらい人が来るんです。明日、明後日に寿老神温泉が良くなるというのではダメなんです。今すぐに良くならなければならない、そのために柳原さんは私たちと組もうとおっしゃっているのです。皆さん、一緒にやりましょう」

勇之介は強い口調で言った。

「決まりだな。四菱大東銀行の案がいいんじゃないか。そもそも柳原さんのところがどのように改装されるかは、我々が関与できることじゃないからな」

勇一が言った。

「関与できない？　それはおかしいと思います。ホテル寿さんをリゾートセンターに改装する案は、きわめて寿老神温泉全体の環境に影響するものです。なにせギャンブルセンターでもあるわけですから。それを分かっておられるからこそ四菱大東銀行さんもこうやってお話しされているんです」勇太は、父である勇一に反論した。「私は、ここにリゾートセンターを造ったからといって、二十五万人もの人が来るとは思いません。その数字には根拠がなさすぎます。ここに東京ディズニーリゾートのような施設を造る広さはありません。この案自体が、あまりにもバラ色すぎます」

勇之介を睨むように見つめる。

「バラ色ではありません。ちゃんと私たちのシンクタンクが試算したものです」

勇之介が勇太を睨む。

「まあ、ちょっと待ちなさいよ。兄弟で喧嘩しちゃダメでしょう」

紀子が立ち上がった。

「ママ」

春海が心配そうに言った。

「なぁに？　春海」

「ママは部外者だから意見は言えへんよ」

春海が言う。

「なに言うてんの。うちかてここで大きくなったんやし……。言う権利あるわ」

紀子が言う。二人の会話は途端に関西弁になっている。

「えっへん」紀子は、咳払いを一つ。「要するに、この寿老神温泉をどのように活性化するかということです。しかし四菱大東銀行の案には問題があります」

紀子は勇之介を見た。

「どんな問題があると言うのですか」

勇之介は、少し険しい表情になった。

「本当に、純粋に寿老神温泉のことを考えているかどうかが疑問です。私も雑誌編集者、ジャーナリストの端くれです。その視点から申し上げますと、今、銀行はマイナス金利下で収益的に非常に厳しい。なんとしてでも融資を増やしたいと思っている。今回のリゾートセンター計画の根本には、その思いが強くありませんか」紀子は勇之介を睨む。二人の間に火花が散った。「私は、仕事柄、多くの設備投資をした遊戯施設、観光施設を見てきました。確かに最初は多くの人を集めることができます。しかし、インフラの整備が伴っていない、サービスが十分でないなどの理由から、廃墟になる例が多いのです。一旦、大きく造ってしまうと、小さくはできない。より大きくするしかないからです。そうなると、今以上に寿老神温泉は廃れてしまいます。私は、少子高齢化を睨んだ場合、寿老神温泉は豊かな高齢層がゆっくりと自然に親しんだり、孫も含めた家族が楽しむ温泉街になった方がいいと思います」

「失礼です」勇之介は声を荒らげた。「四菱大東銀行は、真にお客様のことだけを考えております。融資の増強のためにこの案を考えたのではありません」

勇之介が厳しい表情になっている。

「それなら結構ですが、私は多くの廃墟を見てきました。四菱大東銀行にお聞きしますが、大規模工事を実施した後で、もし計画通りに集客できなかったら、融資の返済は求めないのですね」紀子がにやりと笑った。「銀行は、取引先にマンションなどの建設を勧める場合、何十年もの期間のバラ色の計画を提示します。しかし、その計画が破綻した場合、有無も言わさずマンションの売却を迫り、融資回収に動きます」

「それは……」

勇之介が口ごもる。

「車でも多くの製品は製造物責任があって、何年間か保証されていますよ。それなのに銀行の融資は保証されていない。巨額の設備投資をしたり、家を建てたりしても、資金が回らなくなったら、すぐ返せ。これはおかしいでしょう。銀行が将来を見誤った責任もあるんじゃないですか」

「融資を受けた方の自己責任だと思います」

勇之介は眉間《みけん》に皺を寄せた。

「紀子さん、あなたいいことを言いますね」信金理事長の横尾が割って入った。「その通りです。銀行は失敗したら自己責任ということで融資の回収に走ります。その点、私ども地域金融機関はそう簡単にはいきません。この場所から動けないわけですから、お客様と一緒に生きていかねばならない。ですからあまり無理はさせられません」ちらりと柳原を見た。

柳原は横尾の視線を避けた。

以前は片品信金と取引をしていたが、ホテルを大きくする際、横尾の反対を押し切り、現在、あの時の設備負担に耐えられなくなり、四菱大東銀行の提案で、新たな設備投資四菱大東銀行との取引に変更した過去があるからだ。

をしようとしている。柳原にすれば、四菱大東銀行の提案を拒否できる立場にない。紀子が言う通り、もし将来、計画が頓挫《とんざ》するようなことがあっても返済不要とか、そこまでなくても返済を猶予《ゆうよ》するとかの約束があれば、どれだけ安心か分からないのだが……。

勇之介と紀子が席に着いたのを見計らって「皆さん」と呼びかけ、勇太が立ち上がった。

「ホテル寿さんがどうしても自分のホテルをリゾートセンターにするというのは、個人の自由ですから私たちには止めようがありません。しかしホテル寿さんほどの大きなホテルが、リゾートセンターに変わるというのは他のホテルや旅館さんに影響を与えることでもありますので、よくよく慎重にお考えいただきたいと思うのです。そこで、私たちが考える祭りと蕎麦のイベントをやらせていただいて、その結果を見てからリゾートセンターの建設を決定するというのはどうでしょうか？　私たちの案はあまり資金がかかりません。これを皆さんと一緒にやらせていただいて、その結果、東京などから誰一人お客様が来なかったら、私たち片品信金も諦めがつくというものです。どうでしょうか？　ぜひチャンスを」勇太は、兄の勇之介に視線を送り、「いただきたいのです」と言った。

勇之介はなにも答えない。

「やらせてください」

春海は勇太の傍に寄り、頭を下げた。

「クラウドファンディングの効果を見てください。頑張りますので」

臼井も並んで頭を下げた。

「これだけ若い人がやりたいと言っているんだから、私たち年寄りが協力しないというわけにはいかないだろうね。どうだろう？　柳原さん」

ホテル寿老神石葉の鴻池が言った。

「私のところも、ホテルチェーンの言いなりになってしまうのはなんとも歯がゆい。もし自信をもって売り出せるものがあれば、提携内容も強気で押せるんだ。だから一度、若い人にやらせてみたらどうだろうか。投資するのを少し待ってみたら。またいい考えが出てくるかもしれない。まあ、無理にリゾートセンターの建設をやめろというわけじゃないんだがね」

金湯閣の杉村が言った。

「私も片品信金さんの案に賛成だな。若い人と一緒に、この寿老神温泉を盛り上げることに意義があると思う。金に頼りすぎるのは良くない。バブルでこりごりだ。勇太君、私はなんでも協力するぞ」

仙人荘の金子が明るく言った。

「ありがとうございます」

勇太は頭を下げた。嬉しくて涙がこぼれそうだ。

「赤城さんはどうですかな？」

横尾が勇一に聞いた。

勇一は無表情で目をつむっていたが、目を開き、「私の意見ですか」と横尾を見た。

「はい、今日はどういうわけか赤城デイですからね」

横尾は微笑んだ。

「そうですな。息子たちがお騒がせしております」

勇一は眉間に皺を寄せた。

「お前さんも騒がせたがね」

杉村が冗談ぽく言った。紀子との諍《いさか》いのことだ。

「勘弁してください」勇一は、苦い笑いをこぼした。杉村の皮肉に腹立たしい思いをしたのだろうが、笑いで返したのだ。「祭りをやってみてもいいかなと思いましたね。私も偉そうに言えませんが、市役所に勤務しながら寿老神温泉が寂れていくのを眺めるだけで、なにかしたかって言われたらなにもしてませんからね。金を使って、大きな設備を造ったら客が来るかって言ったら、そう世の中、甘くない。とりあえず自分たちでできることをやってからでも遅くないいんじゃないかと思いますね。まあ、そうは言うものの柳原さんのお考え一つですけど」勇一は横尾に答えた。

「親父ぃ」

勇之介が呻くように言った。賛成してくれるはずだったのが、反対に回ったからだ。

「やっぱ、親父はいいところがあるね」

勇太は笑顔で独りごちた。

「なにがいいところだよ。甘いなぁ。勇太、お前、客を集められなければ、失敗なんだからな」

勇之介が小声で言った。

「やるさ。見ていてくれよ」

　勇太は目を輝かせた。

「柳原さん、皆さんのご意見はだいたい出揃ったようです。少しリゾートセンター建設をお待ちいただいて、この若い人たちがやることを見届けてから判断するというのはどうでしょうか」

　横尾が言った。

「仕方がないですね。少し結論を待ちますか」

　柳原は口をへの字に曲げた。納得せざるを得ないという顔だ。

「お父さん、それでいいんじゃない」

　会議室の入り口にいつの間にか柳原の娘、恵子が立っていた。

　春海のクラスメイトで、蕎麦打ちサークルのメンバーでもある。

「恵子、いつ来たんだ」

　柳原は驚いた顔をした。

「ちょっと心配でね。春海だけじゃ心細いかと思って来たの」

　恵子は、春海を見て、くすっと微笑んだ。

「おおきに、恵子」

　春海は、恵子にVサインを示した。

「私も蕎麦打ちサークルに入っているの。私、ホテル寿でお客様に蕎麦を振る舞いたいの。リゾートセンターもいいけど、少し私たちの頑張りを見てからでも遅くないんじゃない？」

恵子は柳原の傍に歩み寄った。

「そうするよ、ここにいる皆さんの総意だからね。私も従うよ。いいですかね、勇之介さん」

「お待ちしますよ。柳原さん、こんなことになるなら皆さんの意見を聞かない方が良かったんじゃないですか」

「確かに意見を聞こうと言ったのは私だが、意見は聞かないといけないと思いますよ。寿老神温泉で何代にもわたって生かされていますからね。勝手にはできません」

柳原は若い勇之介を諭《さと》すように言った。

「分かりました。ご判断をお待ちします」

勇之介は潔く頭を下げた。

「さあ、勇太君、祭りの準備開始だ。皆さんにもご支援いただくから失敗は許されんぞ」

横尾が勇太の肩を叩いた。

「はい」

勇太は力強く返事をして、大きく頷いた。

寿老神温泉の旅館やホテルの経営者たちが集まる理事会はなんとか勇太たちの提案を見守る方向で決着した。

祭りと蕎麦打ちで寿老神温泉を盛り上げるのだ。思いがけなく勇之介の勤務する四菱大東銀行がリゾートセンター化を提案する事態となったが、とりあえずその計画は退けた。

しかし安穏《あんのん》としてはいられない。もし祭りや蕎麦打ちが全く客を呼ばなかったら、リゾートセンター計画が復活して、この寿老神温泉の自然が失われるかもしれないのだ。

2

理事会が終わり、片品信金寿老神支店に勇太の運転で戻った。

車に乗ったのは、来た時と同じメンバーで勇太、春海、臼井、紀子だ。

誰も口を開かない。静かだ。先ほどまで熱を帯びていた理事会の余韻に浸っている。

支店に着くと、まだ五時前だと、紀子は早速カメラを持って取材に出かけた。臼井は、旅荘赤城に宿泊予定なので、紀子の取材に同行して出て行ってしまった。

寿老神温泉の魅力を、ＳＮＳやクラウドファンディングのページに紹介するためだ。早速、仕事に着手している。

勇太と春海の二人だけになった。

「お礼にリンゴの花を見に行かないか」

勇太は聞いた。

「お礼」というのは、春海が、大きな声で「反対」と叫んでくれたお陰で、リゾートセンターへの流れを食い止めることができたからだ。

「行く。見たことないねん」

春海は弾んだ声を上げた。

すぐに勇太は、支店の駐車場に停めてあったスクーターを動かし、春海を乗せた。

寿老神温泉からくねくねとした農道を走り、一本の坂道を上っていく。その先に小林リンゴ園の大きな看板が見える。

「着いたよ」

停車する。

「ありがとう」

春海はスクーターから飛び降り、被っていたヘルメットを脱ぎ、勇太に渡した。「暑い」と言った。

「見てごらん、すごいだろ」

勇太の指さす方向は、雪が降ったように真っ白だ。道路を挟んで左右にリンゴ園が広がっている。二、三メートルほどの高さの木がきちんと列をなしている。春海が初めて見るリンゴの木だ。緑の葉を覆い隠すように小さく白い花が枝に密集して咲いている。

「すごい」

「リンゴの花だよ」

勇太が笑みを浮かべた。春海が喜ぶ顔が嬉しかった。

「リンゴの花……初めて見た。こんなに清々《すがすが》しく感じる白さなんだ。桜の花より、ええ感じや」

春海は目の前のなだらかな斜面を真っ白に染める満開のリンゴの花に見とれていた。

「小林さん、ちょっと見せてもらっていいですか」

リンゴの花の中から出てきたのは、リンゴ園の経営者、小林徳一だ。

リンゴ作りの名人と言われ、片品川沿いの丘陵に広大なリンゴ園を経営し、幾種類ものリンゴを栽培している。

小林の作るリンゴは市場にはほとんど出ない。あまりにも美味しいため、幻のリンゴと言われ、多くは注文してきた客に収穫ごとに配送されてしまうからだ。

収穫の季節には観光バスがリンゴ狩りの客を乗せてくる。小林は、客たちを青空の下、沼田牛のバーベキューと得意のカラオケで接待する。その歌唱力は折り紙付きで、テレビののど自慢大会で合格の鐘を鳴らしたのが、自慢だ。

「きれいだろう。真っ白でな。雪が積もっているみたいだろう」

小林はにこやかな顔で言った。

「こちら竹澤さんの孫の春海さん。大阪から来て、群馬実業に通っているんだ」

勇太が春海を紹介する。

「おお、竹澤さんの孫というのはあんたのことか。誠司から聞いたことがある。するとお母さんは紀子さんか」

「はい。ご存知でしたか」

春海は言った。

「ご存知もなにも、あんたのお母さんのことを知らない者はこの辺にはいないさ。有名人だからな」

小林が笑った。

「お母さん、少しも悪くありません」

春海はちょっと腹を立てた。

「ははは、勿論じゃ」小林は、また笑った。「紀子さんは、人気者でな。可愛くて活発で。だからこの町にはおさまりきらんかったのだろうとみんなで納得したんだ。決して駆け落ちを悪く言う奴なんかいなかった。だから誠司も蕎麦屋を続ければよかったのよ。あれを見てみなさい」

小林の視線の方向には山が峰をなして連なっている。

坂の下から吹き上げてくる風が心地よくて春海は深呼吸する。

「ずっと先にあるのは谷川岳《たにがわだけ》、そして目の前が武尊山、迦葉山《かしょうざん》、そして」小林は体の向きを変えつつ、「皇海山《すかいさん》、鋸山《のこぎりやま》、向こうに見えるのが榛名山、赤城山だよ。すごいだろう」と説明していく。「こんな雄大な自然の中に住んでいるとな、人間の営みなんて小さなものに思えてくる。人生の失敗や躓《つまず》きなんて大したことはない」

春海は小林の顔を見た。ふと、いい顔だと思った。

「ここはね」勇太が春海をじっと見つめた。「昔はなんにもない森が広がっていたんだよ」

「えーっ、嘘」

信じられない。春海の周囲にはリンゴ園が広がり、その下にも延々と畑がある。

「小林さんたちが開拓したんだよ」

「開拓？　えっ、それなに？」

春海は勇太の説明に首を傾げた。

「説明してあげようか」

小林が春海に顔を向けた。

「お願いします！」

春海は頭をぴょこんと下げた。

「ここは見ての通り千メートルから二千メートル級の山々が連なっているだろう」小林は

遠くを指さす。「あの山々はみんな火山なんだ。何十万年も前は燃え盛る炎を噴き上げ、溶岩を溢れさせていたんだ。そしてここができた」

小林は目を閉じ、カラオケで鍛えた声で朗々と話す。白い作業着がいつの間にか、神殿に立つ預言者のように、春海には見え始めた。

この辺りの地面は幾層にもなっている。黒い土の下には白い軽石の層がある。これは六世紀ごろに榛名山が噴火して飛んできた軽石が堆積《たいせき》したものだという。このように何十万年にもわたって火山の噴火で流れ出した溶岩や軽石、灰などが堆積してきたのだ。

「この辺りは多那《たな》と呼ばれてな。まあ、きっと物を置く棚の意味だろうな。あの地形が棚みたいだからだろう」小林は片品川の方を指さす。「正式には河岸段丘《かがんだんきゅう》と言われる特殊な地形なんだよ」

「学校で習いました。階段状になっているんですね」

春海が答えた。

「そうだ。見てごらん、片品川沿い、栗原川《くりはらがわ》沿いに段々になっているだろう。これほど広く、そしてはっきりと階段状になっている地形は日本広しと言えどもあまりないんだ。人々は、古代からその平面のところで水田や畑を開いていたんだ。川に近いところは水の便がいいから、水田だった。これがどのようにしてできたか知っているかね」

「知りません。教えてください」

春海は答えた。

河岸段丘が形成される一般的な過程は学校で習ったことがある。急流が地表を削って深い谷を作る。土地が沈むなどして川の流れが緩やかになると川は蛇行する。そこに土砂が堆積して平坦な土地を作っていく。土地が隆起して、ふたたび川が急勾配に変化すると、川底を削り、谷が深くなる……。川の流れと土地が沈んだり隆起したりとが相互に作用しあって、河岸段丘が形成されるのではなかったか。

春海は、習ったことを思い出しながら小林の言葉を待った。

「何十万年も前のことだろうね。片品川は今よりもずっと急な流れで水量も多かった。谷を深くえぐり、流れていたんだ。ところが赤城山が噴火したんだ。幾日も巨大な炎を噴き上げた。噴煙は天を暗くし、噴石が何キロも先まで雨のように降ったことだろう。火砕《かさい》流《りゅう》が片品川をせき止める。大きな湖ができた。そして年月は流れ、湖は川が運んできた土砂に埋まって平らになった。そこをまた川が流れ、谷を深くしていく……。そんな繰り返しをしてこの土地が作られたんだね。まるで生き物のようだろう。自然というのは人間ではどうしようもないほど偉大だってことを、ここから谷を眺めていると実感する」

「赤城山というのはお祭りのご神体の山ですね」

春海は勇太を見て言った。

勇太は春海の問いに頷くと「ねえ、小林さん、地質学の勉強はそれくらいにして、ここを開拓した時の話に戻してくださいよ。特に、そのきっかけとなったあの台風のことも話してください」と言った。

「おお、そうだったな。ここから眺めていると、ついつい大自然の営みに気持ちが高揚してしまうんだ。それじゃあ、ここを開拓するきっかけとなったカスリーン台風のことを話そうか」

「なんですかそのカス……」

春海の目が好奇心で輝く。

「カスリーン台風だよ。昭和二十二年のことだった。そのころはもっと川に近い、下の方に住んでいた。戦争は終わっていたが、日本がまだアメリカの占領下にあった頃だよ。皆、貧しくてな。食べるものも満足になかった。だけど日本中が、復興に向けて力を合わせて頑張っていた。そんな九月の中頃、南の海で台風が発生した。当時は、今のように時々刻々と台風の動きをテレビなんかで伝えてくれん。十四日の日曜日の夜だった。遊びや家の手伝いで疲れて眠っていると、雨がどんどん降ってくる。怖くなって両親の布団にもぐり込んだ。翌朝になっても雨はものすごい勢いで降っている。天が破れてしまったみたいだった。滝のようで前が見えんくらいだった。これは避難しないといかんなぁと、両親と一緒に雨の中、できるだけ高台に歩いていった。怖かったのを今でも覚えている。避難するのも命懸けのような気がした。その時、ドドドドと下の方でものすごい音がしたんだ」

小林は目を閉じた。心なしか体を震わせている。「山が崩れて、片品川に向かって木や巨石が濁流と一緒に流れているのが見えた。次々と周囲の山を一緒に崩していく。荒れ狂う濁流が、さっきまで住んでいた家を瞬《また》く間に流し、両親が必死で開墾した畑に襲いかかり、あっという間に削り、えぐり取っていく。両親も私も、声も出なかった。恐ろしさで体をがたがた震わせていただけだ。もし逃げ出すのが遅かったら、あの濁流に飲み込まれていたんだから。元々、この近所の山の木は、足尾《あしお》銅山の坑道を支える杭にするために伐採が進んでいて、大きくてしっかり根を張った木が少なくなっていたから余計に崩れやすかったんだろう」

カスリーン台風――占領下の日本ではアメリカの慣習に従って台風に女性の名前を付けていた。

昭和二十二年（一九四七年）九月八日、敗戦から二年しか経っていない頃、マリアナ東方千キロ海上で発生した熱帯低気圧は、次第に発達し、十一日には台風となり、ゆっくりと日本を目指していた。

台風は停滞していた秋雨前線を刺激し、日本列島に激しい雨をもたらした。

記録によると、九月十四日から十五日にかけて、群馬県では各地に四百ミリ以上の雨が降った。

降り注いだ雨は山肌を洗い、谷を伝い、土石流と化し、人々の平和な生活を押し流していく。

死者は千百人、家屋の浸水約三十万戸、田畑の浸水面積十七万七千ヘクタールという甚大な被害をもたらした。群馬県、栃木県などの利根川《とねがわ》流域のみならず、荒川区、葛飾区など被害は都内にも及んだのである。

「台風が去って、雨が上がって、青空になった。そこで目に入ったのは、それまで見ていた景色とは全く違っていたんだ。片品川は、今までの倍ほど川幅が広くなり、ものすごい濁流が暴れるように流れてなぁ。巨石が累々と川の周辺には転がっている。家は柱一本も残さず流され、畑だったところに馬の死骸が横たわっていた。瓦礫《がれき》や流木に埋もれたところで、娘さんの名を呼びながら、爪を剥がし、血だらけになった手で泥をかき出している人、白い布をかけられた遺体に覆いかぶさって泣き叫ぶ人があちこちに……。寿老神温泉も、片品川沿いにあった旅館は跡形もなく流されてしまった。崖がえぐられ、その上にあった旅館は柱一本も残さず、濁流に飲み込まれてしまったんだ。戦争が終わって、やっと平和な暮らしが戻ったかと思ったのに、どうしてこんな悲惨な目に遭わねばならないんだと天を恨んだものだった」

小林の目から涙がつーっと流れ落ちた。

「大変だったのですね」

春海は同情的に言った。

「でも負けなかった」

勇太が微笑んだ。

「そうなんだ。私たちは土砂に埋まってしまった土地を捨てて、高台の森を切り開くことにしたんだよ。カスリーン台風の被害はかつてないレベルだったこともあるけれど、それまでも何度も何度も川の氾濫《はんらん》で土地をなくしていたからね。もうこの際、森を切り開くしかないと思ったんだ。子供だった私も両親を手伝って、太い根っこを掘り出したり、石や土を運んだり、必死で働いた。森を切り開き、なんとか小屋のような家を建てた。問題は水だった」小林はふっと笑いを洩らした。「水から逃げるために高台に来たのに、水を欲しがるなんておかしなことだね。台風で、蓄えてあった食料もない、水もない、なにもないんだ。飢え死にするほどの本当にどん底の暮らしだった」

「水はどうしたのですか？」

春海が聞いた。

「子供である私たちの仕事だった。隣村まで行ってね。そこは水があったから。バケツに入れてもらって一キロ以上の道を何度も往復したものさ。あの頃は電灯もなかったからね。ろうそくの明かりで食事をしたり、勉強したり。一番困ったのは冬だよ。雪が降って、寒くて仕方がない。隙間だらけの家に雪が吹き込んでくる。今なんかじゃ想像もつかないけれどよく生き残ったと思う。毎日、飢えていたね。町の連中や台風の被害があまりなかった者たちからはバカにされたものさ。そのたびに『くそっ、今に見てろよ』と歯を食いしばってね。みんな働いたけど、痩せてね。骸骨が鍬《くわ》を振り上げて、開墾しているようなものだったね。それでもここに来た人々は弱音を吐かず、助け合って必死で、来る日も来る日も鍬を振るい続けたんだ」

「水がなければ、作物もできないですよね。当然ながらこれらのリンゴも……」

春海が言い終わらないうちに「その通りだよ。水がないからろくな作物も作れない。しかしね、みんなが助け合って頑張った。笑顔が絶えなかったよ。いつかきっとよくなるって信じていたからね。そうしたら土地改良事業が行われることになったんだよ。私たちの頑張りへのご褒美だ」

小林が弾んだ声で言った。

「土地改良事業ってなんですか」

春海は聞いた。

「農業生産と生活のためには水が絶対に必要だということでね。灌漑《かんがい》施設と導水施設を国が完備してくれることになった。国も敗戦直後で金がなかっただろうけど、我々を見捨てなかったってことだね。工事は昭和三十五年から、まず近くで始まってね、この辺りは昭和五十六年に始まった。赤城山西北の麓《ふもと》に広がる台地に川から水を引き上げて、貯水池に貯め、そこから水を農家や農地に供給するんだ。完成したのは平成九年だよ。その結果、この台地は水のない不毛の土地が、果実と野菜の実りの土地に生まれ変わったのさ。そりゃ嬉しかったよ。蛇口をひねると、水が出てね。それが地面に吸い込まれていくんだ。水を吸って、乾いた土地が湿って黒くなっていくのを私も両親も涙を流して見つめたものだよ。長い時間がかかったけど、この土地改良事業のお陰で私たちは豊かになったんだ」

小林は、苦しかった過去を微塵《みじん》も表情に出さないで言った。

「農水省など国は税金の無駄遣いばかりしてると思っていたけど、この土地改良事業は違いますね」

勇太が言った。

「違うどころか、神様からの贈り物だと思うよ。これもね、私たち、高台移転組が力を合わせて開墾したからだよ。苦しくても喧嘩もせずに、助け合ったからさ。寿老神温泉の人たちも同じだよ。みんな流されてしまったから、高台に新しい温泉街を作ってね。引っ越したんだ。それから死に物狂いで頑張って昔の活況を取り戻した。私たちは美味しい野菜や果物を、温泉に来る人たちに提供したんだ。みんな協力したからこそ、今があるんだ」

小林は、春海に優しく微笑んだ。

春海は人って素晴らしいと思った。どんな苦労も厭《いと》わずに、森を切り開き、水を汲《く》み、食べ物を作り、生活する。たとえ自然が過酷な運命を強いても、何度でも立ち上がる。この多那にも寿老神温泉にも、人々の忘れえない歴史があることを教えられ、春海の心はまるで深い海の底で静かに目を閉じて横たわっているような、深々と広がってゆく感動で満たされていた。

リンゴの花を揺らす風が爽やかに頬を撫でる。甘い香りがする。

「私たち、町おこしを計画しているんです。このままでは寿老神温泉が衰退するばかりなので」

勇太が言った。

「話は聞いているよ。誠司が蕎麦打ちを教えるんだって。嬉しそうに連絡してきたよ」

「おじいちゃんが？」

春海は驚いた。

「ああ、孫が蕎麦打ちを習いたいって言ってくれたと嬉しそうだった」

小林は温かく微笑んだ。

春海は、嬉しくなった。自分が蕎麦打ちを習いたいと言ったことが祖父、誠司を喜ばせていたのだ。

「蕎麦と祭りで町おこしをします。今日、旅館組合の理事会で正式に決定しました。小林さんにも協力してもらいたいと思いますが、いかがですか」

勇太は小林の顔を覗き込む。

「大賛成だよ。しっかりおやりなさい。私も協力を惜しまないさ。祭りはいいねぇ。みんなの絆をつくるから」

「バブルが崩壊してから、寿老神温泉はだんだんと寂れてしまって。このままでは廃墟になってしまうという危機感は強まるばかりです」

勇太は深刻そうに眉間に皺を寄せた。

「そんなものみんなで力を合わせれば乗り越えられる。今まで客離れが起きても、みんな一致団結してなにかやろうという気運がなかった。勇太君らがやろうとしていることはいいきっかけになると思う。みんなが力を合わせれば、できないことなんかない。私たち多那の人間も寿老神温泉の人間も、今まで命の危機さえ乗り越えてきたんだ。恐れることなんかない。思い切ってやりなさい」

小林は勇太の肩をぽんと叩いた。

「あなた、いつまでそこにいるの。家に入ってジュースでも飲んでもらいなさいよ」

小林の妻の初枝《はつえ》が家から顔を出して呼び掛けた。

「春海ちゃん、ジュースを飲むかい？」

「飲みます。ごちそうになります」

春海は満面の笑みを浮かべる。

「リンゴが実っていたら取れたてリンゴのジュースを提供できるんだけどな。今日はきっと野菜のジュースだよ。でもハチミツが入っているから、絶対に美味い」

小林は自宅に向かって歩く。

「いい人だろう？」

勇太は春海に言った。

「はい」春海は力強く答えた。「勇気をもらいました。どんなことがあっても希望さえ失わなければ、みんなで力を合わせれば、なんとかなるって」

「そうだよ。僕たちがやろうとしている祭りもきっと上手くいくさ」

勇太は言った。

「ええ、きっと上手くいきます」

春海はきっぱりと答えた。

3

「失敗だな」

四菱大東銀行営業推進部第三グループリーダーの岸野欣二がぼそりと呟いた。

「申し訳ございません」

勇之介は頭を下げた。

旅荘赤城の部屋には勇之介、岸野、そして部長の東原三津五郎がいる。

彼らが囲むテーブルには勇之介の祖父、慎太郎が調理した地物野菜、川魚などの料理が並んでいる。

「祝杯を上げる予定だったのだがね。料理が無駄になった……」

岸野は嫌みたっぷりに言い、野菜の煮物を口に放り込むと、それをビールで流し込んだ。

「申し訳ありません」

勇之介は正座し、両膝に手を置き、深く項垂《うなだ》れている。

東原はなにも言わずに冷酒を飲んでいる。

「あんなの町の幹部の了解なしにやっちまったら良かったんだ。それを君が、一応、了解を取るか、説明した方がいいと言うから。その通りにしたら、こんなことになったんだ。全て君の責任だよ」

岸野はきつい口調で言い、ちらりと東原に視線を送った。

「申し訳ありません」

勇之介の手が固く握り締められた。

「住民の皆さんのコンセンサスを取ったらいいと言ったのは私だよ」

東原が独り言のように言った。

「あっ、そうでしたか」

岸野が慌てる。

勇之介は顔を上げ、東原を見た。救われたように頰の筋肉が緩んだ。

「部長の指示は、当然だ。環境や影響を受ける人たちの同意は工事を順調に進めるために必要だからな」岸野はすぐに話の方向を変えた。「しかしだな、そのお陰で今期の我が営業推進部の目標達成が危うくなってきたのだぞ。それは君、どう考えるんだ？」

岸野はまた勇之介を責めた。

「すみません。私のせいで」

「だいたいだな、君の弟が、兄である君の案を潰す提案をするなんて、どういうことだね。考えられん、全く」

岸野は、手酌でビールを注ごうとした。勇之介は慌てて、瓶《びん》を摑み、岸野のコップに注いだ。泡が溢れそうになった。岸野はコップに顔を近づけ、器用に唇で溢れ出る泡を拭った。

「申し訳ありません」

勇之介は瓶を持ったまま、頭を下げた。

「君の家族はおかしいんじゃないか。せっかく君が成果を上げようとしているのに、弟が足を引っ張るわ、お父さんは賛成か反対か、中途半端だしね」

「それは……あん……」

勇之介は顔を上げ、「あんまりではないか」と反論しそうになったが、言葉を飲み込んだ。

岸野は、言葉が過ぎたことにすぐ気づき、「まあね、個人の自由だからね。でも、それにしてもだね、君がせっかく……」と顔をしかめた。

「もういいじゃないか」

東原が言った。

「はあ、でも、ですね、部長。あのホテル寿への融資で我が部は今期の目標を達成することになっていたんです。こうなったら債権回収の目標達成のためにホテル寿の融資を回収しましょう」

岸野は東原に詰め寄った。

「ちょっと待ってください」

勇之介は慌てた。

「なにを待つと言うのかね」

岸野が不満そうな顔をした。

「ホテル寿の融資を回収するなんて無茶です。倒産してしまいます」

「当たり前だよ。金がなくなりゃ、あんな過剰債務のホテルは倒産だ。そのことも分からずに祭りだ、蕎麦だとくだらない、ちっとも儲かりそうにもない案に押し切られてしまって、情けない社長だ」

岸野は顔を歪めた。

「でも、ホテル寿を倒産させないために、リゾートセンター計画を考えたんですよ」

勇之介は必死の形相で岸野ににじり寄った。

「最初はね。だけどその計画を先方が拒否したんだ。それも町中でね。バカな連中だよ。四菱大東銀行を敵に回したら、どれほどのことになるか、思い知らせてやろうじゃないか。ひひひひ」

岸野はビールを呷った。

「待ってください。それはダメです。町のみんなが祭りを成功させるか、見届けましょう。判断はそれからです」

勇之介の顔が岸野にくっつきそうになるほどに迫った。

岸野は、後ろに手をつき、「おいおい、そんな悠長なことを言っていたら、目標は達成できないんだぞ」と唾を飛ばして言った。

「岸野君、君、はしたないよ」

東原が語気強く言った。

「はぁ?」

岸野が顔をぐるっと回し、東原を見つめ、言われている意味が分からないという顔をした。

「はしたないと言っているんだよ」

「はしたないというのは、見苦しいとか、下品という意味ですか」

岸野が聞いた。

「そうだよ」

東原がぐいっと飲み干した。

「どうして私が、はしたないんですか？」

「君は銀行というものをどう考えているのかね」

「はあ？」

岸野は、東原に向き直った。

「ただ融資をして利益を上げるだけの役割なのかね」

「いえ、その、そんなこと……」

岸野が言い淀む。

「そんなことは……ないと言うんだろう。その通りさ。銀行の役割は利益を上げることだけではない。地域社会の役に立たねばならないんだ。そのためには銀行の利益は二次的になることもある。赤城君の話を聞いて、彼の弟は偉いと思う。彼は銀行の原点を体現している。融資だけじゃなくて、自分たちの手で町を活性化させようとしている。あくまで信金は舞台回し、縁の下の力持ちだ。彼を突き動かしているのは、信金の利益じゃない。町の利益だ。これこそ銀行の原点だ。教えられたね」

東原は岸野を諭すように言った。

「そんな……」

岸野は表情を歪め、不満を内包した呟きを洩らした。

「岸野君が怒るのも理解できる。日頃、利益目標達成を連呼しているのは私だからね」東原は自嘲的に笑った。「でもね、私は最近考えるようになったんだ。銀行ってこのままでいいのかってね。時代は大きく変化している。ＡＩやビットコイン、コンビニ銀行などな ど、これからは私たちのような伝統的な銀行は時代遅れになるかもしれないんだ。銀行が自分たちの利益だけを追求していたら、そのうち見放される可能性がある。私たちは、自分たちの持てる機能で地域や会社を元気にしてこそ、社会に存在を許されるんじゃないかね。そうは思わないかね」

東原はしみじみと言った。

「部長……」

勇之介は東原に頭を下げた。その通りだと思った。銀行を就職先に選んだのは、社会的な役割を果たしたいと思ったからだ。それなのにいつの間にか、利益追求だけに追われるようになっていた。自分ではおかしいと思っていたが、どうにも止まらなかった。

紀子に指摘されてしまったが、今回のホテル寿をリゾートセンターに変更する案は、元はと言えば銀行の利益だけを考えたものだった。ホテル寿や寿老神温泉のことを第一に考えていなかった。

「そうはおっしゃいますが……」

岸野はまだ納得しきれないようだ。

「まあ、町の皆さんの頑張りをしばらく見ているのもいいんじゃないか」東原は岸野をなだめるように言い「赤城君、我々も祭りにできるだけ協力しようじゃないか」と笑みを浮かべた。

「分かりました。弟も喜ぶと思います」

勇太の喜ぶ顔が浮かんだ。

突然、襖《ふすま》が開いた。

「じいちゃん」

勇之介が目を見張った。

祖父の慎太郎が、廊下に座っている。その視線は東原に向かっている。

「今、部長様のお話を、悪いとは思いましたが、ここで聞かせていただきました。まことに素晴らしい考えだと感じ入りましたでございます。なにとぞ、寿老神温泉のためにひと肌脱いでいただければ、これほど嬉しいことはございません。そして孫の勇之介が部長様のような立派な方の下で働かせていただいていることに大いに感謝いたします」

慎太郎は、岸野を一瞥し、廊下に頭をつけるほど平伏した。

岸野は、慎太郎の視線を避けるように俯き、「うっほん」と咳払いをした。

「ご主人、お恥ずかしい。頭を上げてください」東原は苦笑した。「赤城君は優秀ですから、期待しています」

「ありがとうございます。勇之介、良かったな」慎太郎は勇之介に微笑みかけた。そして「部長様、今日は、全て無料にいたします。大いに飲んで騒いでくださいませ」と東原に語り掛けた。

「じいちゃん……いいのか？」

勇之介が心配そうに聞く。

「ああ、腕によりをかけて美味い料理を作らせてもらうぞ」

慎太郎は、左手で右腕をぽんと叩いた。

「部長、無料ではコンプライアンスに触れませんかね」

岸野が眉根を寄せて聞いた。

「君は、無粋《ぶすい》だね。人の好意には甘えるものだよ」

東原は微笑んだ。

「じいちゃん、頼んだよ」

勇之介が弾んだ声で言った。一日中、曇っていた心がようやく晴れた気になった。
隣で岸野がこれ以上ないというほど憮然とした表情でビールを呷った。

第九章　蕎麦打ち選手権に向けて

1

第一回の全国高校生蕎麦打ち選手権大会は、約一カ月後の八月の第三日曜日に行われることになっている。

場所は東京都の施設で台東区にある東京都立産業貿易センターだ。

選手権の目的は、蕎麦は日本文化であり、それを高校生という若い世代にも綿々と引き継いでもらいたいということ。

蕎麦は日本文化と大上段に振りかぶられると、そんなことを考えたこともなかった春海は、緊張してしまう。

選手権には日本文化を担うぞという意欲に燃えた全国の高校生が参加してくるのだろう。

聞くところによると三十校も参加するらしい。三十もの高校に蕎麦打ちサークルがあることに改めて驚いてしまう。

実際、高校生の間では蕎麦打ちがブームになっており、今回の選手権に参加はしなくても虎視眈々《こしたんたん》と腕を磨いている高校も多いらしい。

「蕎麦打ち甲子園に出るんだって。ホームラン打つんやで」

母の紀子は電話で気楽に言う。

全国高校生蕎麦打ち選手権大会は、別名「蕎麦打ち甲子園」と言われている。

紀子は、寿老神温泉のことを雑誌「ナイス・デイ」に写真入りで掲載し、「好評を博したんや」とご機嫌だ。

特に「湯船に浸かる私のヌードの背中が受けたみたいや」と超ご機嫌。

ヌードの写真は、クラウドファンディングの会社ミックス・テクノロジーの臼井和弘に無理やり頼んで写させたようだ。

「臼井さん、興奮しとんねや。おもろいやろ」（完全に大阪のオバサンになってる！）

「まさか、まさか、誘惑したんやないやろね」

「うふふ」意味深な笑い。春海は冷や汗が出る。臼井はどう見ても三十代後半だが、実際は二十五歳だ。

「やめたわ。向こうは案外その気になったみたいやけどね。美しい、美しいの連発やったから。でももう結婚はこりごりや」

春海は、「ああ、良かった」と言葉に出して、ほっとした。

紀子は、東京で忙しくしている。寿老神温泉のクラウドファンディングも臼井と協力して紀子の担当になったからだ。サイトは、もうすぐアップされる予定になっている。

紀子は、地元の旅館の主人たちや勇太など、祭りの実行委員たちとの打ち合わせで、時々寿老神温泉にも顔を出す。

祖父母の誠司と弥生も不肖の娘と言いつつも、紀子が元気な様子で顔を見せてくれると、嬉しい様子で、以前よりずっと活気が出てきた。

問題は勇太の父、勇一だ。まだ紀子のことにわだかまりがあるのか、「あの女が癪《しゃく》にさわる」と時折、口に出すと勇太が表情を曇らせている。

選手権は団体戦と個人戦に分かれている。

それぞれ制限時間は四十分。その間に蕎麦粉八割（八百グラム）、割り粉二割（二百グラム）の二八蕎麦を仕上げる。

蕎麦打ち五段以上の審査員十人が、蕎麦打ちの工程である「水回し、こね、練り、のし、切り」を審査する。

「蕎麦打ちの基本工程だけじゃない。入場の時の姿勢、返事、こね鉢などの準備、片づけなど、とにかく時間一杯、お前らの態度が見られているんだ。緊張しろ」

顧問のアラシが練習の都度、大声で春海たちの自覚を促す。

そこで練習の最初には必ず名前を呼ばれ、返事の元気よさを競わされる。

今、群馬実業高校の蕎麦打ちサークルのメンバーはたった四人。

春海、柳原恵子の一年生二人。そして二年生のキーさんこと茂木喜三郎《もぎきさぶろう》、三年生のポニョさんこと保科康夫《ほしなやすお》だ。上級生は二人とも食品文化コースの生徒だ。

団体戦は四人で出場し、四分ごとに交代し、各蕎麦打ち工程をこなすことになる。ということは一人も欠けることは許されない。大会当日、風邪を引いたり、下痢をしたり、怪我をしたり、臆病になったりしては絶対にいけない。

キーさんは、なんだか時代がかった名前だが、実家は食堂を経営している。小さな食堂だが、歴史があるから、名前もそれらしく時代劇風だ。

卒業後は、調理師学校に行き、実家を継ぐつもりのようだ。蕎麦打ちはそのための修業だとか。春海の祖父、竹澤誠司から蕎麦打ちを学べるというので喜んでいた。

ポニョさんは、大柄で風貌も優しく、のんびりしたオーラを発するので、保科という名字からホシナ、ホシナ……ポニョとなったらしい。ポニョっとした雰囲気？　分かるかな。

柔道の段位を持っていて柔道部にも籍を置いていたのだが、もっぱら食べるのが好きなため、アラシに強引に蕎麦打ちサークルの部員にさせられた。

卒業後は四年制大学に進学し、栄養学を修めたいと思っている。学業は、ポニョというふにゃふにゃなニックネームの割にはしっかりしている。実家は普通の会社勤めだ。

一年生の春海、恵子、二年生のキーさん、三年生のポニョさんだが、部長は恵子になっている。

恵子は、さすがに旅館の跡継ぎ娘だけのことはあり、気が利くし、よく働くからだ。部長兼マネージャーといった役割だ。

個人戦には二人登録した。今のところ春海とポニョさんになる予定だ。

サークル内で予選会めいたものを実施した結果だ。しかし一カ月後の選手権に向けて、四人の腕の向上次第では変更もあり得る。

「選手権では次のことが審査の基準になる。みんな心しろよ」

アラシが説明する。

春海たちは半袖、襟付きの白衣に白いパンツ、白いエプロンという全身清潔な白い服装。そして頭はオレンジのバンダナですっぽり覆っている。髪の毛などが落ちたら大変なことになるからだ。

「水回しでは粉に十分に水が浸透していること、これ、練りではムラがないこと、のしでは延ばされた厚さ、形などが均等か否か、切りでは切り幅が均等でリズミカルに切られ、屑《くず》が少ないかなどだ。選手権では茹でや汁はない。切りまでだ。よく分かったな」

「はい！」

声を揃えて返事をする。

「は、はい」

遅れて勇太も返事をした。

勇太も片品信金の仕事を早めに切り上げて、時々、蕎麦打ちサークルの部室に顔を出す。蕎麦と祭りで寿老神温泉を盛り上げようとしている責任者が蕎麦を打てないでどうする！　という責任感から、蕎麦打ちに挑戦しているのだ。

当然、仕事優先なので春海たちに比べると、上達は遅い。

しかし勇太が失敗したり、質問することは基本的なことが多く、春海たちにも参考になる。

誠司は皆から師匠と呼ばれている。

紀子のことで「蕎麦たけざわ」を閉めてから、めったに蕎麦を打たなくなっていたのだが、若い人に教えるようになって昔の勢いを取り戻したように見える。

誠司は、白の半袖シャツに白のパンツ。頭は四角い白の和帽子。エプロンの紐を横一文字に締めている姿は、孫の春海から見ても格好がいい。足元が白い鼻緒の桐の下駄というのも素敵だなと思う。

春海たちの足元は白のスニーカーだが、せめてエプロンは横一文字に締めようと誠司に締め方を習った。へその下辺りで二重にしっかりと紐を結び、余った部分を畳み込んで横一文字にする。

紐をしっかりと結ぶだけで気持ちまできりりと引き締まるとは知らなかった。物事には形も重要だということだろう。

蕎麦は玄《げん》蕎麦という殻付きのものから殻を取り除く丸抜きという作業を経て、石臼などで粉にひき、蕎麦粉になる。春海たちが使う蕎麦粉は赤城山麓で穫れた群馬県自慢の蕎麦粉だ。選手権でもこれを使いたいが、そういうわけにはいかないだろう。主催者が用意した蕎麦粉でちゃんと蕎麦が打てるかどうかも心配な点だ。

蕎麦粉は非常に繊細で、その日の気候、湿度などによっても水加減が違ってくる。いつもの粉ならなんとかなるが、その場で用意された粉で上手くできるだろうか。そんな心配をしていたらアラシが「どの学校も同じ条件だ」とバッサリ言い切った。その通りだと納得してからは、ぐずぐずと余計なことを心配しなくなった。

蕎麦打ちの道具もいろいろある。こね鉢、のし板、のし棒、巻き棒、麺切り包丁、まな板、こま板、ふるい。その他蕎麦を保存する生舟《なまぶね》、厚みを確認する物差しなどもある。これらの道具は学校が用意してくれた。ありがたい。期待されていると思うと、頑張らねばと思う。

「では大会も迫ってきたので復習する。いいか。みんな」

誠司が声を掛ける。

「はい」

今度は勇太も返事が揃った。

2

「蕎麦粉八百グラム、割り粉二百グラム、正確に量りなさい」

誠司が言う。

すっかり先生口調だ。

重さが不正確だと、水の量などで狂いが生じる。あらかじめボウルの重さを計測しておき、粉の量を正確に量れるようにしておかねばならない。

「割り粉を入れるのはなぜでしたっけ？　師匠」

勇太が質問する。

選手権に筆記試験はない。だから理屈を知っておく必要はないのだが、蕎麦を打つ上で基本的な知識は絶対に必要だ。

「蕎麦粉だけでも麺にすることはできる。生粉《きこ》打ちという方法だな。だったら割り粉という小麦粉、中力粉《ちゅうりきこ》を加えるのはなぜか。春海、答えなさい」

誠司が指さす。

「その方が安定するからです。麺は、均一で長さもあり、喉越しなどを考えると割り粉を加えた方が粘性が強くなり、扱いやすいですし、調理もしやすくなります」

春海は自信をもって答える。

「その通りだな。冷たい蕎麦もあれば、温かい蕎麦もある。いろいろな用途にするためには安定性が必要だ。だから割り粉を加えるんだな。次は水だ。これは季節や環境で違うのだが、おおむね四十二％と考えている。ワシは、勘でやっても問題がないが、皆さんはちゃんと量るように。水回しの際に最初に四十％、その次に二％と分けて加えるんじゃよ。それじゃまず水回しからだ。作業時間は二分から三分じゃ。ストップウオッチで計るからな。だが急ぐな、落ち着け。この水回しが肝心だからな。始め！」

誠司の合図で全員が一斉に水回しに取りかかる。

水回しとはこね鉢の中で蕎麦粉と水とを混ぜ合わせ、粉を均等に湿らせることだ。

これの工程で、最も素早く行わなければならない、重要な作業だ。

春海は、計量した蕎麦粉と割り粉を粗めのふるいにかける。粉がこね鉢にさらさらと落ちていく。粉をふるいにかけてほぐしてやると、水回しがスムーズになる。

刷毛《はけ》でふるいに残った粉を丁寧に掃き、こね鉢にふるい落とす。全て無駄なく使わねばならない。

手の甲で優しく粉の表面をならす。こうすることで均等に加水できる。

春海は、肩の力を抜き、優しく、優しくと言い聞かせて粉を平らにする。

誠司が春海の肩を叩く。

「硬いぞ。余計な力を抜くんだ。蕎麦打ちに余計な力はいらん」

誠司が言う。

「はい」

春海は答える。

いよいよ加水だ。この瞬間が一番、緊張する。

恵子を見ると、表情ががちがちになっている。恵子も緊張するようだ。

キーさん、ポニョさんは春海から見ると余裕があるように見える。さすが先輩というべきか、それともあまり緊張しないタイプなのか。

「一気に水を流し込め」

誠司が勢いをつける。

水回しの開始だ。

粉の量の四十%の水をボウルからこね鉢の粉の中央に一気に入れる。

「両手の指を広げて」

誠司が注意する。

春海は、指を広げて、こね鉢の周辺の粉を水にかけていく。粉かぶせだ。

「さあ、行け！　ここで力を込めろ！　トルネード！」

水を粉全体に混ぜ込む。水配りという手順だ。

トルネードというのは、竜巻返しというテクニックだ。

十本の指を思い切り広げて、こね鉢に強く押し付けて、こね鉢の内側の粉をこそげ落とすようなイメージで竜巻のように粉を回す。

次は鉢磨き。両手を使って外側から内側へ、内側から外側へと粉を動かし、水を行き渡らせていく。

「こら！」

恵子が誠司から怒られている。

「すみません」

恵子が謝る。

「粉を握ってはいかん。粉を混ぜるには力を入れるが、粉には力を入れるな。ストレスをかけたら粉が不味くなるぞ」

誠司が注意する。

キーさんの頭をコツンと叩く。

「お前もだ。粉を握るな」

「はい」

「ストレスを与えると粉が不味くなる……。なかなか意味が深い。教育にも通じるな」

アラシが感心したように呟いている。

生徒にストレスを与えているかもしれないと、自分の教育手法を反省しているのかもしれない。

「必要とあれば、ここで加水してもいいが、一気に入れず、少しだけにして粉の水分程度を見なさい。水を入れたら、また指を広げて、粉を回すんだ」

こね鉢の底に粉が張り付いていないことを確認する。

続いて一方の手の指を使い、もう一方の手の指を拭って、粉を落とす。手のひらはきれいなままにしておく。

「ふう」

勇太が息を吐く音が聞こえる。疲れというより緊張からだろう。

こね鉢の粉を平らにする。両手の指を広げて、手のひらを粉の上にそっと置く。

水回し後半だ。

優しく、優しくと言い聞かせる。

「トルネード！」

春海は小声で叫ぶ。両の手のひらで粉を水平に回転させる。粉をぐるぐると回す。しばらくして反対にも回す。

「ストレスを与えるんじゃないぞ」

誠司が言う。

「ふう」

また勇太が息を吐く。

「こら、粉を握るな」

誠司が勇太を叱る。

「はい」

勇太が返事をする。

信用金庫の仕事を早く切り上げて蕎麦打ちをしていて大丈夫なのだろうか。心配になる。それだけ祭りにかける気持ちが強いということだが……。

――あいつはなかなか見どころがあるな。

ある日、誠司が、夕食時に春海に言った。

――あいつって？

――勇一君のせがれの勇太君のことだよ。町おこしを真剣に考えているようだな。四菱大東銀行相手に一歩も引かなかっただけじゃない。あちこちに祭りへの寄付を頭を下げて頼んでいるそうじゃないか。

――勇太さんも頑張っているけど、おじいちゃんが蕎麦打ちを応援してくれたことも大きいんだよ。

——おお、そうかね。

——みんなおじいちゃんの蕎麦を食べたいんだってさ。

——勇太君も蕎麦打ちを習うといいんだが。俺が直伝で教えてやる。

春海は、誠司の意向をすぐに勇太に伝えた。すると勇太は、迷わず、

——蕎麦打ちを習う。

と言い、蕎麦打ちサークルで一緒にやることになったのだ。

勤務時間の合間だから、どうしても上達が遅い。しかし頑張っている。誠司は、勇太に教える時、厳しいのは同じだが、他の人に教えるより嬉しそうだ。

勇太がこちらを見る。春海は指でVサインをする。勇太がちょっと照れたようにVサインを返してきた。ここまでは上手くいっているようだ。

いけない。いけない。誠司の厳しい目がこちらを睨んでいる。

水回しに要する時間は約二分。ここで粉をまとめ上げる。こねの工程もいよいよ大詰めだ。

3

水回しの後の粉を手のひらに力を入れないようにしてまとめる。

こね鉢に残った粉を集め、ころころと転がして棒状にする。

子供の頃によくやった粘土細工に似ている。棒状にした後、さてなにを作ろうかと迷ったものだが、今は迷わない。蕎麦へ一直線だ。

それにこの段階では力は入れない。ぼそぼそとした感じの蕎麦の棒を作る。

粉をまとめると、次はくくりという段階。これは練りに進む前段階だ。

棒状にした粉の真ん中を両手の親指で押し、そこより向こう側の粉を両手で手前に持ち上げ、折り畳むようにする。

手のひらで折り畳んだ部分を強く押す。後ろ半分がせりあがってくる。これを手のひらで押し込んでいく。

これを繰り返すと、粉がつるつると滑らかな棒状になる。この棒状のものを、再び縦にして、同じように真ん中を親指で押し、同じように向こう側を折り畳むようにして揉みこんでいく。

「だんだん丸くなってきたか」

誠司が声をかける。

「はい」

春海たちが返事をする。

粉は春海の手の中で丸く形を整えていく。粉の表面は滑らかになっていく。

粉がつながり、生地と言われる状態になるように形を整えていく。襞《ひだ》のような皺のある部分が一カ所に集まる。なんだかくしゃくしゃになった顔のようだ。

「いよいよ菊練りだぞ」

アラシが興奮した声で言う。

蕎麦打ちで練りの肝というべき作業だ。まとめた生地の皺をなくして、次ののしの工程につなげる重要な作業だ。

春海は、ようやく丸くなった生地を見つめる。

滑らかな生地を見つめていると大蛇神輿の頭が思い浮かんだ。

――だいぶ完成に近づきましたね。

春海は、製作途上の大蛇神輿を眺めていた。

――ああ、なかなかのものだろう。

勇太が誇らしげに大蛇神輿を見つめている。

寿老神温泉観光センターの一階の会場を占拠するように大蛇の模型が飾られている。未完成だけど、なかなか堂々としている。完成するのが楽しみだ。

勇太の提案に同意し、祭りを行うことで町の重鎮たちの合意が成立した。

その直後、重鎮たちはすぐに大蛇祭り実行委員会を組織した。

若者なら委員会などという七面倒な組織を作らなくても事態を動かすことができるかもしれないが、重鎮たちには委員会が必要なのだ。

委員長には片品信金の横尾理事長が就任し、脇を固める副委員長にはホテル寿の柳原社長などが就任した。

組織は、なんとなく形になったが、実際に動くのは勇太や片品信金の職員、旅館の跡継ぎ、従業員、役場の職員など地域の仲間たちだ。

――大蛇神輿をすぐに作り始めましょう。

勇太は委員会に提案した。

――クラウドファンディングとやらで資金を集めてから作るんじゃなかったのかね。

委員の一人が聞いた。

――そのつもりですが、こうやって委員会もスタートしましたから祭りを盛り上げる意味でも大蛇神輿の製作にかかりましょう。町の多くの人に参加してもらうのです。

勇太の勢いは止まらない。提案が承認された今、一気呵成に事態を進めようとしているのだ。

春海は勿論、賛成だった。

重鎮たちが、その場で協議した結果、大蛇神輿製作部会を作ることになった。

当面必要な資金は横尾理事長たち委員が拠出することになった。

横尾が、「年寄りは知恵も力もないので金を出してやりましょう」と言ってくれたお陰だ。

ありがたいと部会長に選ばれた勇太は思った。

早速、春海や恵子や片品信金の職員たち、そして地域の有志が集まり、大蛇神輿製作部会がスタートした。

十人ほどの仲間が、仕事や学校が終わってから観光センターの一室に集まった。

まず大蛇神輿のデザインからスタートすることにした。

勇太の姉の小百合が参加していた。

小百合は、ヤマブドウなどの自然素材で籠などを製作する工芸家だが、デザイナーでもある。そこで大蛇神輿のデザインを買って出てくれたのだ。

――寿老神神社のご神体の大蛇は白蛇だ。白蛇はアオダイショウのアルビノ、白い突然変異だと言われている。本物のアオダイショウを見なければならない。

片品信金の庶務職員の大蔵善三さんの提案には、みんな一瞬引いた。

——ぎえっ。

春海は悲鳴とも呻きともつかない声を出した。恵子と顔を見合わせ、二人で、口を尖らせてブーッと吹いた。

——なにがぎえっとかブーッだね。当たり前だろう。本物を見て、その形、鱗《うろこ》などを本物そっくりに作らねば、神様に申し訳ない。

善さんが手を合わす。

大阪育ちの春海は野生の蛇を見たことがない。勿論、動物園で見たことはあるが……。アオダイショウって野外で自然に生きているのだろう。それを捕まえてくるのだろうか。

——捕まえますか？

勇太が聞く。

——さあ、どうするかな？

善さんは腕組みをして考え込む。

——私、アオダイショウ、飼っています。

声を上げてくれたのは君島聡子さん。片品信金の預金事務担当でサト姉さんと慕われている女性だ。

——ええっ、本当ですか？

春海は目を見張る。

──小学生の息子が去年、庭で見つけて、飼ってみたいと言うんで捕まえて家で可愛がっています。名前が青太郎《あおたろう》というんです。アオダイショウの青です。

──エサはなにを食べるんですか？

春海は興味津々。

──蛙を捕まえた時は、蛙をあげるけど、普段は蛇飼育用のラット、鼠《ねずみ》ね。二、三日に一匹食べさせるって感じかな。よくなついていて、エサが欲しくなると寄ってくるのよ。

サト姉さんは目を細める。

──アオダイショウの飼い方の講義はそれくらいにして、青太郎君にも協力してもらえますか？

勇太が聞く。

──勿論です。連れてきますから、よく観察してください。

サト姉さんは嬉しそうに言う。

青太郎君にお目見えした時は、その大きさに春海は驚いた。優に一メートルはあったからだ。胴回りも五センチはあった。太くて長い。

小百合さんは、さすがだ。青太郎君を素手で摑む。青太郎君は驚き、小百合さんの腕に巻き付いた。

――青太郎、大人しくして。

サト姉さんが青太郎君を小百合さんの腕から引き離し、すっと長く伸ばすと、頭、顔、胴、腹などを小百合さんや勇太、善さんらに見せた。

小百合さんは、紙と鉛筆で頭の形や鱗の状態を克明にスケッチした。首から胴に向けては白っぽくて鱗が幾重にも重なりあっているようで複雑だ。

頭や胴は、黄色の下地に緑色を配したような色合いで、頭はパズルか石垣のように鱗がきれいに組み合わさっている。

――青太郎君、恥ずかしそうだね。

くねくねとサト姉さんの手に掴まれて動く青太郎君を見て、恵子が言った。

皆、その言葉に笑い声を上げた。

「おい、春海、なにをにやにやしているんだ。菊練りだぞ」

誠司の叱責が飛んだ。

「すみません。ちょっと青太郎君のことを思い出していたものですから」

祖父とは言え、誠司は蕎麦打ちの師匠。丁寧に答える。

「青太郎君？　なんだそれは」

誠司は青太郎を知らない。

「大蛇神輿のモデルを務めてくれたアオダイショウです」

勇太が答える。

「可愛いんですよ」

恵子が言う。

「蛇か？」誠司は眉根を寄せた。蛇が苦手なのかもしれない。「今は、蛇のことじゃなくて蕎麦のことを考えるんだ」

「はい。頑張ります」

春海は元気よく答え、蕎麦生地に力を込める。

4

「練りすぎは禁物だぞ」誠司の声が鋭くなる。「やってみせるから」

誠司の周りに春海たちが集まる。

誠司が、まとめた生地の皺のある面を上にして利き腕の右の手のひらで体とは反対の方向に押す。左手で生地をわずかずつ回転させ、生地を起こし、皺の部分を右の手のひらで押す。

「この要領で素早く何度か繰り返すんだ。この生地の傷、皺だな。これがだんだん小さくなっていく。皺を親指で押したりするな。使うのは手のひらだぞ。さあ、スタート！」

誠司の掛け声で春海たちは、再び自分のこね鉢に戻る。

誠司は、今年七十七歳。喜寿だ。蕎麦打ちの師匠に就任するまでは、春海にとっても「おじいちゃん」で年相応に見えた。

しかし今は、十歳以上は若く見える。祖母の弥生も「おじいさん、すっかり若返っちゃって」と驚き、かつ喜んでいる。

若い春海たちに囲まれて、信頼されているからだろう。

誠司に蕎麦打ちを頼んで良かったと思う。

練りを十回ほど繰り返すと、皺の部分が中心に集まり、まるで菊の花のようになった。これはあまりきれいな皺にする必要はない。きれいになりすぎるのは「ズル玉といって水が多すぎるんだ」と誠司は注意を促す。

「菊練りができたな」誠司は春海たちの生地を見て、次の段階の指示を出す。「次はつぶしだ」

菊練りを終えた生地の皺を消し、円盤状にする段階だ。

まず生地の皺のある面を自分の体に向けて、両手首辺りを使って生地を左右に転がす。するとと皺の部分が押し出されて尖りだす。だんだんと電球のような形になってくる。

鰍の部分が一カ所に集まってくる。生地の底の部分を左手で強く押えながら鰍のある部分を右手で前後させる。鰍の部分が潰され、少し尖ったようになってくる。

「へそを出せ」

誠司の掛け声。

鰍が頂点に集まり、丁度、へそのようになる。

「出べそじゃありません」

キーさんが冗談を言う。

「こらっ。真面目にやれ」

誠司が怒る。

笑いが起きる。

へそが出た円錐形の生地を左手のひらに載せ、利き腕の右手のひらで平らにして鰍を消してしまう。

「へそが消えた」

またキーさんが言う。

「お前は蛙か。真剣にやれ。食堂を継げないぞ」

今度はアラシが怒る。

「はい！」

キーさんの返事はいつも元気だ。冗談を言いながらも真剣に蕎麦打ちに取り組んでいることは皆が知っている。なにせ実家の食堂の跡継ぎとして期待されているのだから。

ポニョさんは、堂々とした体格そのままにゆったり蕎麦を打つ。蕎麦に打つ人の性格が出るならポニョさんの打つ蕎麦は、穏やかで、広々とした草原のようだ。尖ったところがない。食べると、とても安心できる味だ。だから今の段階では、個人戦の代表候補ナンバーワンだ。春海はナンバーツーの位置づけだ。頑張らねばならない。

平らになった生地を両手で押す。丸く円盤状に広がる。厚さは一・五センチ程度だ。できあがった生地はビニール袋に入れて乾燥を防ぐ。

次に重要な作業が残っている。採点に響くものだ。それはこね鉢の掃除。これをおろそかにしてはならない。

「掃除を丁寧にすること。掃除を制する者は大会を制す、だぞ」

アラシが言う。

「掃除か……」

春海は、ふと発泡スチロールの破片が飛び散っている観光センターの会議室を思い浮かべた。

会議室は、いつの間にか、大蛇神輿製作室と化していた。

サト姉さんが連れてきたアオダイショウの青太郎君をモデルに、小百合が精密な蛇をデザインした。

青太郎君の頭を上から左右から下からと細密に描き写した。鱗も一枚一枚、洩らさず描いた。

長さは頭から尻尾《しっぽ》の先まで三十メートルに決まった。これくらいの長さがないと迫力がないだろうということだ。

頭と胴体の比率は青太郎君から推測して頭は二メートル五十センチ、胴体は二十七メートル五十センチ、一番太い部分をどうするかは悩んだ。青太郎君は一メートルの長さで、太さは五センチだった。三十メートルとすると、単純な比率からすると、太さが百五十センチになってしまう。これではいかにも太すぎるだろうという意見が出て半分の七十五センチにして徐々に細くしていくことにした。

蛇の小さな模型を作るだけならいいのだが、神輿として担ぐとなると、重さを考えねばならない。

そこで頭は発泡スチロールを何枚か接着剤で貼り付けて、大きなブロックを作り、それを削り、グラスファイバーでコーティングして強度を増すことにした。頭は一番の要だからだ。

胴体はウレタンを防水性のあるテント生地で巻き、つなぎ目は紐で縫うことにした。

胴体は、スプレー塗装でいったん全てを黄色に塗る。アオダイショウの下地のイメージだ。

その上に鱗をかたどった型紙を貼り、ボールペンで型紙の縁をなぞり、その中に緑色の塗料を筆で塗っていくという方法にした。寿老神神社のご神体は白蛇だが、神輿はアオダイショウの青太郎君のリアルさを追求する。

——この鱗にクラウドファンディングで寄付をしてくれた人の名前を書き加えよう。

勇太の提案は皆に了承された。

だから大蛇神輿の本当の完成は、クラウドファンディングの成功後ということになる。

——発泡スチロールを削るのは誰がやる？　失敗は許されないぞ。

事務課課長のヨッシー課長こと、狭山義男が緊張した表情で皆を眺める。

——俺がやります。

窓口担当の中村甲子夫が手を挙げた。通称カネやん。

——カネやん、大丈夫か？　失敗するとまた最初から発泡スチロールの貼り直しだぞ。

狭山が心配そうに言う。

——群実出身者を見くびらないでください。

カネやんは早速小型のチェーンソーを手に取った。

——甲子夫君、見かけより器用なんです。

カネやんと付き合っているという噂の長谷部みどりが助け船を出す。

——よし、頼んだぞ。粗削りをしたあとは、俺たちがナイフで細部を削るから。

——サンドペーパーで仕上げたらいいと思うわよ。

小百合が工芸家らしい提案をする。

——行きます！

カネやんがチェーンソーのスイッチを入れると会議室中にモーター音が響く。刃を発泡スチロールのブロックに入れると、下書きした線に沿って切っていく。小さな破片が周囲に飛び散った。

春海は、息を呑む。上手くいきますようにと心の中で祈りを捧げる。

「春海、これ鉢の掃除は終わったか？」

誠司が聞く。

「まだです」

春海は頭を振る。

「ぼんやりするんじゃないぞ」

誠司が叱る。

「どうしたの？　他のことを考えていたの？」

勇太が聞く。

「大蛇神輿のことをちょっと考えていました」

「だんだん形になっているからね。蕎麦打ちはまだまだだけど」

勇太が優しく言う。

勇太はとても忙しい。日中は、通常の信金職員としての業務がある。それが終わると、寄付金集めなどに町の各家庭を個別訪問。その後は観光センターの会議室で大蛇神輿製作だ。そして今日のように蕎麦打ちにも顔を出す。

でも生き生きしている。疲れなんか見せない。そこは素敵だと思う。

勇太の父の勇一は、春海が勇太と仲良くすることを喜んでいないと聞いている。祭りの実行を決める際、勇太の提案に、兄の勇之介がリゾートセンターの案をぶつけて来た。

それに対して反対の声を上げたのは春海だ。それをきっかけに勇之介に向きかかっていた流れが、一気に勇太に向いたのは事実だ。

勇之介がどう思っているかは分からないが、自分の案が否定されたことは、とりあえずショックなことに違いない。

むしろ、勇之介より父の勇一が「あの生意気な高校生は、紀子とそっくりだ」と春海の母の名前を出して批判をしているということを耳にする。

もういい加減にしたらと勇太も呆れている。いっそのこと勇太の父、勇一と春海の母、紀子の関係を修復させ、くっつけてやろうかと春海は、勇太と密かな企みを相談したこともある。実際、上手くいくとは思えないが、今回の祭りをきっかけになにかが起きる可能性はゼロではない。祭りは人々を高揚させるからだ。そうなれば勇太の赤城家と春海の竹澤家にとっても万々歳なのだが……。

こね鉢に少々の水を張る。手をきれいに洗う。タオルでこね鉢についている粉を優しく拭う。続いて乾いたタオルでこね鉢の水分を完全に拭き取る。

黒光りするこね鉢はいつ見ても気持ちがいい。部室の中の棚にきちんと収納する。

お疲れさん。春海はこね鉢に慰労の声をかける。

いよいよ蕎麦打ちのハイライトともいうべきのしに移る。これはちょっとやそっとではできない。いつも反省させられる段階だ。これが上手くいかないと、蕎麦打ち選手権での優勝なんて夢のまた夢だ。

「さあ、のしにかかるぞ」

誠司の掛け声が部室に響く。誰もが緊張する瞬間だ。

5

カネやんは、みどりの言う通り器用だった。

小型のチェーンソーを巧みに操って見事に蛇の頭、青太郎君の頭の形を切り出した。

才能というのは、人間のどこに隠れていて、どんなきっかけで表に出るのだろうかと不思議な気持ちになった。

こんな大蛇神輿を作るということがなければ、カネやんの彫刻の才能に誰も気づかなかっただろう。

カネやんはノコギリ鎌を取り上げ、それで目の部分を削り始めた。

――目は、丸く窪《くぼ》んだ中に目の玉が浮き出たように作りたいんです。それで道具をいろいろ考えたんですが、この弓のように曲がったノコギリ鎌が一番だと。この曲がりに従って削っていくと上手くいくと思うんです。

カネやんが巧みに大蛇の目を形作っていく。それをみどりがサンドペーパーで丁寧に磨く。二人のコンビネーション、阿吽《あうん》の呼吸は抜群だ。もうこうなると二人が付き合っていることは自明だ。お幸せにと大蛇が取り持つ縁に春海は感謝する。

――お待たせ。俺たちもやるぞ。

営業課の課長、ケンチョウこと鍋谷がやってきた。

キクさんこと菊間、エリカ様こと沼尻エリカが栄養ドリンクのケースを提げている。

――みんなエネルギー補給よ。

エリカ様が澄ました顔で言う。

――おお、大蛇の顔になってきたね。カネやん、上手いなぁ。

写真を趣味にしているキクさんがカネやんの仕事ぶりを褒める。

――へへへ、ありがとうございます。めったにキクさんには褒められませんけどね。そうだ、キクさん、胴体の鱗の部分を担当してくださいよ。

大蛇の胴体は五メートルの長さのものが四本、七メートル五十センチのが一本。これをつなぎ合わせると二十七メートル五十センチとなり、頭の二メートル五十センチと合わせて三十メートルになる計算だ。

その胴の部分に鱗の型を一枚一枚貼っていく。

小百合が描いた青太郎君の鱗の絵を参考にして描いたものを実際の胴体に貼ってみたらどうなるかを事前に見ておくのだ。ぶっつけ本番で鱗を描くわけにはいかない。

――いいぞ。やるぞ。営業はどうしても時間が遅くなる。かと言って、事務課の皆さんに依存してばかりもいられないからな。

キクさんはスーツの上着を脱ぎ、乱雑に置かれた椅子の背もたれにかけた。腕まくりをして、鱗の形に切られた紙を胴体に貼っていく。

——私も手伝うわね。

エリカ様もキクさんの隣で作業を始める。

——差し入れ、持ってきました。

大きな声に全員が振り向く。

本店業務部の課長柴崎と課員の安祐美が寿司桶をそれぞれの両手に提げている。

——わーっ。寿司じゃないか。

カネやんがノコギリ鎌を振り上げた。

——寿老神支店の皆さん、お疲れ様です。ちょっと休憩しませんか。美味しい寿司を持ってきましたから。

安祐美が顔いっぱいの笑みを浮かべている。

本店業務部の柴崎と安祐美が勇太の案を支援して、大蛇祭りの開催が決まったのだ。

二人とも作業の進捗状況が気になるのだろう。

——皆さん、休憩してお寿司をいただきましょう。

勇太が声をかける。

——私たち、今、来たところだけど。まっ、いいか。

エリカ様がちょっと照れる。

――いいでしょう。腹が減っては戦《いくさ》はできぬですから。

キクさんは素早く寿司の方に向かっている。

――春海ちゃん、いいねぇ。祭りって……。

勇太が呟く。

春海は勇太を見つめる。顔が火照《ほて》っているように赤らんでいる。エネルギーが体の内から発散されているのだ。

作業をしていた旅館の跡継ぎの若者、従業員も寿司桶の方に向かっている。誰もが嬉しそうな笑顔で、汗を拭っている。

――いいですね。祭りって……。

春海も笑顔で答える。

祭りは、当日の盛り上がりや一体感も素敵だが、準備段階で多くの人との絆が生まれることが一番素敵だと思う。

――早く行かないとお寿司がなくなってしまうよ。

勇太が笑う。

――はいっ。

春海は寿司桶に向かって急ぎ足になった。

打ち粉を摘み、のし板に落とす。そこに蕎麦生地を置き、また打ち粉を振る。

「打ち粉は多すぎてはダメだぞ」

誠司の注意が飛ぶ。

勇太を見ると、真剣な表情で蕎麦生地の三十センチほど上のあたりから、ぱらぱらと打ち粉を落としている。

まず手のし。手のひらで生地の中心から外側を反時計回りに押していく。

「肱《ひじ》を伸ばせよ」

誠司の注意だ。肱を曲げて、ぐいぐい押しているキーさんが肱を叩かれた。半周すると、生地を動かし、残りの半周も同じように押していく。中央にできた出っぱりの部分を手のひらで潰していく。蕎麦生地が一・五センチの厚さになれば手のし完了だ。

麺棒を摑む。七十五センチのものを使う。

麺棒を使って蕎麦生地を延ばしていく。

麺棒を持った瞬間、春海は電気が走ったかのように体が痺れる。蕎麦職人だ、という自覚が麺棒から体に伝わるのかもしれない。

まずは手のししたところを滑らかにする。麺棒は手と手の間の部分で生地をのしていく。手は斜め前に転がす。

手のしで丸くなった蕎麦生地を少しずつ回しながら四分の一ずつ延ばしていく。生地の厚さを、一・五センチから八ミリ程度にする。

粗のし、平のしと言われる作業だ。

「上手くできているかな」誠司が見て回る。ゲージで生地の厚さを計っている。「みんな、なかなかいいぞ。つぎは丸のしだ。のしは均一、平らにすることだ。均一にすることを心がければいい。単純だぞ。難しく考えるな。難しく考えて力を入れ過ぎたら生地を破ってしまうぞ」

丸のしはさらに生地を丸く広げていく。だんだんと生地が薄くなるので破れやすくなる。

麺棒で生地の周辺を延ばしていく。一カ所延ばし終えたら、少しずつ反時計回りに生地を回転させ、次のところを延ばす。

「手で触ってみて凸凹《でこぼこ》していないか見るんだ。とにかく平らに、均一にすること。それだけだから」

誠司の注意が飛ぶ。

誰も皆、黙って延ばしていく。厚さ五ミリ程度になればいい。

「オーケー。春海、腕を上げたな」

誠司がゲージで生地の厚みを計り、笑みを浮かべる。

続いては角《つの》出し。これは生地を四角くしていく工程だ。

「あまり四角、四角と四角四面に考えなくてもいいからな」

誠司がダジャレを交えて注意をする。しかし誰も笑わない。重要な蕎麦打ちの工程だからだ。生地を均一に延ばさねば、太さがまちまちの蕎麦になり、茹で時間も違ってしまう。これでは美味しい蕎麦にならない。

麺棒を生地の中心に置く。その上に縦に少量の打ち粉を振る。

——結構、広がったな。

勇太が独り言を言っている。

丸のしをした生地がのし板の上にどんと広がっている。

手前の生地を持ち上げ、麺棒を軸に半分に折り畳み、手前に引き、麺棒に生地を巻き取りながら、向こう側に延ばす。これを角出しという。

麺棒の真ん中に両手を乗せ、親指をくっつけるようにして他の指は平行に延ばす。

向こう側までいけば、生地の延ばし具合を確認する。

麺棒に生地を巻き付けたまま、手前に引き、また同じように角出しの作業を行う。この作業を四回ほど繰り返す。

麺棒を生地に巻き付けたまま、四十五度、対角線に向きを変える。ゆっくりと生地を広げていく。生地が均一になっているかを確認する。ここでは手のひらを生地に滑らし、皺や厚みの不均衡を確認する。

「皺は延ばすように。春海はまだ皺はないだろうな」

誠司がにんまりする。

「おじいちゃん……。まだ皺なんかないわよ」

誠司の冗談に驚く。昔気質《かたぎ》で堅い性格の誠司が、これほどまで柔らかいことを口にするとは思わなかったからだ。

蕎麦打ち指導は、誠司まで完全に若く、明るく変えてしまった。

麺棒を生地の中心に置き、再び打ち粉を振り、手前から向こう側に生地を畳み、手前に引く。

麺棒に生地を巻き付けながら向こう側に転がす。生地が均一に延びているか確認しつつ、同じのしを繰り返す。

生地を横にし、麺棒を回して広げる。

「生地を横向きの菱形に置いたか」

誠司が言う。

「はい」

皆が口を揃える。

「麺棒を巻き棒に替えて、真ん中に横に置き、打ち粉をしろ。あまりたくさんはダメだぞ」

誠司の注意が続く。

春海は親指と人さし指で打ち粉を摘み、巻き棒とクロスするように縦に振る。

「のしを始め！」

誠司の号令で、生地を向こう側に畳み、手前に引き、生地を巻き棒に巻き付ける。手のひらで向こう側に転がしながら延ばしていく。

生地を広げると角度が鈍い四角になっている。この生地を薄く、二ミリ程度にしつつ、角度を付けていく幅出しという手順だ。

巻き棒に巻き付けた生地をゆっくりと右下から左上に向けて開く。

麺棒に持ち替え、生地の手前から五十センチ辺りのところを、手前から向こう側へ延ばしていく。生地に角度が付いてくる。それぞれの隅に向かって麺棒を転がし、生地を延ばして四角くする。

だんだんと生地が四角くなっていく。

「随分、生地が広くなったなぁ」

春海は、自分の手に余るほど広がった生地を見て呟いた。

次は本のしだ。厚さ一・五ミリにする作業だ。

広げた生地の手前から二十センチ辺りに巻き棒を横にして置く。手前の生地を持ち上げて、そのまま巻き棒にふんわりとかぶせる。

生地を手前に引きつつ、巻き棒にひと巻きだけ巻き付ける。麺棒を持ち、角に向かって生地を延ばし、一・五ミリの厚さに角を延ばしていく。

手のひらで触りながら、厚く凸凹したところはないか調べながら、角を四角にしていく。

生地を巻き棒にもうひと巻きする。そして左右の隅を麺棒を転がしつつ角を延ばしていく。

「あくまで厚さが問題だ。一・五ミリにするのが目標だから、形が多少いびつになっても構わない」

巻き棒で生地を巻き取る。転がしつつ、向きを変える。

先ほど向こう側にあったところが手前に来るように広げる。手前のところを麺棒で延ばしていく。

「手前にすることで腰に負担をかけずに生地を延ばすことができるんだ」

誠司が言う。

「次は巻き棒替えですね」

ポニョさんが聞く。

巻き棒に巻いた方を向こう側にして生地を広げる。麺棒は向こう側の巻き棒の隣に置く。

生地の手前の二十センチのところにもう一本の巻き棒を置く。麺棒のところまで生地を巻いていく。

巻き棒、麺棒、巻き棒という三本をまとめて手前に引き、二十五センチ辺りまで引き寄せる。一番手前の巻き棒を手前に転がし、生地を少し広げる。

向こう側の巻き棒を前に転がし、生地を広げていく。この巻き棒は片づける。

麺棒で生地の左右の角を延ばしていく。

「ここでも一・五ミリに注意しろよ」

生地の角を延ばしたら、巻き棒で巻き取り、向きを百八十度入れ替える。

生地を手前に広げ、今度は手前の角を延ばす。

「全体が一・五ミリになったか、自分で計ってみろ」

誠司の指示でゲージを使って生地の厚みを計測する。

「どうかな?」

「オッケー!」

キーさんが嬉しそうにVサインをした。

「みんなできたようだな。この一・五ミリを忘れるな。これで本のしはオーケーだ。次は八枚畳みだ」

徐々に最終工程に近づいていく。

人間ってすごいと思う。美味いものを食べたいという思いから、荒れ地に生えていた蕎麦の実を、こんなに工夫を加えて蕎麦という麺にしたのだから。

本のしが終わり、これを畳んで切れば、蕎麦が完成する。

春海はワクワクしてきた。

その時だ。誰かのスマートフォンが激しく音を立てた。

「誰だ？　蕎麦打ちにスマートフォンはいらないぞ」

アラシが怒った。

「すみません」

慌てて恵子がポケットからスマートフォンを取り出した。

蕎麦打ちの間は、スマートフォン禁止なのだ。それは十分に分かっているはずなのに、と春海はなんだか不吉な予感がした。

恵子はスマートフォンを耳に当て、深刻な顔になった。

電話が終わり、恵子はスマートフォンをポケットにしまった。

恵子の両方の目から涙が流れている。

「どうしたんだ？」

アラシが心配そうに近づく。春海も勇太も、他の仲間も恵子の周りを取り囲む。

「なにかあったのか？」

誠司が聞く。

「ごめんなさい。蕎麦打ち選手権に出られない。出られなくなっちゃった……」

恵子の目から涙が溢れ、止まらない。

「なんや、それ？　どないしたん」

春海は思わず関西弁で聞いた。

今日は、この後、蕎麦生地を畳んで、切って、茹でて、食べる寸前のところまでやる。もっと大事なのは、練習をしてきた蕎麦打ちを披露する選手権が、ひと月後に迫っていることだ。メンバーは四人しかいない。恵子が欠けたら、選手権に参加できない。

恵子は、顔を引きつらせるばかりで言葉を失っている。

――いったい、ぜんたい、なんやねん。

春海は恵子を見つめながら言葉にならない声で叫んだ。

第十章　貸しはがし

1

「なんでやのん」

春海は、泣いている恵子の傍に駆け寄った。

恵子は俯き、しくしくと涙を流している。

蕎麦粉のついた手で涙を拭ったせいで睫毛《まつげ》に白い塊がついている。

「恵子、話して」

春海が、恵子の顔を両手で挟み、正面を向かせる。恵子の頬が、春海の両手についた蕎麦粉で白くなった。

勇太やアラシ、それに蕎麦打ち師匠の誠司も、蕎麦打ちサークルのキーさんこと喜三郎、ポニョさんこと康夫も手を止めてじっと恵子を見つめている。

蕎麦は本のしが終わり、後は畳んで切るだけの最終工程に差し掛かっている。

蕎麦は手早く作るのが命。このまま中断すると、粉が乾いてしまう。

どうしたらいいのか。春海は、恵子の頰を蕎麦粉だらけにしたまま考える。

「大丈夫。このまま最後まで蕎麦打ちするから。終わったらみんなに話す」

恵子は、蕎麦粉で固められた目を一生懸命に開いて、春海を見つめる。

春海は、誠司を振り向き、こくりと一回、頷く。

「さあ、みんな仕上げにかかるぞ。できあがった蕎麦を食べながら、恵子さんの話をじっくりと聞こうじゃないか。それがいいじゃろう」

誠司が皆に呼びかける。

「はい」

春海がひときわ大きな声で返事をし、恵子の頰をぽんと叩く。蕎麦粉が宙に舞った。

恵子が少し、笑った。

「みんな、最後までやるぞ。いいな」

アラシが言う。

勇太が、こっそりと春海に近づく。

「恵子ちゃん、大丈夫か？　理由は分かったの」

勇太の問いに、春海は悲しそうに首を振る。

「ホテル寿のことでなければいいけど……」

　勇太が独りごちる。表情は暗い。

「恵子んちのホテルのこと？」

　春海が聞き返す。

「ああ」勇太は頷く。「後で話すよ。そんなことじゃないと思うけど」

　勇太は、春海から視線を外し、蕎麦打ち指導をする誠司に向き直る。

　春海は、勇太の言葉が気にはなったが、まずは蕎麦打ちに専念しなければならないと誠司を見る。

　恵子がいなくなれば、蕎麦打ち選手権に出場できない。今から新しい部員を勧誘して、練習することもできない。

　そんなことより、アラシの強引な勧誘からとはいえ、恵子と二人で一緒にやってきたのに、恵子抜きなら蕎麦打ち選手権に出る意味はない。

「この本のしをした蕎麦生地を切るために、八枚に畳む。いいか、今回は蕎麦が切れやすいから、打ち粉はたっぷり使っていい。まず巻き棒でこうやって、蕎麦生地を手前に巻き上げなさい」

　誠司が巻き棒を使って蕎麦生地を素早く手前に巻き上げる。

　春海は、その手つきの鮮やかさ、そして巻き棒を握る指先の美しさに見惚れる。

祖父ながら、尊敬する気持ちが湧いてくる。誠司と、祖母の弥生は昔では珍しかった恋愛結婚だと聞いたことがあるが、きっと誠司の蕎麦打ちの鮮やかさに、弥生が惚れたに違いないと思う。

誠司は巻き上げた蕎麦生地を、のし台の上で反転させる。それを左から右に半分ほど開く。

春海も同じようにする。

恵子を見た。恵子は、もう泣いていない。今まで見たこともないような真剣な表情で誠司を見つめ、その一挙手一投足を目に焼きつけようとしているみたいだ。

――えらく真剣やなぁ……。

春海は、この蕎麦を打っている時間だけが、恵子を泣かしたことを忘れさせてくれるのではないかと思った。

「打ち粉を手のひら一杯に取るんだ。それをここに置いて」誠司は、打ち粉を蕎麦生地の右下に盛り上げた。ちょうど料理屋の玄関に盛り塩がしてあるような感じだ。「こうやって蕎麦生地全体に延ばす。さあ、やって」

誠司は、右手を広げて、打ち粉を巻き棒に沿って、さっと素早く上に延ばし、最上部で右から左に手を動かし、それをまた下ろし、最下段で左から右に延ばす。

打ち粉で白い口の字を書いた。その後は、口の字が、日の字に、目の字になるように蕎麦生地全体に均等に打ち粉を延ばしていく。

春海も誠司の手さばきを見ながら、真似る。打ち粉が舞う。むせそうになるが、我慢する。ここでむせて、咳でもしようものなら、部屋中に打ち粉が舞い、霧がかかったように真っ白になってしまう。

集中しろ！　と自分に言い聞かせるが、どうしても恵子のことが気にかかる。

恵子の父、柳原安正は、寿老神温泉でも大型のホテル寿を経営している。

しかし昨今の不景気から宿泊客不足に苦しみ、経営不振に陥っている。

窮状をなんとか打開しようと、メガバンクである四菱大東銀行にすがりついた。

その答えは、支援するが、ホテル寿をパチンコやスロットなどを揃えたリゾートセンターに改築することだった。

柳原は背に腹は代えられず、仕方なくこの案を飲むことになった。四菱大東銀行は、寿老神温泉を静かな山間の温泉地からカジノ誘致まで考えた一大リゾートセンターに変えようと目論んでいたのだ。

その最初のきっかけがホテル寿のリゾートセンターへの業態変更だった。

四菱大東銀行と柳原は、リゾートセンター化に反対する勇太や春海と対立したが、寿老神温泉の重鎮たちの賛成が取りつけられず、リゾートセンター化の計画を現状では取り下げた形にはなっている。

しかし問題が解決したわけではない。ホテル寿の経営は相変わらず苦しいようだ。

春海は再び恵子に視線を向けた。

恵子は、一心不乱に蕎麦生地に向かっている。

いつもよりずっと真剣な感じがするのは、先ほどかかってきた電話の内容が、余程深刻だったからかもしれない。

春海は、巻き棒の手元を右手で握り、左手を巻き棒の中ほどを支えるようにして、右から左へとさっと蕎麦生地を動かす。

打ち粉のお陰で滑らかに蕎麦生地が滑る。巻き棒を抜き取ると、蕎麦生地が半分に畳まれている。

「畳んだ畳み目を手のひらで押えなさい。膨らんでいるからね。それでゲージで三ミリほどになっているか、確認しなさい」

誠司が指示する。

春海は、指示通り丸い円盤形の三ミリゲージで蕎麦生地の厚みを計る。

「ぴったりです」

弾んだ声で言う。

蕎麦生地の厚さが一・五ミリだから、二枚に畳んだら三ミリになるのは道理。しかしこれが意外と難しい。これが蕎麦の太さになっていく。太さで蕎麦の味が変わってしまうから、とても重大なのだ。

「蕎麦生地の手前半分に打ち粉をして反対側を手前に畳みなさい」

誠司の指示が飛ぶ。

春海は手のひらを広げて、打ち粉を蕎麦生地の手前半分に四角く丁寧に広げる。そして反対側の蕎麦生地を、両手で優しく受け止めるように掴み、手前に引き、畳む。

「蕎麦生地の右端は、きっちりと揃えるんだぞ」

誠司の指示に指先が緊張する。

勇太やキーさん、ポニョさんも息を詰めている。この右端は包丁が入るところだから、端を揃えなければならない。それに折り畳んだところがきれいに揃っていると、これはある種の「美」を感じさせる面がある。手際の良さ、仕事の美しさという「美」だ。

蕎麦打ちは、単に美味しい蕎麦を作るだけではない。それでは春海たちが参加する蕎麦打ち選手権でも、出汁を取り、汁を作り、蕎麦を試食した後に採点しなければならない。

しかし蕎麦打ち選手権では蕎麦の試食はない。それは、そこに至るまでの仕事の美しさを競うものだからだ。

「美しい仕事の結果、できた蕎麦は美味いに決まっている。汁の良し悪しではない。水で、また塩で食べようが美味い。それは仕事が美しいからだ」

誠司が、春海たちに繰り返し言うことだ。

それでは美しい仕事とはなにか。それはこうした蕎麦生地を畳む際に、端をきちんと揃えるなど、細部にまで注意が行き届いているかどうかということだろう。

「細部に神が宿る」と、誰かから聞いたことがある。

芸術は、細かいところにまで配慮してこそ生きるのだということを教えてもらった。

こうやって蕎麦打ちをすると、そのことがよく理解できる。蕎麦打ちも同じだ。細かいところで手を抜くと、すぐにそれが蕎麦の味に反映してしまう。

今度は蕎麦生地の上半分に打ち粉をする。いよいよ八枚畳みの大詰めだ。打ち粉をする指先に力が入る。変な力を入れると、蕎麦生地が凸凹になってしまう。

落ち着いて、落ち着いてと言い聞かせる。とにかく最後がなんでも一番肝心なのだから。

「さあ、畳みなさい」

誠司の合図で、手前の蕎麦生地の端を摑み、向こう側に折り畳む。この時も左右、向こう側の端に最大限に気を配る。

——細部が大事だ。

自分に言い聞かせる。

「できました」

春海が声を上げる。

「みんな、いいか。次はいよいよ切る段階だぞ」

誠司の言葉で、春海は一段と緊張する。

2

勇太は、恵子に注意を払っていた。

彼女のスマートフォンに電話がかかってきた。そして突然、「蕎麦打ち選手権に出られない」と泣き出した。

今は、落ち着いて蕎麦打ちに集中しているようだが、電話の内容はおおよそ推測がつく。

四菱大東銀行の、ホテル寿への方針が変更になったに違いない。

祖父の慎太郎が、ものすごく感激していた。なにをそんなに喜んでいるのか聞いたところ、孫の勇之介が素晴らしい上司に仕えていることを喜んでいるらしい。

勇之介の上司である東原三津五郎という部長は、「私たちは、自分たちの持てる機能で地域や会社を元気にしてこそ、社会に存在を許されるんじゃないかね」と言い、リゾートセンターを諦めきれない岸野欣二というグループリーダーをたしなめたそうだ。

慎太郎は、「あんないい部長様にお仕えして勇之介は幸せ者じゃ」と大いに喜び、料理を奮発したのだそうだ。

よかったなと勇太は思った。しかし祖父の慎太郎ほど無邪気には喜べなかった。というのは、メガバンクはすぐに人が代わる。素晴らしい人だと思っていても、一年余りで代わってしまう。

そんな素晴らしい部長なら、すぐに栄転という形で人事異動があるだろう。そうなれば方針も一新されるのが大手銀行の常だ。

そんな悲劇は、巷《ちまた》には掃いて捨てるほどある。片品信金との取引をやめてメガバンクに移ってしまった先が、担当が代わって、取引が順調にいかなくなったと嘆くのが頻繁に耳に入る。

おそらく恵子のところにかかってきた電話も、そんな内容ではないだろうか。ホテル寿は、四菱大東銀行に追い詰められているのに違いない。蕎麦打ちが終わったら、恵子の話を聞かねばならない。

「さあ、今度はいよいよ蕎麦を切る段階だ。気を引き締めていこう」

誠司の合図で、勇太は、用意したまな板に打ち粉をし、手で広げる。その上に八枚畳みにした蕎麦生地を載せた。

「蕎麦生地の上にはらはらと雪が舞うように打ち粉をしなさい」

誠司がやってみせる。

蕎麦生地の三十センチほど上から、指先で摘んだ打ち粉を蕎麦生地全体に振っていく。

恵子を見る。今までにない真剣な目つきだ。この瞬間を大事にしているように思える。

きっと、蕎麦打ちサークルでの活動を終える覚悟を固めたに違いない。

――絶対にそんなことをさせるものか。四人みんなで蕎麦を打つんだ。

もし勇太が想像している通りに、恵子を追い詰め、悲しませているのが四菱大東銀行なら、自分の手でなんとかする。信金職員としての務めを果たすと強く誓った。

「こま板で蕎麦生地を押えるんだ。まな板の中心線と蕎麦生地が、一本のラインになるように置く。こま板の枕も一本のラインになるようにしなさい」

こま板は蕎麦切りに定規として使う道具だ。平たい板の一方の端に、枕と呼ばれる角材が組み合わされている。ここに麺切り包丁を当てて蕎麦を切っていく。

誠司の姿はすっきりと美しい。とても七十七歳、喜寿とは思えない。まな板の前に立ち、体を右の方向に六十度ほど回し、手には麺切り包丁を握っている。誠司がこだわったこま板の一本のラインが、ちょうど誠司のへその辺りを貫いている。全身から余分な力は感じない。ゆったりと自然体だ。

――まるで眠狂四郎《ねむりきょうしろう》だな。

古い映画のDVDで観た市川雷蔵《いちかわらいぞう》主演の眠狂四郎が刀を構えた姿に、誠司の姿を重ねた。

「こま板の押え方が重要だ」誠司は左手を上げて拳を握った。「親指、人さし指、小指を開く」誠司が指を開いた。「折り曲げた中指と薬指の第一関節から第二関節の間をこま板の中心に置くこと。これでこま板を押えるんだ。手を開いたり、広げた三本の指だけで押えたりしないように」

誠司の指導通りに勇太も手の形を作っていく。なんだか固くなってギクシャクしてしまう。

「さて、次は麺切り包丁だ」

誠司が右手に持った麺切り包丁を、皆に見せる。

勇太も右手で麺切り包丁の柄の部分を握る。

麺切り包丁は、特殊な形をしている。刃渡りは三十センチ。一枚の刃が柄の部分で大きくカーブしており、そこに手を入れ、握る。ずっしりと重い。一キロ近くはあるだろう。

こま板に沿って垂直に刃を当て、この重さで切っていく。

「人さし指を伸ばして、小指と薬指で包丁を支えて、中指は、マチクリに当てるんだ。これで包丁を前に送るんだぞ」

誠司の指導が続く。

マチクリとは、柄の部分の指が入る一番奥のこと。刃の形状のカーブの頂点だ。ここを少し押すようにすることで、刃を前に送る。

――邪念を捨てろ。

勇太は自分に言い聞かせる。蕎麦を作ることに集中しろ。

「こま板の枕を蕎麦生地の端に合わせて、まず蕎麦生地の端を落として切り揃えなさい」

誠司の合図で、勇太は包丁をこま板の枕に沿わせて、すとんと刃を落とすように蕎麦生地の端を落とす。

ここからが難しい。

包丁をこま板の枕に沿わせる。刃が垂直になっていることを確認する。蕎麦生地に刃がそっと載っている感触を感じる。

すっと包丁を落とし、人さし指に従ってマチクリに置いた中指のほんのちょっとした力で、刃を前に送る。

刃がまな板に着地するのを確認すると、こま板をしっかりと押えつつ、枕に刃を寄せ、わずかに、そう一度か二度だけ傾ける。すると梃子《てこ》の原理が働いて蕎麦生地が顔を出す。それを切る。

トン、トン、トン……。

静まり返った室内に、蕎麦を切る音だけが響く。静寂が深まる気がする。

蕎麦は細い麺だが、太さをばらつかせて切ると茹で方に影響し、味が変わる。細ければ美味い蕎麦というわけでもない。太くてしっかりした蕎麦もある。ここでは蕎麦生地の厚さが一・五ミリだから一・二ミリから一・三ミリ幅に切る。

――言うは易《やす》し行うは難《かた》しとは、このことだな。

切るリズムに気を取られていると、調子に乗って太さがばらついてくる。

太さばかりに気を遣っていると、リズムが悪くなってしまう。これでは手早く打って、手早く食べるという蕎麦の良さがなくなってしまう。

「上手く切れているか」

誠司が声をかけていく。

誠司の手は美しい。リズムはメトロノームのように正確だ。いや、そんな無機質な音ではない。ある種の心地よい音楽だ。蕎麦生地が切られるのを喜んでいるようだ。

誠司は、一定量の蕎麦を切り終えると、麺切り包丁の刃先で払うようにまな板の上を滑らせ、蕎麦をまとめる。これをこま取りというが、軽く一握り分だ。これが一人前になる。

誠司ほどの名人になると、何回こま取りをやっても本数を数えると同じになるという。まとめられた蕎麦は、麺切り包丁の刃先を体の反対側に向け、麺切り包丁の先の部分を先回しと言うのだが、ここを蕎麦の束に差し入れる。左手で蕎麦の束をほぐす。

誠司の動きには全くの無駄がなく、勇太は見惚れてしまい、手が止まってしまった。

「おい、赤城さん、手が止まっているよ」

アラシが声をかけてきた。

「は、はい。あまりに竹澤さんの手際が美しいので、つい……」

勇太は慌てて蕎麦に集中した。

「うちの女生徒に見惚れているんじゃないんだね」

アラシが軽口を叩く。

室内に、小さく笑い声が聞こえた。

見ると、春海や恵子たち蕎麦打ちサークルのメンバーは、蕎麦を保存する生舟に蕎麦を移している。

生舟は桐製で横約五十センチ、縦約三十センチ、深さ約七センチの四角い入れ物だ。蓋《ふた》もあり、蕎麦を保存するのに適している。

勇太は後れを取り戻すように、急いで蕎麦の手元の部分を束ねて左手で摑み、右手で蕎麦についた打ち粉を軽く払う。

続いて蕎麦の先端部分を右手で摑み、手元の部分の打ち粉を左手で払う。左手で生舟を少し手前に持ち上げ、右手で優しく、蕎麦を寝かすようにして収める。

「ふう」

勇太は大きく息を吐いた。これで一通りの切りの終了だ。

トン、トン、トン……。

春海たちの残っている蕎麦生地を同じように切る音が続く。

蕎麦粉八百グラムに割り粉二百グラムを使ったので十人前見当だ。

勇太も、もう一度姿勢を正して、蕎麦を切り始める。

3

恵子は、蕎麦を食べながら蕎麦打ち選手権に出場できないかもしれない理由を話した。

蕎麦は美味い。大釜で茹でるというわけにはいかないが、室内に持ち込んだコンロに火を点け、寸胴鍋でたっぷりの湯を沸かした。

茹でるのは誠司が担当してくれた。勿論、汁も誠司が自宅で作ってくれたものだ。かつお出汁の効いた、きりりと引き締まった味だ。打ち立ての蕎麦が引き立つ。

残った蕎麦は、丁寧に包んで自宅に持ち帰ることになった。

「……というわけなの」

「それはひどい」

勇太は即座に反応した。

恵子の話によると、四菱大東銀行が突然、ホテル寿に融資している六億五千万円を引き揚げるというのだ。

理由は、リゾートセンター化という自分たちの案を了承しないからだという。

「おかしいじゃない。その案はいったん引っ込めたはずじゃないか」

勇太は言った。

勇太や春海が臨んだ、寿老神温泉の重鎮たちの会議で、勇太の町おこし案に四菱大東銀行の案は敗れた。その結果、リゾートセンター案は、一旦、撤回されたと勇太は思っていた。兄の勇之介もそれで納得していた。勿論、勇太の町おこし案が失敗に終われば、またリゾートセンター案が復活してくることはあり得る。

だからこそ重鎮たちも若い人たちも、寿老神温泉をもう一度、自然豊かな温泉郷として人々に愛されるように、祭りの準備に力を合わせているのではないか。

自然を破壊し、巨大な、俗悪なリゾートセンターを造って、もし仮に観光客が押しかけたとしても、そんなものはバブルの二の舞で、長続きしないと皆、分かっているのだ。ホテル寿の柳原だって分かっている。しかし銀行から巨額の資金を借りている以上、言いなりにならざるを得ない。忸怩《じくじ》たる思いのはずなのだ。

今、柳原は、他の旅館、ホテル経営者たちと、祭りを盛り上げるための料理のアイデアやクラウドファンディングでの返礼品のアイデアなどを、熱心に協議している。

つい最近も「寿老神温泉の人たちが、今、一つになろうとしている。こんな嬉しいことはない」と、勇太に笑顔で声をかけてくれたではないか。

「父の話では、町おこしに理解のあった銀行の部長さんが交代したんだって。すると途端に態度が変わったの。このままだと倒産してしまう。もう町にはいられない。だから蕎麦打ち選手権にも出られない……」

恵子は、暗い表情で言った。

「ひどいなぁ。勇之介君の銀行だろう？」

誠司が勇太をちらりと見る。責めているとは思いたくないが、そのように受け止めてしまう。勇太は目を伏せた。

「ねえ、勇太さん、銀行ってそんなに急に方針が変わることがあるのですか？」

春海が心配そうに聞く。

勇太は、顔を上げ、みんなの顔を見た。アラシ、キーさん、ポニョさん、そして恵子、誠司、春海の、ここにいる皆が勇太の一言を待っている。

勇太は地方の信用金庫の一職員で、兄の勇之介が勤務するメガバンクの経営方針など分かるはずがない。

しかし彼らから見れば、同じ金融機関に勤務する人間だ。もしも四菱大東銀行の経営方針に理解を示したら、片品信金も同じように突然、経営方針を変えると思われるだろう。

そう思われると、勇太が祭りのために大蛇神輿を作ったり、蕎麦打ちを習ったりしていることに疑いを持たれるのではないか。

——ちきしょう。まだ少し蕎麦が残っている。これを食い終わってからにしたいなぁ。

どう答えようかと頭を悩ませていると、無性に蕎麦が食べたくなった。自分が作った蕎麦を食べたら、皆を納得させることができる答えが浮かんでくるかもしれない。

「この蕎麦、食ってからでいい？」

勇太は春海に言った。

緊張して勇太の答えを待っていた春海は、あっけにとられたような表情を浮かべた。

「ど、どうぞ。食べてください。良かったら私のもどうぞ」

春海は、自分の蕎麦を勇太に差し出す。

「ありがとう」

勇太は、蕎麦の笊《ざる》を手元に引くと、箸で蕎麦をたっぷりと掬《すく》い上げ、汁にさっとくぐらせると、大きな音を立てて啜り上げた。あっという間に勇太の笊の蕎麦がなくなる。

「じゃぁ、お言葉に甘えて」

勇太は、春海の蕎麦の笊を手に取った。勇太は、再び大きな音を立てて、蕎麦を啜る。噛まないで飲み込んでしまう勢いだ。

「ワシのも食べるかね」

勇太の、あまりにも勢いのいい食べっぷりに驚いたのか、誠司が自分の蕎麦の笊を差し出そうとする。

勇太は、蕎麦で口を一杯に膨らませたまま、頭を横に振る。

「ふう。ありがとうございます。お腹が一杯になりました」勇太は箸を置いた。そしておもむろに立ち上がった。

春海たちは、いったいなにが始まるのだろうかと勇太を見上げた。

勇太は、春海たちを見下ろすと、「やっぱり自分たちで打った蕎麦は美味しいです。この蕎麦なら、蕎麦打ち選手権に皆さんは勝利できるでしょう。そして祭りに来た人たちも、この蕎麦を振る舞われたら大喜びされると思います。私は、この蕎麦にかけて誓います。絶対に柳原恵子さんを蕎麦打ち選手権に出場させます。四菱大東銀行の暴挙を許しません。私は戦います」と、唇を引き締め、ガッツポーズをした。

「あのぉ、気持ちは嬉しいですが、勝算はあるんでしょうか？」

恵子が、期待と不安が交錯《こうさく》したような複雑な表情を見せている。

勇太は、腰を少し曲げるようにして顔を恵子に近づけると、「私は今、怒りで一杯です。銀行の勝手な振る舞いで、人が不幸になることを許してはいけないのです。とにかく四菱大東銀行と戦います。柳原さん、蕎麦打ちをしっかりと学んで選手権に備えてください」と強く言い切った。

「は、はい。よろしくお願いします」

恵子は、戸惑いながら頭を下げた。

「よし、ここは赤城勇太さんにお任せしようじゃないか」

誠司とアラシが声を揃えた。

「お任せください」

勇太は右手で拳を作り、胸を叩いた。

勇太に、なにか特別いい考えがあるわけではなかったが、勇之介の顔が目の前に浮かんでいた。

4

翌朝、勇太は日比谷の四菱大東銀行の本店前に立っていた。

朝一番の電車で高崎に出て、そこから上野東京ラインなどを乗り継いで有楽町駅。そして日比谷まで来た。

勇之介は、こんな巨大な銀行に勤務しているのだと圧倒される。目の前には、壁面が大理石とガラスで覆われた天を衝《つ》くようなビル。そこに黒のスーツを着て、エリート然とした男たちが吸い込まれていく。

——いかん、気後れするな。

勇太は自分に言い聞かせる。

昨日、支店長の霧島に急用で休ませて欲しいと頼んだ。

あまりにも思い詰めたような顔をしていたのか、「なにかあるのか」と怪訝な表情で聞かれたが、「なにもありません。ちょっと……」と言葉を濁した。霧島はなにを察知したのか、「分かった。しかし困ったことがあれば相談しろよ」と優しく言った。勇太は涙が出そうになった。悲壮感に溢れている。否、それ以上に怒りが抑えられないのだ。

メガバンクの横暴が許せない。銀行としての役割を失っているではないか。地域の活性化のために金融機関の果たす役割は大きく、とくに四菱大東銀行のようなメガバンクの役割は、片品信金など比べようがないほどだ。それなのに一方的に貸しはがしをするなど、言語道断だ。

勇太は、勇之介に直談判するつもりで、日比谷にある四菱大東銀行の本店にやってきたのだ。

勇太の背後には、広大な日比谷公園が広がっている。大学卒業以来、東京にはめったに来ないが、都心の真ん中の緑豊かな贅沢な空間だ。

ロビーに入る。

「広《ひれ》えなぁ」

思わず悲鳴が出る。ロビーには、ずらりと円を描くように窓口がある。預金やローンなどの表示が出ているから、やっていることは片品信金と同じだと思うと、少し安心する。ロビーには客がまばらにしかいない。あまりにも広すぎて、人が小さく見えてしまう。遠くて、向こうの方が霞んでいるようにさえ感じるほどだ。

「どちらの窓口に行かれますか」

紺のスーツを着た女性が、笑みを浮かべながら近づいてきた。

「あっ、いえ、そのぉ」

勇太は突然話しかけられ、ドギマギしてしまった。

「コンシェルジュの高橋《たかはし》と申します。お分かりにならないことがあれば、なんでもお申しつけください」

胸に四菱大東銀行の、日の丸を背負った四つの菱形の行章をつけている。コンシェルジュという顧客サービス係だ。勇太が動揺して、不安そうに周囲に視線を動かしていたからだろう。

「営業推進部の赤城勇之介に会いたいのですが」

勇之介には、昨夜、会いに行くことを伝えてある。

勇之介は、なにしに来るのかと聞いたが、勇太は相談があるとだけ言った。美味い昼飯をおごるから期待しろ、と勇之介は楽しそうに答えた。ああ、分かったと勇太は気乗りしない口調になった。体の奥から勇之介に対する怒りが込み上げてきていたからだ。それをコントロールするのに必死だった。

勇之介のことは尊敬していた。幼い頃から優秀で、勉強でもスポーツでも、勇太は勇之介に敵わなかった。それでも勇之介に対して羨ましいとか嫉妬《しっと》することはなかった。それは、勇之介が正義感においても尊敬するほどだったからだ。

あれは勇太が小学二年生の時のことだった。勇之介は五年生だった。放課後、二人で学校の校庭でサッカーボールを蹴って遊んでいると、中学生が三人やってきた。卒業生だという。彼らは勇太が蹴ろうとしたボールを奪い、自分たちで遊び出した。勇太は泣き出した。急に中学生が近づいてきたので怖かったのだ。

その時だった。勇之介は、中学生に立ち向かって、「ボールを返してください」と毅然《きぜん》と言った。すると中学生の一人が「生意気言うな」と勇之介を押し倒した。しかし勇之介はすぐに立ち上がると、「返してください」とボールを持った中学生の方に進み出た。また倒された。しかしまたすぐに立ち上がり、「返してください」と進み出た。勇太はその姿を見て、勇気が出た。「返してください」勇太も大きな声を上げた。もう泣いてはいなかった。勇太と勇之介は、中学生に声を揃えて「返してください」と言い続けた。勇太は、もう怖くなかった。勇之介が一緒だからだ。中学生は、勇太と勇之介が引き下がらないので、だんだんとバツが悪く感じたのか、「うるせえなぁ」と言ってボールを遠くに蹴った。ボールは転々と校庭の隅に向かって転がっていった。勇太と勇之介は、一緒に体を反転させ、ボールに向かって駆け出した。二人してボールに追いついた時、振り返ると、中学生の姿はもう見えなかった。勇之介は言った。「あんなことをする奴は許さない」と……。

今、勇之介の勤務する四菱大東銀行は、あの時の中学生と同じだ。恵子の幸せや、自分たちが寿老神温泉を活性化させようとする努力を、身勝手にも奪い取ろうとしているのだ。

ところが悲しいことに、勇之介は、あの時の中学生の側に立っている。勇太一人で中学生に立ち向かわねばならない。勝算はない。しかしやるだけやるしかない。ひょっとしたら勇之介が昔のように「あんなことをする奴は許さない」と一緒に戦ってくれるかもしれない。

「営業推進部は本部の六階にございます。このコリドーをまっすぐにお進みいただきますと、本部の受付がございますので、そちらでご用件をお伝えくださいませ」

コンシェルジュの高橋は、にこやかな笑みを浮かべ、コリドーと称する広い大理石の回廊を指さした。さすがにコリドーというだけのことがある。通路の左右には、彫刻が並んでいる。きっと有名な人の作品なのだろう。

「ありがとうございます」

勇太は、高橋に礼を言い、コリドーを歩く。

あまりにも豪華な通りで、一歩踏み出すごとに気後れがひどくなる。春海たちに大見得を切ったけれど、上手くいかなかったらどうするんだ、期待させただけ問題ではないかという後悔の気持ちが強くなってくる。

「あのぉ、営業推進部の赤城勇之介をお願いします。あっ、はい。約束してあります」

受付の女性に用件を伝える。

彼女も笑顔だ。先ほどのコンシェルジュの高橋も笑顔だった。たくさんの笑顔が溢れているのに、どうして貸しはがしなどという冷たいことをするのだろうか。どの笑顔も偽物だとは思いたくはないのだが……。

「ただいま連絡をお取りいたしますので、あちらで少々お待ちください」

受付の女性に促されて、受付に備え付けてあるソファに腰掛ける。

勇之介に、まずなにを言おうか。この人でなし！　貸しはがしはやめろ！　などというきつい言葉で始めた方がいいだろうか。

「勇太さん」

突然、後ろから声をかけられる。

「えっ」

勇太が振り向いた。

「えーっ、どうしたの」

勇太の目に飛び込んできたのは、春海と恵子だった。

「心配だからついてきちゃいました。あかんかったですか」

春海が屈託なく笑った。

「私の問題だから」

恵子も笑みを浮かべている。

勇太はなんだか嬉しくなった。

「よく分かったね。僕がここに来るのを」

「朝、駅で見かけたんです。それで恵子とつけてみようということになって」春海が恵子と目配せする。「学校へはちゃんと届けてあります。無断で休んだのと違います」

「ならいいけど。今から兄に会うんだ」

「そうだと思いました。勇太さん、きっと四菱大東銀行に乗り込んでいかれるんやないかって……」

春海は小さく頷いた。

「読まれていたんだね」

勇太は照れ笑いした。

「それにしても大きいなぁ。さすが本店」

恵子が天井に顔を向ける。

「赤城様、赤城様」

受付で呼んでいる。

「はい」

勇太は立ち上がり、受付に急ぐ。

「すみません。面会の人数が増えました」勇太は春海と恵子に振り向く。

「承知しました。ではこの入館証をつけて、あちらのエレベーターで六階にお上がりください」

受付が、来客用の入館証を三個渡してくれる。急に制服姿の女子高生が二人も現れたのだ。受付はやや戸惑いながらも、妹かなにかなのだろうと思ってくれたのか、素直に許可してくれた。

「さあ、行こうか」

勇太は、春海と恵子に声をかけた。少し元気が出てきたような気がする。というよりも、もう後戻りをしないと覚悟を決めたのだ。戦いのゴングが鳴った。

「ほな、行きましょか。恵子、気張らなあかんで」

春海が関西弁で気合を入れ、恵子の手を握った。

5

勇之介との面会は、最初から緊張した雰囲気で始まった。

勇之介が六階のエレベーターホールに迎えに来てくれていた。

ドアが開き、勇太たちがフロアに姿を現した途端に、勇之介の表情が変わった。

それまではにこやかにしていたのだろう。勇太の背後に春海と恵子がいるのに気づいた瞬間に「ふう」とため息をついた。

「勇太に美味い鰻をご馳走しようと思っていたんだけどな」

勇之介は勇太に近づきながら言った。

「悪いね、今日は鰻をご馳走になるわけにはいかない」

「そのようだな」

勇之介は春海と視線を合わした。その表情に苦い微笑が浮かんだ。

寿老神温泉の重鎮たちとの協議の際、それまで順調に進んでいた勇之介のリゾートセンター計画を覆《くつがえ》したのは、春海の「反対です」という発言だった。そのことを思い出したのだろう。

「ようこそ四菱大東銀行本店へ。後で中をご案内しましょうか？」

勇之介は春海に近づいた。

「結構です」

春海は、勇之介を見上げ、きつい視線で睨んだ。

「そうですか……」勇之介は悲しそうな表情で勇太に向き直り「今日の用件は分かっている。会議室に行こうか」と言った。

「はい」

勇太は頷き、「行きましょうか」と春海と恵子に告げた。

春海と恵子は目を大きく見開き、唇を引き締め、強張った表情で小さく頷く。

勇之介は廊下を黙って歩き、会議室No.1と表示してある部屋のドアを開けた。入り口のところのボタンを押すと、「使用中」のランプがついた。

「どうぞ。中に入って待っててくれるかな。今、僕の上司を連れてくるからね」

勇之介は言い、その場から姿を消した。

勇太たちは中に入った。テーブルがあり、その周りにいくつかの椅子が並んでいる。窓際には電子白板がある。

「へぇ、ここで会議をしてるんだ」

春海が浮き浮きした様子で窓際に近づき「ねえ、恵子、来て、来て」と声を上げた。

「なあに、なにか見えるの？」

恵子は重苦しい様子で椅子から立ち上がり、窓際に行く。

「あれ、国会議事堂やないの？　東京って久しぶりに来たけど、ビルが高いわぁ」

「どれどれ？」

恵子が春海の視線の方向を見る。

「国会議事堂、初めて見た」

恵子も窓に顔を寄せる。

青空を背景に、白い石造りの国会議事堂が見える。

「右手が日比谷公園で、その向こうが皇居。左手に東京タワーは見えるかな」

勇太が言うと、春海と恵子は慌てて窓に顔をつけるようにして左の方向を見る。

「あかん、見えへんなぁ。東京タワー、まだ上ってないねん」

春海が言う。

「私、一回、ある。お父さんに連れてきてもらった」

「でも今はスカイツリーやろか？　勇太さん、スカイツリーは見えないんやろか」

春海は、ここに来た目的を忘れてしまったかのように楽しそうだ。

「スカイツリーは、ここからじゃ見えないなぁ。浅草の方だから。反対側の会議室からだったら見えるかもしれないけど……」

勇太が困惑した表情で答える。

「会議室、移してもらおかなぁ」

春海が言った。

「今日は東京見物に来たのではありません」

恵子がきっぱりと言った。

「ごめん、ちょっと緊張をほぐそうと思っただけやもん」

春海が、ばつの悪い表情で椅子に戻る。

ドアが開いた。勇太たちは椅子から離れ、立ち上がった。

「皆さん、お揃いで、ようこそ四菱大東銀行へ」

突然、甲高い声で、痩せた陰気そうな男性が入ってきた。表情は笑顔だが、目が全く笑っていない。

勇太は、その男性に見覚えがあった。勇之介が発表する際、なにも発言せず、控えていた男性だ。

「私の上司で、営業推進部第三グループのリーダー岸野です」

勇之介が男性の背後に控えて、紹介した。

「岸野です」

名刺を差し出す。勇太はそれを受け取り、自分の名刺を出した。岸野は勇太の名刺を片手で受け取ると、口角を軽く引き上げ、「ふん」と鼻で笑い、そのまま勇之介に渡した。

「まあ、お座りください」そう言いつつ、岸野はさっさと座る。

勇太たちは、岸野、勇之介に対峙《たいじ》する形で座った。

「女子高生を前にしてコーヒーでいいかなとも言えないので、なあ、赤城君、お二人のお嬢さんにはオレンジジュース、私たちや君の弟さんにはコーヒーを取ってくれないか」岸野は勇之介に指示すると、「それでいいですか」と勇太たちに聞いた。

岸野は、他人の意見を聞かないでなんでも自分で進めるタイプのようだ。勇太たちは、頷くしかない。

「赤城君、それじゃそこの電話で喫茶室に頼んでくれたまえ」

岸野に命じられ、勇之介はすぐに立ち上がると、会議室にある電話の受話器を取り、幾つか並んでいるボタンを押した。喫茶室に直結しているようだ。

注文を終えると、勇之介は再び岸野の隣に腰かけた。

勇之介は寿老神温泉の実家に帰ってきた時は、右のものを左にも動かさない。

それにも拘らず、岸野の指示で素早く動いているのを見て、勇太は感心すると同時に少し哀れさを覚えた。勇之介のなんとなく浮かない表情もそういう気持ちにさせた原因だ。

「今日、こちらに参り……」

勇太は口を開いた。

「ああ、いいよ。なにもかも分かっているから」

岸野は勇太を制した。

「えっ、あのぉ」

勇太は突然の制止に動揺した。言いたいことを何度も頭の中で反芻《はんすう》してきた。

自分の怒りをどう伝えればいいのか。ただ怒りをぶつけただけでは話し合いにもならない。いろいろとシミュレーションを繰り返していたのだ。

「ホテル寿の件だろう」岸野が突き放したように言う。「タバコいいかな。電子タバコだから水蒸気は出るけど、煙は出ないから。君は吸わないのかい？」

岸野はポケットから電子タバコを取り出し、口に咥えた。そして気持ち良さそうに煙のような水蒸気を吐き出した。

「吸いません」

勇太は込み上げる怒りを抑えた。

ドアが開き、喫茶室のウエートレスがコーヒーとオレンジジュースを運んできた。それらを各自の前に並べ終えると、「伝票にサインをお願いします」と勇之介にサインを求め、部屋から出て行った。

岸野は、コーヒーを飲み、満足そうに目を細めた。

勇太も春海も恵子も、コーヒーにもオレンジジュースにも手を付けない。緊張した表情で岸野を見つめる。

「結論から言うとね。ホテル寿の融資は引き揚げさせてもらうことになった。悪しからず」

岸野は勇太の目を見ることもなく、電子タバコをふかしている。

「なぜですか？　あの時の会議であなた方も寿老神温泉の町おこしを見守るとおっしゃったではないですか」

勇太は冷静に話しているつもりだが、語気が少し強くなる。

「君たちのせいだよ」

岸野が電子タバコを勇太、春海、恵子に向ける。

「せっかくホテル寿の再建と、寿老神温泉の活性化のグッドアイデアを提示したのに、君たちが拒否したんじゃないのかね」

「私たちは、静かな自然に囲まれた寿老神温泉の良さを保つのにリゾートセンターは不要だと申し上げたのです。ホテル寿の柳原社長も他の重鎮の方々も、今は祭りの準備で大忙しです。そんな時に、あなた方は貸しはがしをするんですか」

勇太はちらっと恵子の方に視線を向けた。

「貸しはがしとは人聞きの悪いことを言いますね」岸野は、電子タバコをふかすと、「あなたは覚えているよ。反対だって声をあげたお嬢さんですね。こちらは?」と恵子を見た。

「わ、私、私は、柳原恵子です。ホテル寿の社長、柳原安正の娘です」

恵子は思い詰めたように言った。

「あらぁ」岸野は、目を大きく見開き、大げさに体を反らした。「お父さんのことで娘さんが来られたの。これはこれは……。社長、失礼お父さんに頼まれたの? 銀行に行ってお願いしてきてって」

岸野は、揶揄《やゆ》するような口調で言った。

「お父さんは、ここに私が来ていることは知りません。私の判断で来ました」

恵子は言った。

「私たちは、寿老神温泉をなんとか元気にしたい、それだけです。その思いだけでここに来ました」

春海も強く言った。

「なんとも健気《けなげ》なことだよね。なあ、赤城君。君の故郷の人はいい人が多いね」

岸野は、勇之介に冷たい視線を向けた。

勇之介は「はあ」と返事ともため息ともつかない声を発して、視線を落とした。

「ホテル寿の融資を引き揚げるのをやめてください。あなた方も、私たちの祭りが成功するように協力してください。あの会議での約束を守ってください」

勇太は岸野に迫った。

岸野は、急に真面目な顔になって「ダメだ」と強い口調で言い切った。「あの時は、君らに押し切られたがね。今、銀行はマイナス金利で収益が厳しい。ホテル寿が私たちの提案を受け入れないなら、これ以上、不採算な融資を継続するわけにはいかない。株主の利益に反することになるからね。それにね……」岸野は、再び電子タバコをふかし、にやりと薄ら笑いを浮かべると「部長が代わってね。前の部長はね、あなた方に同情的だったけど、今度の部長はね。これ」岸野は体の正面で腕をクロスさせ、「×」印を作った。「我々はサラリーマンでね。上の言うことには従わないといけないのさ。ねえ、赤城君」岸野は勇之介の顔を下から見上げるように見た。いかにも勇太たちを小バカにしている様子がありありだ。

バン！

突然、テーブルが大きな音を立てた。

「な、なんだ」

岸野が反射的に体勢を崩し、目を見張った。

勇太が、テーブルに根が生えたように両手をつき、岸野を睨んでいる。

「文句があるのかね。決定だよ。儲からない融資はさっさと引き揚げるんだ。それが銀行だよ。君も銀行員なら分かるだろう？　ああ、君は信金職員だったね」

岸野の目がわずかに怯えながらも不遜《ふそん》な笑みを浮かべている。

「分かりません！　私には分かりません！　あなたはクズだ。あなたは銀行員のクズだ。四菱大東銀行は銀行のクズです」

勇太は岸野を睨みつけ、激しく言い切った。

「勇太！」

勇之介が立ち上がった。

「兄がお世話になっているから、素晴らしい銀行だと思っていました。しかし企業を育てることもせず、地域を育てることもせず、ただ儲けるためだけに融資をする。そんな銀行はクズです。この世の中に不要です」

「なんだと！　訂正しなさい」

岸野が勇太を指さして怒鳴った。

「訂正しません。銀行とは儲けるためだけにあるのではありません。社会に貢献するのも重要な役割です。だから政府の認可が必要であり、管理監督もされているのです。その役割を果たさず、地域経済を衰退に追い込もうとするのは許されません。だからクズだと申し上げたのです」

勇太は堂々とした口調で言った。

「勇太、もうやめろ。決まったことだ」

勇之介が必死で言う。

春海と恵子は、黙って勇太の様子をじっと見つめている。

「兄さんには悪いけど、俺は、許せない。こんなことを平然とするような銀行は、世の中に存在してはいけないと思う。そしてあなたもクズだと思う。本気でホテル寿のことを、寿老神温泉のことを考えましたか？　それらが良くなればいいと考えましたか？　銀行の力でみんなが幸せになればいいと考えましたか？　ただ自分の銀行の目先の利益だけを考えたのであれば、あなたは銀行員失格です」

勇太は、ぐぐっと顔を岸野に近づけた。

「おい、赤城勇太とやら、そこまで私をクズ呼ばわりするなら、お前の信用金庫でホテル寿を再建しろ。うちの融資を肩代わりしろ。できないなら偉そうに言うな。たかが田舎の信金風情が、なにを吠えているんだ。なにもできないくせに偉そうに言うな！」岸野は唾が飛ぶほど強い口調で言い、勇之介に顔を向け「君の弟はクズとバカが一緒になったようなできの悪さだな」と吐き捨てた。

「岸野さん、そんな……」勇之介は情けない表情を浮かべ、勇太に向き直り「謝れ、勇太。岸野さんに謝るんだ。ホテル寿はたちまち倒産するぞ」と言った。

「やります」勇太は言い切った。

「なんだと？」

岸野が言葉を詰まらせた。

「やると言っているのです。片品信金がホテル寿を支援します。あなたがたの融資を肩代わりします。それなら文句ないでしょう」

勇太は不敵な笑みを浮かべた。

「できるものならやってみろ。田舎の信金になにができる」

岸野が毒づいた。

「帰ろやない！　帰ろ！　こんな銀行におったら心が腐ってしまうわ」

春海は立ち上がって、グラスのオレンジジュースを一気に飲み干した。

「ジュースは美味しかったわ。ごちそうさんでした」

春海はグラスをテーブルに置いた。

「帰りましょう。私、どんなことがあってもホテル寿を守りますから」

　恵子も立ち上がった。

「やれるものならやってみろ」

　岸野はあくまで毒づく。

「やります。私たちの寿老神温泉は、私たちが守ります。あなた方の勝手にはさせませ
ん」

　勇太は、春海と恵子に目で合図をし、二人を従えて部屋の入り口まで歩き、ドアノブに
手をかけた。

「勇太……」

　勇之介が、勇太に声をかけた。

　勇太は振り向いた。

「兄ちゃん、さようなら。俺たちは俺たちの手で故郷を守るから」

　勇太はドアを大きく開いた。勇太が廊下に出ると、春海と恵子も従った。

「あの野郎。絶対に許さん。やれるものならやってみろ。赤城、すぐに融資を回収するん
だ！」

　岸野の怒鳴り声が勇太の後ろで聞こえる。勇太は、「よしっ」と自分に掛け声をかけ、
拳を握りしめた。

最終章　寿老神温泉は不滅です

1

片品信金の理事長室は、沈黙の海の底にあった。重苦しい空気に満ち満ちており、誰もが眉根を寄せている。時折、聞こえるのは誰かが発するため息だけだ。

理事長の横尾、副理事長の北添、寿老神支店支店長の霧島はそれぞれ腕組みをし、ソファに深く腰掛けている。

その視線の先には今日の主役である勇太が肩を落とし、力なく項垂《うなだ》れて立っている。

その傍には春海と恵子がこれまで見たことがないほどの険しい表情で立っている。まるで勇太を守るかのようだ。

「それで赤城君はメガバンクである四菱大東銀行の幹部行員にクズと言ったのかね」

横尾が腕組みをしながら渋い顔で言った。

「君ねぇ、なんてことを言ったんだね。人格攻撃をしてはいかんだろう。相手はメガバンクだよ。どんな仕返しをしてくるか分からんじゃないかね」

北添が弱り切ったという顔で勇太を見上げる。

「しかしですね、理事長。赤城君は義憤に駆られて行動したわけでして……。その心情は察して余りあるといいますか……」

霧島が額に汗をにじませながら必死で弁護する。

「あのぉ、勇太さんは悪くないです。お兄さんに会いに行ったら……」

春海が口を挟む。

「君ね、君はいいの。高校生だから。今は、大人の話だからね」

北添が遮る。

「でも……もともとは蕎麦打ち選手権に恵子が出られないということが原因なんです。ねえ、恵子」

「うん、勇太さんは私や私のお父さんを守ろうとして……」

恵子が鼻をぐずらす。

「だからね、みんな聞いて分かりましたから、ちょっとね、今は大人の話なので……」

困惑した顔で北添が話す。

「理事長、約束を破ったのは四菱大東です。彼らは祭りが成功するまでリゾートセンター化のプランを棚上げにすると言っていたのですから」

霧島が横尾に迫る。

「しかしねぇ、クズと言ったんでしょう。これからすぐに柳原社長がここに飛んでこられますけどね。相手さんは、即刻、融資を引き揚げると言ってカンカンですって」

北添が眉を八の字にする。

「父がここに来るんですか」

恵子が目を見張る。

「来られますよ。もうすぐね。おそらくもう着かれた頃でしょう」

北添が耳に手を当てる。「ほら、廊下を走る音が聞こえますでしょう？」

北添の話に促され、勇太は廊下の方を振り向いた。

誰かが走る音が聞こえる。その音は、だんだんと大きくなり、理事長室の前で止まった。

激しくドアが開いた。

「理事長！　なにをしてくれたのですか」

息も絶え絶えに柳原が飛び込んできた。

横尾が立ち上がった。北添も霧島も立ち上がる。

「まあまあ、落ち着いてください」

横尾が右手を差し出し、柳原の興奮を抑えるように上下させながら言う。

「これが落ち着いていられますか」柳原の目が吊り上がっている。「おい、君、いったいなにをしたんだね」

柳原が勇太に近づき、手を上げる。勇太は無言で唇をかみしめて柳原を見つめる。

「お父さん、やめて」

恵子が柳原に飛びつく。

「お前、学校は？　なんでこんなところにいるんだ」

今度は恵子に向かう。

「今回のことはみんな私が悪いんだから」

恵子が泣き出す。春海が恵子の肩を抱き、体を支える。春海は柳原を睨んでいる。

「まだお話を聞いておられないんですね」

北添が柳原に近づく。

「聞くもなにも……。先ほど、四菱大東銀行の岸野リーダーから猛烈な抗議の電話がありまして、今からそちらに行く。融資している資金は、すぐに耳を揃えて返してもらう。詳しいことは片品信金の赤城勇太というバカな職員に聞け。あの男のせいでなにもかもめちゃくちゃだ。お宅もお終《しま》いだね。どうにかして欲しけりゃ片品信金に肩代わりしてもらえ……。こんな電話ですよ。びっくりして、もう椅子から落ちてしまいましたよ。それでここに駆け付けたってわけです。彼がなにかしたんですか」

柳原が勇太を指さす。

「まあ、落ち着いてください。説明しますから」

霧島が宥《なだ》める。

「うちにもその岸野という人から抗議の電話がありましてね。それで今、このような会議をしているようなことでして」北添が薄《うつす》ら笑みを浮かべて言う。彼なりに柳原の興奮を抑えようとしているのだが、なんとなくニヤニヤしているように見えてしまうのは残念だ。

「副理事長、笑っている場合じゃないです。うちは六億五千万円をすぐに耳を揃えて返せと言われているんですよ。返せるわけがない。赤城さん、あんた、なにをしたんだね」

柳原は勇太を睨んだ。

「まあ、柳原さん、落ち着きなさいって。赤城君はね、あなたのところのためにやったことなんだ」

横尾がソファに座る。

柳原も横尾の前に座った。

「なにをしたんですか？　理事長？」

柳原が聞く。

「四菱大東銀行があなたのホテルに借金の返済を迫っている、まあ、貸しはがしだな。それをお嬢さんから聞いて、怒って、乗り込んでいったのだよ。それで岸野とかいう幹部に

『銀行員のクズ』と言い、全部、片品信金で肩代わりすると宣言してしまったんだな。向こうさんにしたらやれるもんならやってみろというわけだろう。もうすぐ、うちにも来るようだよ」

横尾は平然と言った。

「えっ、ここに来るんですか」

柳原が驚いた。

「ああ、相当頭に来たようだからね。なにせ『銀行員のクズ』だから」

横尾は顔をしかめた。

「赤城君」柳原は勇太を見た。「君のその不用意な発言でうちは大変なんだ。確かに返済を迫られている。しかしまだなんとか交渉の余地があったかもしれないんだ。でももうどうしようもない。君は、自分の発言に責任を取れるのかね」

柳原の発言を黙って聞いていた勇太は、一歩、前に踏み出した。そして直立の姿勢を取った。

「ご迷惑をおかけしましたが、私は間違ったことをしたり、言ったりしたとは思っておりません」

勇太ははっきりと言った。

「赤城君、反省、反省しなさい。もう、しようがないなぁ」

北添が表情を曇らせた。

「ホテル寿のことも、寿老神温泉のことも、なにも考えない四菱大東銀行やあの岸野というリーダーは本当に銀行員としてクズだと思ったのでそう言いました。後悔していません。理事長」

勇太は横尾に向き直った。

「なんだね、赤城君」

横尾は勇太を見つめた。表情が和《やわ》らいでいる。

「ホテル寿をうちで支援しましょう。私、言い切っちゃいました。お願いします」

勇太が頭を深く下げる。

「ダメだ！」

横尾が大声で言った。

勇太は顔を上げ、驚きの顔で横尾を見た。

「ダメなんっすか」勇太は怒りに顔を真っ赤にした。ため口にもなった。「日ごろから地域のための金融機関と言っているのは嘘なんっすか！」

勇太が横尾に駆け寄ろうとする。

「赤城！」

霧島が必死で止める。

横尾が立ち上がった。そして勇太を見つめた。「と、言ってもなんとかしないといけないだろうな。片品信金はクズじゃないからな」にやりとする。

「理事長っ！」

勇太はその場に崩れ落ちる。両手を床につけ、「お願いしまっす」と叫んだ。

「分かった！　やるか！　それにしても」横尾は柳原を見て「結構な金額を借りたものですな。うちと取引している時は、そんなでもなかった」と厳しい表情になった。

「はぁ」柳原はため息をついた。「言われるままに借りて、投資していたらこんなになってしまいました。借りないと、取引を切られるんじゃないかと思いましてね。この娘《こ》が結婚してホテルを継いでくれるまで頑張ろうって思っていたのが、仇《あだ》になりました」柳原が恵子を見て、涙を溢れさせた。

「お父さん……」

恵子が柳原に抱きついた。

「理事長、これだけ膨らんだ融資を肩代わりしてくれるのですか」

柳原が切なそうな表情をする。

「そうですな。お宅が潰れると、うちもアウトですな。ははは」

横尾が声に出して笑う。

「理事長、そんな悠長な……」

北添が思わず顔をしかめた。

「もう少ししたら銀行員のクズどもがやってくる。彼らの態度も見てみましょう。それからじっくりと対策を練りましょうかね」

横尾がなにやら思案げな顔をした。

勇太は、ここで片品信金が踏ん張れるかどうかに、自分自身の将来がかかっているという覚悟だった。もしホテル寿を支援できないなら、退職する道を選ぶ覚悟だ。

「勇太さん、大丈夫やろか？」

春海がこっそり近づいて囁く。

「理事長を信じるさ」

勇太は力強く言い、春海の手を握った。

2

彼らはやってきた。まずはホテル寿に行ったのだが、社長の柳原が不在で、片品信金本店にいると聞き、車を回してきたのだ。

理事長室に入ってきたのは、営業推進部長の大黒昌夫《おおぐろまさお》、グループリーダーの岸野、そしてあろうことか勇之介も一緒だ。

東原の後任が、どうやらこの大黒のようだ。東原は、祖父の慎太郎ができた人だと褒めているのを勇太は聞いたことがある。

大黒はどうなのだろうかと思って見ているが、メガバンクの執行役員という割に貫禄はない。

細身の体で首も細く、その上にえらの張った大きめの頭が載っている。髪の毛は丁寧な七三分けだ。なにかに似ているなと考えていたが、あっと気がついた。

――豆もやし！

勇太は、声が出そうになり慌てて口を塞いだ。

黒い眼鏡の奥で意地の悪そうな目が勇太を睨んだ。子供の頃から勉強ができたのは分かるが、人への優しさは学ばなかったようなタイプに見える。

「どうも四菱大東銀行の大黒と申します」

大黒は、まっすぐに理事長のところに歩み寄って、名刺を渡す。

「わざわざこんな遠いところまでご足労おかけしまして申し訳ございません」

横尾は低頭し、自分の名刺を渡す。

岸野と勇之介は、大黒の背後に控えて軽く低頭した。

大黒は、室内にいる北添などには全く目もくれない。勿論、挨拶もしない。なんだか最初から態度が傲慢《ごうまん》だ。

「まあ、お座りください」

横尾がソファに座るように勧める。

大黒は、ぐるりを見渡し「やめておきましょう」と言った。「これだけ多くの人に囲まれてソファに座っているとなにが起きるか分かりませんからね。ははは」

「そうですか。ではご用件を承りましょうか」

横尾も立ったまま話す。

「こちらの職員の方が、我が行及びこちらの岸野を大変に侮辱されたとか」大黒はじろりと勇太を睨む。岸野も同様にする。勇太が睨み返す。「まあ、それはいいとしまして、私どもがご融資申し上げているホテル寿様への六億五千万円を肩代わりしていただけるとか……。その件で参りました」

冷たく笑う。

「これまでの経緯はご存知ですか？」

横尾が冷静に聞く。

「経緯とは？　前任者からはなにも聞いておりません」

「そうですか」横尾の目が光る。「では簡単にご説明しましょう。元々はあなた方がこちらの柳原社長のホテル寿をリゾートセンターに変えようとされたところから始まりました。今、寿老神温泉は町を挙げて祭りで町おこしをしようと頑張っています。そこでその成果を見るまでその計画を棚上げしようという合意に至ったのです。ですから突然、融資の肩代わりを申し出られても、こちらは困るわけです。私どもの職員の失礼な発言は謝りますが、原因はあなた方の突然の貸しはがしにあるのです」

勇太は横尾が一歩も引かずに淡々と話す態度に感動を覚えた。

「突然の貸しはがし？ 失礼ですな。私どもは、ここにおられる柳原社長と融資の返済について長い間、検討を重ねてきたのです。その結論が返済を求めるということです。今なら事業の売却などでなんとか柳原社長の自己破産だけは免れるかもしれません。こんな寂れた温泉地であれほどの規模のホテルは不要でしょう」

冷たく言った。

「自己破産、寂れた温泉地……。うっうっ」

柳原が突然うずくまる。

「お父さん、大丈夫？」

恵子が柳原の体を支える。

「ああ、大丈夫だよ」

柳原が大黒を睨む。息が荒い。

「寂れた温泉地なんて……。訂正してください」

勇太が大黒に迫る。

「ははは」大黒は笑う。「寂れた温泉地を寂れたと言ってなにが悪いのかね。今、日本中の温泉地が衰退しつつあるんだよ。景気がいいのは、インバウンドで外国人が来る箱根など有名どころだけだよ。今更、なにをやっても手遅れだ。目を覚ますんだね。リゾートセンターにすれば、多くの人が来る。融資をそのままにして欲しければ、リゾートセンター化のプランを飲むことです」

大黒は、痩せた体に似つかわしくない大きな声で言う。

「なんてことを言うのですか。みんなが町を盛り上げようとしているんですよ」

春海が怒って大黒の前に進み出た。

「ここはあなたのような若いお嬢さんの出る幕じゃないよ」

岸野が春海を制する。

勇之介は、じっと頭を下げたままだ。辛そうに見える。勇太は、兄貴の銀行、ちょっとブラックじゃないのと言いたくなった。

「失礼ね」

春海がぷうっと頬を膨らませて引き下がる。

「大黒さん、あなた、金融庁の主要行等向けの総合的な監督指針をご存知ですか」

横尾が聞く。

「ええ、まあ」

大黒の表情がわずかに強張る。

「金融仲介機能の発揮という項目にこう書かれています。いいですか」横尾は目を閉じると「金融機関は、地域経済の活性化及び地域における金融の円滑化などについて、適切かつ積極的な取組みが求められることに留意する必要がある。またこのようにも書かれています。事業者の事業の再生又は地域経済の活性化に資する事業活動を支援するに当たっては、地域における総合的な経済力の向上を通じた地域経済の活性化及び地域における金融の円滑化に資するよう、地域経済活性化支援機構との連携を図るとともに、自らも円滑な資金供給や貸付けの条件の変更等に努めているか、とね。地域経済活性化支援機構は、地域で過大な債務に苦しんでいる有用な企業を支援する目的で設立されたものですがね」横尾は目を開けた。「あなた方はこの金融庁の指針に反しているではないか！」横尾は激しい口調で言った。

「ううう、なにを……融資判断は総合的に……」

大黒はたじろぎ言葉に詰まった。

「なにかと言えば総合的判断だ。そんな逃げ口上を言うんじゃありません。ちょっと待ちなさい。今、金融庁の横尾忠徳《ただのり》長官に電話しますから」

横尾は、理事長の机の上の電話の受話器を持ち上げた。スピーカーフォンのスイッチを入れた。これで電話の内容が室内の全員に周知される。

いったいどこに電話をするのだろうか。

金融庁の横尾長官？　横尾……。同じ姓じゃないか。

勇太は横尾の行動に目を見張る。

大黒は、豆もやしの豆の部分である頭をふらふらとさせている。頭と髪の境目から、汗が流れている。

横尾長官と聞いた時に、緊張で蒼ざめたのだが、今は冷や汗を流している。しかし汗の流れ方が不自然だ。

「こんなことはしたくはなかったのだがね。個別の案件に金融庁長官を引っ張り出すのは申し訳ない。しかし余りにもあなた方が」横尾は大黒を睨んだ。「メガバンクらしくないから仕方がない。横尾長官は、私の甥《おい》っ子なのだよ。この監督指針作成には私もアドバイスしたんだ」横尾が電話番号を押す音が聞こえる。

大黒の汗がひどくなる。頭髪が少し浮いたように見える。

「あっ、長官、忙しいところすみません」

横尾が受話器に向かって大きな声を出す。

〈どうしたのですか？　おじさん〉

スピーカーフォンから男性の声。横尾長官なのか。

「いやぁ、こんなことを言うのも申し訳ないがね、四菱大東銀行の大黒昌夫営業推進部長と話しているんだが……」横尾は、ホテル寿のこと、地域活性化の祭りのこと、貸しはがしのことなどを要領よく説明する。「……というわけだ。長官の考えが全く四菱大東銀行には徹底されていないじゃないか」

〈おじさん、申し訳ありません。今、そこに四菱大東銀行の大黒さんがいらっしゃるのですか〉

「ああ、いらっしゃるよ」横尾は大黒を横目で見る。

勇太の目から見ても大黒は顔色が悪い。汗が尋常じゃなく流れている。ますます頭髪が浮き上がっている。カツラ？

傍にいる岸野もそわそわと落ち着かない。勇之介は、浮かない表情で二人を見つめている。

〈大黒さん〉

「は、はい」

かわいそうなほど足が震えている。

〈金融庁の横尾です。個別の案件に関与するようなことは好ましくないのですが、横尾理事長のお話を伺った限りにおいては、あなた方は私の考えをよくご理解されていないようですね。今、金融機関はその存在意義が問われている時代になっています。あなた方のようなことをしていると『クズ』と言われて、世の中から完全にスポイルされてしまいます

いる。

全員の目が大黒の頭髪に注がれた。丁寧に七三に分けられた前髪が、頭の後ろになって
勇太の隣で春海が両手で口を押えた。笑いを堪《こら》えている。

「うふっ」

大黒がその場に尻もちを搗《つ》く。その反動で頭髪がくるりと回転した。

「ク、クズ……」

よ〉

笑えない。人のことを笑ってはいけない。しかしおかしい。勇太も口を両手で押え、笑いを堪える。苦しい。

勇之介が、平然とした様子で大黒に歩み寄り、「部長」と言い、頭髪をくるりと回転させ、元通りにした。大黒が頭髪を押える。

勇之介が大黒の体を抱えて起こした。

勇太は、その落ち着き払った様子を見て、『すごい、やっぱ、兄ちゃん』と思った。ようやく笑いが収まった。

〈今こそ、銀行、特にメガバンクの役割が地域活性化に期待されているのです。大黒さん、分かりましたね。私から頭取の藤野《ふじの》さんによく申しあげておきます〉

淡々とした口調で横尾長官という男が話す。

「と、頭取！　ひえっ」

大黒は鋭い悲鳴を上げ、勇之介の胸に崩れ落ちた。豆もやしの豆が落ちた感じだ。

「ありがとう。また寿老神温泉に来てくれ。祭りは十月だよ」

〈分かりました。必ず伺います〉

電話が切れた。横尾が受話器を置き、気を失ったように勇之介に抱えられた大黒を見つめている。

岸野も呆然《ぼうぜん》として力なく立っている。

「部長、リーダー、引き揚げましょう」勇之介は大黒を抱えたまま言った。「皆さん、お騒がせしました。皆さんの祭りが成功するように我が四菱大東銀行も協力し、ホテル寿を支援します。この寿老神温泉出身の赤城勇之介がお約束します」勇之介は深く頭を下げた。

「頼みましたよ。君の故郷を守るためにもね」

横尾がにこやかな笑顔を勇之介に向けた。

「はい、頑張ります」

勇之介は、なにかが吹っ切れたような晴れやかな顔で答える。その手は用心深く大黒の頭に添えられていた。

大黒たちは敗残兵のように去って行った。

騒がしかった理事長室が静かになる。

「理事長、奥の手を使いましたね」

北添が横尾に近づき、囁いた。

「あまり使いたくはなかったがね」

横尾が、わざとらしく渋い顔をした。

「大丈夫でしょうか？」

柳原が心配そうに聞く。

「大丈夫ですよ。もし大丈夫でなくても片品信金がついています」

横尾がしっかりした口調で言った。

「ありがとうございます」

柳原が、はらはらと涙をこぼした。恵子が、柳原に寄り添う。

「理事長と金融庁の横尾長官が親戚とは知りませんでした。そう言えば同じ姓でしたね。すごいです。私が引き起こしたことでご迷惑をかけました」

勇太は興奮した様子で言った。

「万事好都合だよ。ははは。同じ姓というのは得だな。ははは」

横尾の切れのいい笑い声が理事長室に響いた。

「理事長の奥の手、奥の手」

北添も笑う。

「えっ、えっ、どういうことなん？　金融庁長官って偉い人なんでしょう？」

春海が戸惑う。

「同じ姓なんだよって、まさか……」

霧島が驚いて目を瞬き、そして「あっ、そうか。ははは」と笑い出す。

「えっ、えっ」

勇太は大いに戸惑っていたが、先ほどの堪えていた笑いが蘇ってきて、もう我慢できない。「ははははは……。なんでもいいや。謎は謎のまま。万事好都合！」勇太は笑いながら、大声で叫んだ。

「私も笑っちゃお！」春海も「ははは」と大きな口を開けて腹の皮がよじれるほど笑い出した。

3

行進曲が鳴り始めた。

春海は、足を上げ、手を思い切り前後に振る。ドキドキと鼓動が聞こえる気がする。こめかみが痛い。緊張し過ぎだ。

先頭は、恵子だ。群馬県立群馬実業高校と書かれた白いプラカードを頭の上に掲げた。

「恵子、行くよ」

春海は背後から囁く。

「うん」

恵子が小さく頷く。恵子の緊張が腕の張りで分かる。白い調理服の袖から覗いている腕の筋肉がぷりぷりと動いている。

それは恵子の喜びでもある。ここに来るまでいろいろあった。一時は、選手権参加も危ぶまれた。恵子の父である柳原が経営するホテル寿が経営危機に陥ったからだ。

しかし横尾理事長の機転と片品信金の支援でなんとか危機を乗り越えられそうだ。メイン銀行の四菱大東銀行も融資の返済猶予、金利減免などで支援を継続してくれることになったのだ。

春海の後ろにはキーさんこと茂木喜三郎、ポニョさんこと保科康夫が続く。

真っ白の調理服、エプロンにゼッケン。そして頭は、揃いのオレンジのバンダナで髪の毛を包んでいる。

「選手入場」

場内アナウンスが聞こえる。

「さあ、元気よく歩け」

三年生のポニョさんが発破をかける。

「十二校めに登場しますのは群馬県立群馬実業高校の皆さんです。先頭は一年生の柳原恵子さん、続いて一年生の竹澤春海さん、二年生の茂木喜三郎さん、三年生の保科康夫さんの四名です」

アナウンスが告げる。

会場の産業貿易センターは、常時、大きなイベントが開催されている場所で、非常に広い。千四百九十五平方メートルあるというから、バスケットコート二面が楽々取れるほどだ。

歩き出す。会場内に足を踏み入れると、大きな拍手。一瞬、足がびくついて止まりそうになる。自分を励ます。

「頑張れー群実！」

会場の周囲に作られた観客席から大きな激励の声が聞こえる。

緊張して振り向くことができないが、目だけ動かす。

アラシが大きな旗を振っている。群馬実業の応援旗だ。頭髪が全部まっすぐに上に向いて逆立っている。興奮の極致にあると、あんな髪型になるのだろうか。

その隣で勇太が大きなパネルを掲げている。

「クラウドファンディング二百％突破！」

多くの人たちに寿老神温泉の祭りへの取り組みを支援してもらうために、ついにクラウドファンディングを始めた。

祭りは十月だが、資金集めは九月には終えようと、七月初めにクラウドファンディングのホームページをネットに立ち上げた。

タイトルは「蕎麦、食べていけ！」だ。寿老神温泉に浸かって体を温めて、美味しい蕎麦を食べて欲しいとの願いを込めた。

目標は百万円だ。ファンディング期間は二カ月なのだが、それが一カ月で目標の倍の金額を集めることができたのだ。

すごい！

春海は、勇太にガッツポーズを送りたくなったが、行進中なので我慢した。

春海はクラウドファンディングの立ち上げにも勇太と一緒に関わったのだ。行進中だが、その日々のことが思い出される。

母の紀子やミックス・テクノロジーのキュレーターである臼井の力はやっぱりすごかった。ホームページには、寿老神温泉の魅力をふんだんに盛り込んだ写真や動画をアップしてくれた。

寿老神温泉の四季の景色、温泉の湯気などは当然のこととして、秀逸だったのは北島三郎の『まつり』をバックに流しながら老人を中心とした人々が町の魅力を語ったり、蕎麦打ちをしたり、大蛇神輿を作ったりする様子の動画だった。これは面白くて元気が出ると人気上々だった。

特に人生の苦楽の沁み込んだ皺を見せながら昔の寿老神温泉の思い出を話す老人の話は人気を集めた。話の背景に昔の写真や8ミリフィルムの映像が流れたのには春海も大いに感動した。

小林リンゴ園の小林徳一が多那の村でリンゴ園を作り上げるまでの苦労話は、涙なくして見ることはできなかった。これには「PVが一気に上昇したんだ」と勇太は喜んでいた。臼井は、ちゃんと著作権処理はしてありますと言っていたから安心だが、考えることが本当にユニークだ。

金額区分は臼井のアドバイスで三千円、一万円、三万円、十万円。

「これで一万円の人が一番多くなりますよ」

臼井はにんまりとしたが、果たして目論見通りになるのだろうか。一万円も購入というか、寄付をしてくれる人がいるのだろうか。それが春海には心配だった。本音を言えば、千円とかの区分も作りたかった。高校生の春海にとっては一万円などという金額は、遠く宇宙空間へ飛び出すくらいの覚悟が必要な金額だからだ。

多くの人からお金をいただくのだから、その人たちへの見返り品というか御礼の品には苦労した。

春海も参加して町の人たちや勇太たち片品信金の職員が毎日集まって検討したのだ。しかし、町の人たちは謙虚というか、自信をなくしていたのか、あまり意見を言わない。

「参ったよ。なにも意見がないって言うんだから」

勇太が春海にこぼしたことがある。

「美味しい蕎麦があるじゃないですか。元々、蕎麦を食べて欲しいというのが、アイデアのもとですから」

春海は相談中に発言した。

蕎麦、食べていけ！　寿老神温泉の蕎麦は美味いぞ、いくらでも食べていいぞ。これがベースだ。

「私たちが蕎麦を打ちますから」

春海は、勢いよく言った。

それで火がついたのか、町の人たちもいろいろなアイデアを出してきた。

蕎麦、自家製漬物、勇太の姉、小百合が作るヤマブドウの蔓製の籠や照明スタンドなど。

ホテル寿の柳原は、自分のホテルの利用券を提供した。それに賛同して他のホテルや旅館も利用券を提供することになった。「エラベール」という利用券にして、自分の好みに合うホテル、旅館を利用できることになった。どんなホテル、旅館なのかはホームページですぐに検索できるようにもした。寄付金額次第では、一泊数万円の部屋でおもてなしを受けることも可能だ。

寄付してくれた全員に洩れなくついてくるのは、祭りの参加券だ。これの特典は、祭り会場で蕎麦を無料で食べることができること、大蛇神輿の鱗に名前を記入できること、そして祭り当日に神輿を担ぐことができることだ。

「寿老神温泉を愛して、寄付してくださる人たちと神輿を担ぐなんて最高やん！」

春海は、祭りの様子を想像して興奮した。

これだけの特典付きの祭り参加券はそうそうないだろう、というのが勇太や臼井の自慢だった。

勿論、母の紀子は関係する雑誌「ナイス・デイ」で寿老神温泉のことを特集して、クラウドファンディングを盛り上げてくれている。

そして極めつきは、この蕎麦打ち選手権の様子をホームページの中で流すことだ。臼井が、カメラをこちらに向けている。そのレンズに向かって、笑みを浮かべる。

「恵子、撮影しているよ」

春海は、小声で囁いたが、恵子は金縛りにあったみたいに前方をまっすぐに見つめている。この日を迎えることができないと思っていたから、気持ちがとんでもなく高揚しているのだろう。

ようやく行進が終わり、整列する。予想の三十校は下回ったが、第一回の選手権にしては二十四校も参加した。

北は北海道から南は沖縄まで来ている。皆、精鋭揃いに違いない。

――強そうやなぁ……。

春海は、弱気の虫が頭をもたげようとするのを拳を握りしめ、ぐっと抑え込む。

――大阪からも来てるやん。大阪はうどんやろ！

勝手に半畳《はんじょう》を入れたくなる。

正面に応援の人たちの席が作られている。

勇太や臼井、そして紀子がいる。勿論、蕎麦打ちを指導してくれた祖父の誠司、そして顧問のアラシ。

――あれ？

勇太の父である勇一もいるではないか。それも母、紀子と親しげに話している。どないしたんやろ？

紀子と勇一は犬猿の仲だ。それは紀子が勇一との結婚の約束を勝手に破棄して、結婚式当日に春海の父の葉山俊彦と駆け落ちしてしまったからだ。

大いに恥をかかされた勇一は、金輪際、紀子を許すまじで凝り固まっていたはずなのだが……。

「ああそうか……」

春海は思わず呟いた。

「シッ」

後ろに立つキーさんが注意する。

勇太の祖父、慎太郎が経営する旅荘赤城が「ナイス・デイ」に特集されたのである。

紀子は、「やったね」と春海に自慢した。特集名は「行ってみたい小さな宿」だった。慎太郎の作る地元の山菜などをフル活用した料理や湯気が立ち上る温泉などを美しい写真で紹介した。その時、宿を守る家族として慎太郎とともに祖母の朝江、勇一、勇太の姉の小百合などの笑顔一杯の写真も掲載されていた。

紀子は、臼井と一緒に寿老神温泉を歩き回っていたが、その際、何度も旅荘赤城に足を運んで、「紹介させて欲しい」と頼んだらしい。その甲斐《かい》があって赤城の家も紀子を許したのだろうか。今、紀子と勇一が春海たちを見ながら、なにやら親しげに話しているのを見るのはいい気分だ。

「蕎麦打ちは礼に始まり、礼に終わると言われます。選手の皆さん、来賓の方々に『一同、礼』」

司会者が合図する。

さあ、いよいよだ。

目の前のスーツ姿の来賓の人たちに斜め四十五度の礼をする。難しい顔をした年配の男の人たちがずらりと並んでいる。主催者や審査員の人たちだ。

「もう、ここから審査が始まっているぞ」

アラシの声が聞こえた気がした。今日の日を目指して必死で練習をしてきた。ぜひとも優勝して、祭りに来てくれる人に蕎麦を提供したい。『私たちが、心を込めて打った蕎麦、食べていけ！』と春海は心で誓った。

来賓の挨拶、審査員の審査方法の説明などが続く。

「衛生検査をします。選手の皆さんは手を洗って、審査員に手をお見せください」

用意された盥《たらい》の水で指の間から手、腕を丁寧に洗い、その手を審査員に差し出す。爪もきれいに切り揃えたから大丈夫だ。審査員が春海の手を覗き込む。ドキリとする。審査員が小さく頷き、顔を上げ、微笑む。ホッとする。隣の恵子、キーさん、ポニョさんも緊張がほぐれる。

春海たち群馬実業高校チームの打ち台は第三番だ。

勝負は団体戦と個人戦。それぞれ四十分間で蕎麦を切り揃えるところまでやり終える。『最初から最後まで気を抜くな』アラシの声が聞こえてくる。『打ち台やその周囲を清潔にするんだぞ。粉が落ちていたら、それだけでダメだぞ』誠司の注意を反芻《はんすう》する。『分かりました』春海は、心の中で返事をする。

団体戦は春海、キーさん、恵子、ポニョさんの順で四分ずつ交代で「水回し、こね、練り、のし、切り」の作業を行う。交代の時の様子も審査の対象だ。やりっぱなし、汚しっぱなしで交代はできない。交代する次の人のことを考えているかも審査されるのだ。そうなると四分より前に、自分のやるべきことを終え、打ち台を整えなければならない。

春海はトップバッター。責任は重大だ。個人戦にも出場することになっている。さらに責任重大だ。

個人戦は二年生のキーさんがいいのではないか、実家は食堂だからと春海はアラシに提案した。しかし、学校以外でも自宅で誠司の指導を受けられる春海の蕎麦打ちの上達振りは、他のメンバーを凌《しの》いでいた。春海も、これほど蕎麦打ちにのめり込むとは思ってもみなかった。

「キーさん、悪いね」

春海が謝ると、キー先輩はにっこりとした。

「俺さ、卒業したら、師匠、竹澤先生に蕎麦を習うことにしたんだ」

「えっ、おじいちゃんに習うの？」

春海は驚いた。祖父の誠司は、これからも蕎麦打ちを続けるのだ。

「調理師の専門学校に行くんだけど、蕎麦だけは竹澤先生に習うことになったんだ。頑張るから。大会では春海ちゃんが竹澤先生仕込みの蕎麦を打って、審査員を驚かせてくれよ」

「わかった。キー先輩、頑張ります」

春海は嬉しかった。誠司は、一度、蕎麦打ちにやる気をなくしたが、キーさんのような弟子ができることで、再びやる気の火が燃え上がっているのだ。

応援席の誠司を視界に捉えた。口を開いてなにか言っている。きっと「水回しでは粉に十分に水を浸透させること、練りではムラがないこと、のしでは厚さ、形などが均等であること、切りでも均等にリズミカルに切り、屑を出さないこと」と注意を伝達しようとしているのだろう。春海は、力強く、頷く。誠司が笑みを浮かべ、頷き、両手を上げて大きく左右に振った。

戦いの順序は、団体戦、そして個人戦だ。

時計係の人が、四十分と表示されたランプを指さす。

いよいよ団体戦が始まる。四人で力を合わせないと勝つことはできない。

「みんな、行くよ」

三年生のポニョさんが声をかける。四人で手を合わせ、「エイエイオー」と鬨《とき》の声を上げる。勿論、小さな声で周りに迷惑をかけないように気遣う。

「春海ちゃん、落ち着いて行けよ」

キーさんが声をかける。

「大丈夫、みんないるからね」

恵子が言う。

春海は打ち台の前に立つ。左の手のひらに「自信」と右手で書いて、それを飲みこんだ。

「ピーッ」

笛が鳴った。競技開始だ。

「よしっ」

春海は、勢いをつけ、打ち台に置いてある蕎麦粉の袋を掴んだ。こね鉢が迫ってくる。

4

寿老神神社の社に提灯《ちょうちん》の灯がともった。同時に、石段、そして町の通りに飾られた提灯に火が入れられた。

薄暮から徐々に闇が深くなっていく中で、灯がともると、辺りは急に活気づいた。

寿老神温泉の十月半ばは秋の気配が濃くなり、肌寒い。しかし提灯の灯は、町を幻想的な雰囲気に優しく包み込み、温かくしてくれる。

神社の本殿に長さ三十メートルの大蛇がとぐろを巻いている。その周りを法被《はっぴ》姿の大勢の人たちが取り囲んでいる。

神主が大蛇の前に進み出て、厳《おごそ》かに御幣《ごへい》を振り、邪気を払った。

寿老神温泉旅館組合の新理事長である仙人荘の金子幸信が挨拶に立った。

「本日は、誠におめでたい。多くの皆さんのお陰で大蛇神輿が完成し、寿老神温泉の大蛇祭りを開催することができました。心より御礼を申し上げます。さあ、皆さんで大蛇神輿を掲げ、町を練り歩き、この町を未来永劫《えいごう》、寿《ことほ》ぎたいと思います」

金子が挨拶を終えると、一斉に拍手が境内に響いた。

「さあ、担げ！」

勇太が大きな声をかける。

「よーし」

皆が呼応する。

大蛇が全員で担がれると、とぐろが解かれ、宙に浮いた。

頭の部分は勇太の担当だ。勇太の後ろには、お揃いの法被を着た片品信金の仲間や町の若い人たち、そしてクラウドファンディングで寄付をしてくれた人たちが、男女を問わず大蛇神輿を担ぐ。

神主が御幣をかざして先頭を歩く。その後ろに笛や太鼓、拍子木の係が続く。

笛は、課長のケンチョウが買って出た。太鼓はホテル寿の柳原だ。子供の頃を思い出して太鼓を叩くと大張り切りだ。拍子木は、今回、臼井を連れてくるなど大いに貢献した善さんだ。

「出発！」

勇太は天まで届けという声を出す。

ピーッ。笛が鋭く空気を裂いた。ドドドン。太鼓が体まで揺るがす。カチカチ。拍子木がリズムを取る。

「わっしょい。わっしょい」

大蛇が宙で動く。

石段を下りる。まるで本物の大蛇がくねくねと石段を下りていくようだ。

「わっしょい。わっしょい」

担ぎ手は、笛や太鼓や拍子木に合わせて掛け声をかける。

提灯の灯を頼りに町の中を練り歩き、それぞれのホテルや旅館を巡る。そこには泊まり客たちが従業員たちと一緒に待っている。そこでは大蛇神輿をひと踊りさせ、振る舞い酒に酔う。

「いやぁ、嬉しいですね。神輿を担ぐなんて子供の時以来です」

勇太の後ろにいる若い男が話しかける。

「私だって、初めてです。どちらからですか」

勇太が答える。

「東京からです。クラウドファンディングで寄付をさせてもらったんです。この大蛇神輿の鱗に自分の名前を見つけて感激しました。子供の喘息が治るように祈願させていただきました」

「そうですか。ありがとうございます。寿老神温泉に浸かれば、きっと良くなりますよ。さあ、わっしょい。わっしょい」

「ありがとうございます。子供と妻は観光センターで大蛇神輿を待っているんです。わっしょい。わっしょい」

クラウドファンディングでは三百万円以上が集まった。臼井がこんなに成功したのは珍しいと喜んでくれた。

寄付金の約四割は、地元や関係者の人たちの支援だった。片品信金の職員も、勿論、勇太も寄付をした。

嬉しかったのは寿老神温泉以外の県内外からの寄付が六割近くも占めたことだ。

東京など大都市の人たちも寄付をしてくれた。そしてその人たちが祭りにやってきてくれたのだ。この大蛇神輿もそうした各地から集まった人たちが担いでくれている。

祭りの観客は五千人を超えたらしい。県外からの客が二千人以上にもなった。旅館組合理事長である仙人荘の金子は興奮して「バブルの再来だ」と大喜びした。

小さな温泉町に久々に活気が戻ったのだ。

「わっしょい。わっしょい」

大蛇神輿は、観光センターにやってきた。

広場にはぐるりと取り巻くように夜店が出ている。子供たちが遊べるようなスーパーボール掬《すく》いや射的などもあるが、町の人たちが作った野菜なども売っている。勇太の姉の小百合が作った蔓細工の籠も出品している。夜市というわけだ。

しかしなんと言っても主役は、全国高校生蕎麦打ち選手権大会で団体戦、個人戦とも準優勝に輝いた春海たち群馬実業高校の生徒が打つ蕎麦だ。

春海たちは、蕎麦打ちの実演をし、打ち立ての蕎麦に、春海の祖父、名人竹澤誠司秘伝の汁をかけた、かけ蕎麦を提供しているのだ。

昼間、蕎麦の屋台を覗きに行くと、観光客が群がっている。みんな笑顔で蕎麦を啜っている。

「勇太さん、お蕎麦、もう大変な人気なんよ」

春海が嬉しい悲鳴を上げていた。

しかし準優勝が決まった時は、悔しさと喜びと安堵感で泣きじゃくっていた。

優勝は、長野県の高校にさらわれた。

「よくやったぞ」

アラシが慰めると、「絶対に来年は優勝します」と春海たちは涙で目を赤く腫らしながら誓った。

「わっしょい。わっしょい」

大蛇神輿が観光センターの広場に入った。

広場の中で大蛇神輿を踊らせる。笛、太鼓、拍子木が鳴り響く。周囲を観光客が取り囲む。みんな気持ちを合わせて手拍子だ。

「ちょっといいですか？」

勇太の後ろの東京から来た男性客が大蛇神輿から離れた。

どこへ行くのかと見ていたら、観客の中で母親の手をしっかりと握っている小学一年生くらいの男の子の傍に駆け寄った。

男性客が男の子の手を引っ張る。戸惑い、躊躇する男の子を引きずる。母親が笑いながら、男の子の背中を押す。男の子は母親に助けを求めるような表情をしながら男性客に引っ張られてきた。

「息子です。一緒に大蛇神輿を担いでもいいですか」

男性客が勇太に聞く。

「勿論です。どうぞ、どうぞ。大蛇神輿に届きますか」

勇太が言う。

男性客は、男の子をひょいと担ぎ上げると「摑まれ」と言った。

男の子は、大蛇神輿の胴体にしがみついた。

「わっしょい、わっしょい」

男性客が掛け声をかける。

「わっしょい、わっしょい」

男の子は先ほどまでの困惑した表情から一変して、はちきれんばかりの笑顔で掛け声を発する。

「わっしょい、わっしょい」

勇太は、男の子の笑顔に嬉しくなってさらに大きな掛け声を上げた。

「蕎麦、食べていけ！　蕎麦、食べていけ！」

春海と恵子が広場に集まった人たちに声をかけている。

屋台では、キーさんやポニョさんが蕎麦を打っている。

その傍で名人、誠司や同業の蕎麦職人たちも、高校生に負けないようにと蕎麦を打っている。

観光客に交じって春海の母、紀子と父の勇一が楽しそうに蕎麦を食べている。

祭りのお陰で長年のわだかまりが解けたのだろうか。

——祭りをやってよかったな。親父。

勇太は、こちらも見ないで紀子と話し込む勇一を微笑ましく見つめた。

臼井が、カメラを回している。

クラウドファンディングに協力してくださった人へのお礼に祭りの映像をホームページにアップするためだ。


勇太はレンズに微笑を向ける。

「わっしょい、わっしょい」

春海が丼に茹であがった蕎麦を入れると、それを恵子が受け取って汁をかける。その間も「蕎麦、食べていけ！　蕎麦、食べていけ！」の掛け声を途切らすことはない。

勇太の大蛇神輿を担ぐ掛け声と春海たちが客を呼び込む声が木霊《こだま》する。

勇太の視線の先に、法被を着た若い男が立って手を振っている。こちらに近づいて来る。

兄の勇之介だ。

勇太は大蛇神輿を担いだまま、手を振る。

勇之介が勇太の前に来た。

「担がせてくれるか？」

どことなくぎこちない表情で勇之介が勇太に言う。

「勿論さ」

勇太は、笑顔で答える。

勇之介も微笑み、勇太のすぐ後ろに入り、大蛇神輿を担ぎ始める。

「いろいろ勉強させてもらったよ」

勇之介が話す。わっしょいの掛け声にかき消されないように大きな声だ。

「なに言っているんだ。こちらもだよ。兄貴」

勇太が答える。

「祭り、続けるのに協力させてもらうよ。四菱大東もね」

「頼むよ。創業は易く守成《しゅせい》は難しっていうからね」

勇太は中国の故事で答える。始めるより、持続が難しいという意味だ。

「ははは、難しいことを知ってるな」勇之介は笑った。「それにしてもお前のところの理事長は大した人だ。横尾金融庁長官を祭りに呼ぶんだからな。ほら、見てみろ。理事長の隣で蕎麦を食べているのが、横尾長官だよ」

驚いて勇之介の視線の方向に勇太は振り向く。

法被姿の理事長の横尾の隣でスーツ姿の少しいかめしい男が立っている。あれが金融庁長官の横尾忠徳か。二人で並んで蕎麦を食べている。すると、あの電話は本当だった？？？

その傍に春海がいる。蕎麦を運んできたらしい。春海がこちらを指さした。理事長の横尾と金融庁長官の横尾が顔を上げる。勇太と視線が合う。理事長の横尾が箸を持った手を振る。満面の笑みだ。

「蕎麦、食べていけ！」

春海が思い切り、手を振り、大きな声で叫ぶ。

勇太は、「わっしょい」と喉が潰れるほど大きな声を張り上げ、大蛇神輿を夜空に高く持ち上げる。

——明日はきっといい日になる。

心の底から、そう思えてきた。

二〇一八年五月　光文社刊。

光文社文庫

蕎麦《そば》、食《た》べていけ！

著者　江《え》上《がみ》　剛《ごう》

2021年1月20日　初版1刷発行

発行者　鈴木広和
印刷　堀内印刷
製本　フォーネット社

発行所　株式会社　光文社
〒112-8011　東京都文京区音羽1-16-6
電話　(03)5395-8149　編集部
8116　書籍販売部
8125　業務部

ISBN978-4-334-79138-4　Printed in Japan

組版　萩原印刷